Güner Yasemin Balci

DAS MÄDCHEN UND DER GOTTESKRIEGER

S. FISCHER

MIX
Papier aus verantwortungsvollen Quellen
FSC® C083411

Erschienen bei S. FISCHER

Satz: Dörlemann Satz, Lemförde
Druck und Bindung: CPI books GmbH, Leck
Printed in Germany
ISBN 978-3-10-002489-3

Für Gülistan, Sille & Verdi

Unlike others, I wasn't dazzled by paradise
with its milk, honey, wines, virgins and youths.
It seemed to me that the pleasure of knowledge
was more important than all of that.
I always wondered why it was not included in the
Garden of Eden.

Nawal El Saadawi

Inhalt

Morgenstern

Sie würde ihrem Liebsten Himbeereis mit Sahne machen, und wenn es irgendwo in einer staubigen Wüste wäre, denn Himbeereis mit Sahne war es, was er nannte, als sie ihn gefragt hatte, was er gerade wirklich vermisste.

»Dich, meine Prinzessin!« Und wieder hatte sich Nimet in die Wärme seiner Stimme zärtlich eingehüllt gefühlt.

»Und sonst?«, hatte sie zurückgefragt. »Was soll ich dir mitbringen?«

»Manchmal träume ich von Himbeeren mit Schlagsahne in dieser trockenen Landschaft. Von Himbeereis, das mir ein Eisverkäufer anbietet.«

Das war vor einer Woche gewesen, bei ihrem letzten Telefongespräch. Nimet meinte noch, die Vibration seiner Stimme in ihrem Ohr spüren zu können. Sie hatte ein unglaublich gutes Gedächtnis für Gesichter und Stimmen – Namen waren leere Worte, sie vergaß sie fast immer. Nicht aber Saed – sprich es Saiid aus, hatte er bei einem ihrer ersten Telefonate gesagt, ganz sanft, und dabei über sie gelacht, über ihre Schüchternheit, ihre deutsche Aussprache. Gerade als sie es ihm übelnehmen wollte, hatte er beteuert, wie sehr er gerade das an ihr mochte und wie einzigartig sie für ihn war. Seine große Liebe.

Nour hielt die Dose mit den eingelegten Himbeeren in der Hand und schaute Nimet mit hochgezogenen Augenbrauen an. Überflüssiges Gepäck war jetzt eigentlich das Letzte, was sie sich erlauben durfte, das wusste Nimet; Nour würde ganz gewiss noch einmal all die Dinge, die sie bereits in der Nacht zuvor in ihrem Rucksack verstaut hatte, einer peinlich genauen Kontrolle unterziehen. Nur die nötigsten Klamotten, ein Stück Seife für Haare und Kleidung, ein Schweizer Messer, eine Tüte Nüsse, ein faltbarer Wasserkanister, vier Batterien, ein transportables Handy-Ladegerät, die Solartaschenlampe, ein großes Seidentuch. Nimet ging in Gedanken noch einmal die Liste durch, dabei hatte sie sie längst auswendig gelernt. Als Nour sie immer noch, wortlos und die Himbeerdose in der Hand, anblickte, fühlte sie sich wie in der Schule, kurz vor einer Prüfung.

»Sahne?? Das kann doch wohl nicht dein Ernst sein, Nimet, bei der Hitze? Willst du unterwegs Käse produzieren, oder was?«

»Mann, Nour, das ist haltbare Sahne. Hör auf, dich über mich lustig zu machen!«

Nour las konzentriert die kleingedruckte Liste der Inhaltsstoffe auf dem Sahne-Tetrapack. Dann warf sie die Packung, ohne zu zögern, in den Papierkorb, der unter dem Schreibtisch stand.

»Kannste vergessen, ist nicht mal halal. Nimm jede Menge Unterhosen mit, keine Sahne! Wer weiß, wann du wieder was zum Trocknen aufhängen kannst.«

»Bei 38 Grad im Schatten? Da spuckt man doch in die Luft, und es verdampft!«

Als die Sahne im Papierkorb aufschlug, hätte Nimet am liebsten geflucht über Nours autoritäre Art. Sollte sie jetzt ausrasten? Nour endlich einmal so kurz vor ihrem Abschied die Meinung sagen? Dass sie es leid war, ständig das machen zu müssen, was Nour richtig fand? Dass ihre überhebliche Bevormundung sie ankotzte? Dass sie immer geglaubt hatte, sie seien echte Freundinnen, dass aber wahre Freundschaft auch bedeutet, den anderen zu verstehen, selbst dann, wenn man selbst ganz anderer Meinung ist. Aber Nour hielt sich ja für eine Heilige, die Hüterin des Lichts, die Erleuchtung in Person – so albern es klang, so ernst war es Nour damit.

Dabei zeugte schon die Art, wie sie sich das Kopftuch band, von der Überheblichkeit, die Nour auch ihr gegenüber an den Tag legte. Sie zwirbelte ihre langen dünnen Haare auf, beugte den Kopf nach vorne und strich, den Blick zum Boden, mit den Fingern beider Hände vom Nacken bis zur Stirn durch ihre blonde Mähne, warf sie dann mit einer grazilen Kopfbewegung nach hinten, zwirbelte sie wieder auf und drehte sie zu einer Schnecke, die sie mit unzähligen Nadeln an ihrem Hinterkopf festtackerte, um danach das dünne lilafarbene Seidentuch straff wie eine Badekappe um den Schädel zu ziehen und zum Schluss das weiße Leinentuch mit den perlenbesetzten Stickereien kunstvoll festzustecken. Die akkurat gezupften Augenbrauen, ihre schmale Nase und die hohen Wangenknochen machten jedes Make-up überflüssig, und ihre hellen, wasserblauen Augen irritierten jeden Mann schon beim ersten Blick. Nour wusste das.

Im Gegensatz zu ihr kam Nimet sich oft wie eine graue Maus vor. Sie war kleiner, auch nicht so zierlich wie Nour, man sah ihrer Figur an, dass sie einst eine der Besten im Leistungsfach Sport gewesen war. Inzwischen mied Nimet jede Aktivität, die ihre Muskeln noch stärken könnten, denn ihr Körper schien jede Bewegung in Masse umzuwandeln. Eine Frau sollte fein sein, zart und zerbrechlich, das war Nimets Idealbild von Weiblichkeit, ihre Stärke sollte sie in ihren Taten beweisen, nicht durch die physische Ausstrahlung. Nur auf ihre Haare war sie sehr stolz, mit ihrer fetten Mähne konnte Nour nicht mithalten. Und weil die Haare einer Frau ihr wichtigster Schmuck sind, trug Nimet ihre aufgetürmten dunkelrot gefärbten Locken wie eine Krone auf dem Haupt, zumindest immer dann, wenn kein Mann zugegen war.

Nein, sie wusste, es wäre zwecklos, mit Nour zu streiten, denn Nour hatte etwas Verbohrtes, Uneinsichtiges, das meist zu keinem guten Ergebnis führte. Es war nicht das erste Mal, dass sie fast aneinandergerieten. Heute hatte Nimet keine Lust, ihre Energie auf solche »Kinderkacke«, wie sie bei sich dachte, zu verschwenden.

Außerdem, das musste sie zugeben, verdankte sie Nour viel, wer nur die rechthaberische Seite an ihr sah, tat ihr unrecht. Sie war ein schwieriger Mensch, aber sie hatte ein großes Herz. In den letzten Monaten hatte Nour Nimet jeden Tag angerufen, um nachzufragen, ob es ihr gutginge, ob sie etwas brauche, wie sie sich fühle. Weder Nimets Mutter Sibel noch ihre Schwester Dilara und schon gar nicht ihr Vater Ali hatten sich jemals so um sie gekümmert – Nours Fürsorge war außergewöhnlich, genauso wie ihr Nussgebäck. Es braucht Zeit, ermahnte sich Nimet, um den Kern eines Menschen zu erfassen, sein inneres Licht zu erkennen. Nour war so ein Mensch, den man erst auf sich wirken lassen musste. Wenn es stimmt, dass der erste Eindruck, den ein Mensch hinterlässt, der prägendste ist, der Moment, in dem sich ein Urteil über den anderen herausbildet, dann allerdings würden vermutlich nur wenige Nour eine zweite Chance geben. Auch Nimet hatte sie beim ersten Treffen für unausstehlich gehalten.

Das war im letzten Sommer gewesen, in der Aula ihrer Schule. Nour saß mit Cayenne in der Cafeteria, als Nimet nach einem anstrengenden Mathetest dazukam. Sie war sich eines guten Ergebnisses keineswegs sicher und wollte sich eigentlich von ihrer Freundin Cayenne trösten lassen. Cayenne war gut darin, Nimet einzureden, dass Mathe im Leben etwa so wichtig ist wie eine Beinhaartransplantation. Doch noch bevor Nimet sich über die verpatzte Arbeit ausheulen konnte, empfing sie diese schmale, großgewachsene und dominant auftretende Frau, die ihr Kopftuch so straff gebunden trug, dass sie kaum noch den Mund bewegen konnte, mit der Begrüßung: »Und, Schwester, was hast du heute Gutes für Allah getan?«

Wieso fragte diese Frau so etwas? Sie kannten sich doch gar nicht. Und das war sogar erst der Anfang. Nour dominierte in diesen zwanzig Minuten in der Cafeteria das gesamte Gespräch, sie ließ niemanden ausreden und stellte unentwegt Fragen – ein Fernsehprediger hätte das auch nicht aufdringlicher machen können als sie. Wann hast du das letzte Mal deinen Eltern gehuldigt, wie oft tust du etwas für andere Brüder und Schwestern, denen es nicht so gutgeht wie uns, warum verbringst du mehr Zeit mit Schminken als mit der Lektüre der heiligen Schriften, wieso nennst du dich Muslimin und hast noch nie den Koran aufgeschlagen???

Als sie dann auch noch einen zehnminütigen Monolog über Gott und die Welt und den angeblichen Schwindel mit Halal-Zertifikaten in Schulkantinen vom Stapel ließ, wünschte sich Nimet im Stillen, Nour würde den Schleier übers ganze Gesicht ziehen, so sehr nervte sie die hysterische Stimme dieser Frau, die sie zum ersten Mal traf und die sie beim Reden dauernd ganz selbstverständlich am Arm oder an der Schulter anfasste, so als würde man sich schon seit Jahren kennen.

Nours Fragenbombardement war ermüdend. Nur weil Cayenne diese Quatschtante als ihre Cousine vorgestellt hatte, blieb Nimet mit ihrem Kaffee bei den beiden sitzen, aus Respekt vor Cayenne oder, besser gesagt, aus Mitleid. Sie hätte ja jederzeit aufstehen und unter irgendeinem Vorwand gehen können. Aber Cayenne tat ihr leid, sie musste schließlich sitzen bleiben, denn immerhin war Nour ihre Cousine. Verwandtschaft verpflichtet. Und Nimet hatte das Gefühl, Cayenne jetzt nicht im Stich lassen zu dürfen. Also ertrugen die zwei Freundinnen Nours Monolog bis zum Ende der Pause.

Nimet fand sie damals einfach nur ätzend. Und noch heute kam dieses Gefühl gegenüber Nour manchmal in ihr hoch. In solchen Situationen musste sie sich sofort all die guten Seiten ihrer Freundin in Erinnerung rufen, wie sie ihr ihren Kleiderschrank zur Verfügung gestellt hatte und wie oft sie sie beruhigt hatte, wenn Nimet nicht mehr gewusst hatte, wohin mit ihrer Wut über ihre Mutter oder ihre Schwester. Fast jedes Mal, wenn Nour zu Nimet nach Hause kam, ging sie ganz selbstverständlich in die Küche, machte den Abwasch und kochte Tee für alle. Sie wusste, wie man Menschen für sich einnehmen konnte. Wenn also jemand Nour eine zweite Chance gab, so wie Nimet es getan hatte, »dann hast du sie eben auch an der Backe, hast doch selbst schuld«, hatte Dilara mitleidslos gesagt, als Nimet einmal klagte. Nimet aber sah in Nour eine Freundin fürs Leben.

»Nimet, mein Kind, Saed braucht jetzt deine Gebete und deine Wärme, und danach brauchst du unbedingt eine Ganzkörperenthaarung. Wenn ich mir deine Arme ansehe! Das geht so gar nicht! Willst du etwa wie ein Affenkind auf deinen neuen Lebensweg gehen?« Während sie sprach, strich Nour Nimet über die Arme, griff unter den Rock und tastete die Oberschenkel bis zum Schritt ab. Noch bevor Nimet sich dagegen wehren konnte, war Nour mit ihrer Begutachtung auch schon fertig.

»Für den Intimbereich kannst du ja erst mal Gillette nehmen, ich hatte es im letzten Jahr mit IPL gemacht, aber dafür ist es jetzt zu spät bei dir. Musst mal gucken, wie die das drüben machen, ich denke, die müssten auch alles haben, was notwendig ist.«

»Nour, du kennst Saed nicht. Er würde mich auch lieben, wenn ich ein buckliger Krüppel wäre, er ist ein Engel von einem Mann, ganz anders als andere.«

Nour konnte sich das Lachen kaum verkneifen, sie sprach schnell ein »Insallah«, damit Nimet jetzt bloß nicht auf falsche Gedanken kam. Natürlich wollte sie, dass Nimet so über ihren Liebsten dachte, so sollte es sein, bedingungslose Liebe von ganzem Herzen. Aber Nour kannte die Welt der Männer besser, sie wusste, dass Männer Phrasen im Sekundentakt dreschen konnten, um einer Frau zu gefallen, sie kannte die Tricks und Heucheleien und hatte selbst – als sie noch Jacqueline hieß – Erfahrungen gemacht, von denen sie wünschte, dass sie ihr erspart geblieben wären. Ihr ganzes Leben war ein Kampf gegen die düsteren Flecken ihrer Vergangenheit, die sie mit Macht aus ihrer Erinnerung löschen wollte. Sie wollte nicht mehr daran denken, wie ihr Onkel sie häufiger beim Duschen beobachtet hatte, sie wollte vergessen, wie sie nach ihrem ersten Mal eine aufgewühlte und verheulte Nacht im Fahrradkeller verbracht hatte, weil Sven, der nette Junge von nebenan, sie doch nur ausgenutzt hatte und danach zu einer anderen abgerauscht war.

Ihre Kindheit war der reinste Zickzacklauf durch ein Leben voller Gefahren gewesen, bei dem sie ganz auf sich allein gestellt war. Zweimal im Jahr schickte ihr Vater eine Karte, und ihre Mutter dachte viel lieber an sich als an ihre Tochter. So etwas wie ein Zuhause hatte sie höchstens bei ihrer Großmutter. Aber Oma Monika war gestorben, als Jacqueline zwölf war, sie hatte ihr 3000 Euro und eine goldene Uhr hinterlassen, die ihre Enkelin noch immer trug. Die 3000 Euro waren für die Bestattungskosten draufgegangen. Am Abend der Beerdigung hatte es noch einige Absacker in der Lieblingskneipe ihrer Mutter gegeben und rührselige Umarmungen, die nach abgestandenem Zigarettenrauch und alkoholgetränktem Schweiß rochen – für die Enkelin begann an jenem Tag eine lange Zeit der Einsamkeit, die erst ein Ende fand, als sie ihr Leben in die Hand nahm.

Sie war 15, als sie beschloss, eine andere zu werden, eine, die anders war als alle anderen. Sie verließ ihre Mutter, ging zum Jugendamt, ließ sich in eine betreute Mädchen-WG in Kreuzberg vermitteln und legte ihr altes Leben wie einen Mantel ab, den man nach dem Winter im letzten Winkel des Kleiderschrankes verstaut, in der Hoffnung, man bräuchte ihn nicht mehr, auch wenn man genau wusste, dass man ihn irgendwann wieder anziehen musste. Sie konvertierte zum Islam und nannte sich seitdem Nour, was »Licht« bedeutet. Cayenne, die ja eigentlich nur über ihre Cousine spottete, hatte Nimet nach deren erster Begegnung mit Nour die gröbsten Stationen aus Jacqueline-Nours Leben mit einem gewissen Mitgefühl erzählt. Sie hatte sogar Verständnis dafür, dass Nour sich damals unter ihren neuen »Schwestern« gut gefühlt haben musste, von denen niemand ihre Vergangenheit kannte und keiner wusste, dass sie die kleine Jacqueline gewesen war, die niemand ernst nahm, die ihre Erfahrung gemacht hatte, wie es schmeckt, wenn Blut und Rotz im Mund zusammenkommen, weil es ein Leichtes war, Jacqueline immer mal zwischendurch eine aufs Maul zu geben. Sie war allerdings auch nie gut darin gewesen, dem Ärger aus dem Weg zu gehen.

Egal was gewesen war, die widrigen Umstände hatten Nour gestählt, aus ihr eine starke Frau gemacht. In der neuen Gemeinschaft eroberte sie sich bald eine gewisse Autorität. Zu recht, wie Nour fand. Denn auch wenn es eine Sünde war, sie bildete sich ein, vieles besser zu wissen als andere, es war ihre Bestimmung, anderen den Weg zu weisen. Und diese Überzeugung konnte sie einfach nicht verdrängen, wenn so ein Mädchen wie Nimet vor ihr stand, die das Leben noch nicht wirklich kannte, die nicht wusste, wie es war, ganz allein auf sich gestellt zu sein, und die in ihrer Naivität alles durch eine rosarote Brille sah. Jeder musste einen Preis zahlen, auch Nimet würde das nicht erspart bleiben, da war Nour sich sicher.

Es war aber nicht nur dieses Gefühl der Überlegenheit, es war auch ein gewisser Neid auf Nimet, den Nour empfand, weil Nimet jetzt reisen durfte, während sie immer noch warten und ihren Pflichten als treuergebene Dienerin anderer nachgehen musste. Dabei hatte Nour die letzten drei Jahre alles getan, um endlich einen Mann treffen zu dürfen, der mehr war als nur eine Schwärmerei. Seit sie zwölf war und ihre Mutter sie und ihren um einige Jahre jüngeren Bruder Denis während eines Urlaubs bei ihrem Onkel zurückgelassen hatte, sehnte Nour sich nach einer eigenen Familie – auch wenn der Onkel ein Spanner gewesen war. Sie konnte es kaum abwarten, viele Kinder zu bekommen und endlich zu altern, als verheiratete Frau, als Mutter in der Erfüllung ihrer heiligen Pflichten aufzugehen und zu welken. Es war das einzig Richtige, Sinn und Zweck ihres Seins. Aber noch hatte Allah sie nicht auf diesen Weg geleitet. Erst musste sie Nimet noch auf den richtigen Weg bringen.

»Sag mal, Nimet, welchen Account benutzt du eigentlich?«

»Hiba Ash.«

»Okay, dann häng bitte noch was ran, damit du nicht verwechselt wirst, ist immer besser, 'nen langen Namen zu haben.«

»Was soll ich da denn jetzt noch ranhängen?«

»Was weiß ich? Wüstenblume oder so.«

»Ich nehme Morgenstern!«

»Von mir aus auch Weihnachtsmann!«

»Haram!«

Beide mussten lachen.

»Nour, bitte, hör jetzt auf zu denken, sonst kommst du noch auf die Idee, dass ich meine Schweinslederschuhe nicht tragen darf.«

Nour zog die Nase kraus. »Du trägst Schweine an deinen Füßen???«

Nimet blieb so ernst sie konnte und hob betont gleichgültig die Schultern. Es dauerte keine drei Sekunden, bis beide kreischend zu lachen anfingen und Nour schließlich japsend sagte: »Gut, dass uns keiner hört. Zum Glück hat unser Herr bestimmt nichts dagegen, wenn Frauen sich miteinander amüsieren.«

»Er hat aber bestimmt was dagegen, dass ich meine Haare seit einer Woche nicht gewaschen habe.«

»Lass mal sehen.«

Nour packte Nimets Mähne und zog die einzelnen Haarsträhnen auseinander, als würde sie nach Läusen suchen. Dabei riss sie erschrocken die Augen auf, als hätte sie eine ansteckende Krankheit auf Nimets Kopf entdeckt.

»Warum machst du so was, Nimet?«

»Ich will sie glatt haben, das sieht viel geiler aus bei dunkelrot.«

»Mag sein, aber es riecht nicht so geil.«

»Es stinkt aber auch nicht, ein paar Tropfen Parfüm, und alles ist gut. O Mann, ich hab ganz vergessen, das Rosenwasser einzupacken.«

»Das brauchst du nicht, dort gibt es davon so viel, da kannst du dich drin ertränken! Beste Qualität, hab ich gehört. Und ein Lippenstift reicht, nimmt nicht viel Platz weg, und du kannst ihn auch als Rouge für Wangen und Lider benutzen. Nimm den hier, der ist zartrosa, das passt zu deiner Haut.«

Wortlos nahm Nimet den Lippenstift, den Nour ihr hinhielt und quetschte ihn in einen Winkel des vollgestopften Trekking-Rucksacks. Je näher der Abschied rückte, desto größer wurde ihre Trauer. Dabei hatte sie sich so auf alles gefreut, hatte in den letzten Tagen vor Aufregung nicht mehr richtig schlafen können. Und jetzt war er doch da, dieser Kloß im Hals, dieses Unwohlsein im Bauch, das man hat, wenn vieles ungewiss ist und man sich plötzlich in all seinen Entscheidungen ganz allein fühlt. Wäre Saed jetzt bei ihr, hier an ihrer Seite, dann würde sie gewiss nicht trauern und unsicher sein. Klar, auch dann ließe sie etwas zurück, ihre Familie, Nour und noch ein paar andere Menschen, die sie eigentlich zu sehr mochte, um ihnen für lange Zeit den Rücken zu kehren – ja, auch Cayenne gehörte dazu, obwohl sie die inzwischen verloren hatte. Aber mit Saed an ihrer Seite wäre sie stark, alles wäre nur halb so schlimm, es wäre ein gemeinsamer Weg ins Ungewisse. Nimet war ganz in Gedanken vertieft, als Nour ihr plötzlich ein Päckchen hinhielt.

»Mach das bitte erst auf, wenn du weißt, dass ihr beide allein sein werdet. Ich denke, es wird dir gefallen.«

»Die rosa Wäsche von H&M, stimmt's?«

Nour nickte. »Weißt du, Nimet, manchmal habe ich das Gefühl, dass du ich bist und ich du – kennst du das, wenn man sich einem Menschen ganz nah fühlt, wenn man glaubt, seinen Herzschlag zu teilen? Ich werde dich vermissen, aber ich weiß, dass ich das eigentlich nicht sagen sollte. Ich will dich jetzt nicht belasten, du hast eine wichtige Reise vor dir, du musst jetzt nach vorn sehen, nicht zurück.«

Nimet war überrascht von den Emotionen, die Nour plötzlich zeigte, es rührte sie zu sehen, wie die Freundin mit den Tränen kämpfte. Die ganze Zeit war sie eher genervt von Nour gewesen und auch misstrauisch, weil Nour so kalt, so unnahbar wirkte, wie eine Aufpasserin, nicht wie die Freundin, mit der sie im August noch beim Mitternachtsschwimmen den Sternenhimmel betrachtet hatte. Es war einer dieser Sommerabende gewesen, die man nicht vergisst, alles war so perfekt gewesen. Jetzt drehte sich Nimet zu Nour um, nahm sie in den Arm und drückte sie so fest, dass Nour nicht anders konnte und zu schluchzen begann.

»Lass es raus, Nour, das ist nicht schlimm, das darf man, man muss seine Trauer auch ausleben. Ich habe gestern Nacht so lange geweint, bis mein Kissen so nass war, dass ich ohne schlafen musste. Aber ich glaube, du wirst mich bald besuchen kommen, und dann backen wir wieder zusammen Blaubeermuffins und gucken Horrorfilme – okay?«

Beide verkeilten ihre Finger fest ineinander, schauten sich in die Augen und sprachen zusammen den Eid, der letzten Sommer bei einem Picknick entstanden war, als Nour ihr gesagt hatte, dass Nimet ihr näher stünde als eine leibliche Schwester: »Keine Macht der Versuchung, möge Allah uns recht leiten, Schwester für Schwester, hier und im Himmel, auf ewig. Amin.«

Nimet wischte Nour mit der Spitze ihres Kopftuchs die Tränen aus den Augen, nahm die Liste vom Bett und fing an, noch einmal alles laut durchzugehen.

»... Tabletten gegen Durchfall ..., Binden ..., OBs ... Mist! Ich hab vergessen, Babyflaschen zu kaufen!«

»Es ist jetzt zehn nach acht. In einer Stunde musst du am Flughafen sein. Wenn wir uns beeilen, können wir unterwegs noch schnell in einen Supermarkt, los, yallah, pack ein!«

»Ich hab Dilara nichts gesagt.«

»Ist auch besser so.«

»Kümmer dich bitte um sie, ja?«

»Sag mal, was ist los mit dir? Wirst du jetzt schwach?«

»Nein, nein, alles gut – ich will nicht schwach werden, aber Dilara braucht jetzt Unterstützung. Bitte, steh ihr bei!«

»Deine Schwester ist meine Schwester, deine Mutter ist meine Mutter, ein bisschen anders sieht es bei deinem Vater aus, aber selbst dem würde ich in der Not beistehen. Oder stellst du das in Frage? Lass uns jetzt gehen, das Auto wartet unten.«

Draußen war einer dieser seltenen sternenklaren Winterabende, der richtige Tag, um Abschied zu nehmen. Im Sommer, dachte Nimet, wäre es mir schwerer gefallen. Sie liebte jene heißen Berliner Sommerabende, wenn die Hitze des Tages die Nacht bis in den Morgen warm hält, an denen viele Menschen bis zum Sonnenaufgang draußen waren und mit Freunden zusammensaßen. So wie sie es früher auch gemacht hatte, als sie Nour noch nicht kannte, Gebetszeiten ihr fremd waren und sie gemeinsam mit ihrer damals besten Freundin Cayenne die Nächte in der Kulturbrauerei durchgetanzt hatte. Das war erst ein Jahr her, aber Nimet schien es eine Ewigkeit zu sein. Sie dachte gern an diese Zeit zurück, es waren Erfahrungen, die sie nicht missen wollte, und sie war überzeugt, dass es gut war, all das gelebt zu haben, um diese fehlgeleiteten Sehnsüchte zu überwinden und voll im Glauben, ganz bei Allah anzukommen, ohne das Gefühl, etwas verpasst zu haben.

Denis, Nours Bruder, wartete bereits mit laufendem Motor in seinem verbeulten Fiat Panda. Er war so abweisend wie immer und würdigte Nimet keines Blickes. Es fühlte sich ungewohnt und gut an, den leichten Wind in den Haaren zu spüren, der Geruch des Pfirsichparfüms, mit dem sie sich das Haar noch einmal ordentlich eingesprüht hatte, bevor sie das Haus verlassen hatten, vermischte sich mit dem abgestandenen Zigarettenrauch in Denis' Auto.

Nour gab ihrem kleinen Bruder einen heftigen Schlag auf den Hinterkopf.

»Du solltest dich klüger anstellen, wenn du schon heimlich rauchst! Vor mir brauchst du keine Angst zu haben, hab sie vor Allah, du Wicht.«

Sie schaute über die Schulter zu Nimet auf der Rückbank, und beide stimmten in ein schallendes Gelächter ein, es war einfach zu komisch, wie dieser kleine Möchtegernmacho Denis zusammenzuckte, wenn seine große Schwester ihm eine Ansage machte. Denis, der für den religiösen Eifer seiner Schwester nur abfällige Bemerkungen übrig hatte, ihr aber trotzdem gehorsam zu Diensten war, wenn sie ihn brauchte, blieb ruhig, drehte sich zu Nimet um und sprach sie direkt an: »Wer etwas zu oft tut, wird daran erkannt; wer albern scherzt, wird dafür gering geachtet. Wer viel lacht, verliert seine Würde. Hat meine Schwester mir neulich vorgetragen. Haste wohl noch nie gehört, was? Schäm dich.«

»Erzähl nichts, wovon du nichts verstehst! Werd erst einmal Muslim, bevor du anderen die Welt erklärst!«, wies Nour ihn zurecht und gab Denis gleich noch einen Schlag auf den Hinterkopf. Der guckte sie nur finster an und fuhr mit quietschenden Reifen aus der Parklücke, so dass Nimet und Nour, überrumpelt von der heftigen Anfahrt, sich in den Sitzen festkrallten.

Seine Blicke waren so direkt gewesen, dass Nimet sich nackt vorkam. Ihre Haare waren ihr Intimbereich, und auch wenn sie Denis nie mit den Augen einer Frau angeschaut hatte, so war er doch ein Mann und sie eine Frau, die nicht miteinander verwandt waren. Es war nicht richtig, dass er sie jetzt so sah, aber es war der Not geschuldet. Allah würde es ihr verzeihen, wie hatte noch der Prediger gesagt? Solange es im Sinne Allahs ist, solange es dazu dient, ihm zu dienen, die Religion zu schützen, die Umma, solange sind auch solche Dinge erlaubt.

Sie konnte jetzt nicht in ihrem Hijab in den Flieger steigen, die Geschichte, die sie sich zurechtgelegt hatte, musste wasserdicht sein. Ein junges Mädchen, das zu ihren Freunden nach Antalya trampt. Sogar ihren kleinen Koran hatte sie zu Hause gelassen, einzig den winzigen silbernen Kettenanhänger, den Nour ihr gegeben und dabei gesagt hatte – »ein Geschenk von Saed, er wollte, dass ich es dir erst jetzt gebe, für die Reise« –, trug sie bei sich, er war ihr Glücksbringer. Alles wird gut, versuchte sie sich einzureden, alles ist richtig. Gleich würde sie im Flugzeug sitzen, die Welt von oben sehen, und in ein paar Stunden, vielleicht auch Tagen, würde sie Saeds Wunden versorgen, ihm Gebete ins Ohr flüstern, seine Lippen mit ihren Tränen benetzen – Tränen der Hoffnung und der Liebe.

Durch das Autofenster ging ihr Blick in die Ferne, die Umrisse Berlins rauschten an ihr vorbei wie eine Kulisse – die Stadt, die bisher ihre Heimat gewesen war, war jetzt ein fremder Ort und Nimet eine Reisende.

In der Müllerstraße mussten sie bei Rot an einer Ampel anhalten. Plötzlich sah Nimet ein bekanntes Gesicht inmitten einer Gruppe türkischer Männer vor einer Dönerbude, Jungs aus ihrer früheren Schule, und zwischen ihnen erkannte sie Cenk, ihren Schwarm aus Schulzeiten. Da stand er, den Kragen seiner dicken Winterjacke hochgeschlagen. Und als hätte er ihren Blick gespürt, drehte er den Kopf in ihre Richtung, doch noch bevor sich ihre Augen hätten treffen können, schaltete die Ampel von Gelb auf Grün, und Denis gab Vollgas.

Was für ein schöner Abschied, dachte Nimet bei sich. Die klare Abendluft, die Erinnerungen an die Zeit mit Cayenne wachrief, die sie, wenn sie ehrlich war, doch sehr vermisste, und jetzt auch noch Cenk, der Junge mit der Elvis-Tolle, der für Tarantinos Filme brannte und gern türkischen Rock hörte. Cenk, der nie auf eine ihrer WhatsApp-Nachrichten reagiert hatte. Damals hatte sie ihn für den tollsten Typen im Universum gehalten, und jetzt empfand sie gar nichts mehr bei seinem Anblick, nur ein wenig Wehmut. Zufall? Nein, Schicksal. Es war doch der Beweis dafür, dass sie auf dem richtigen Weg war.

Sie war nicht mehr das kleine dumme Mädchen aus der 10b, sie war eine Frau mit einem Plan für ihr Leben und einem klaren Ziel. Sie war jetzt endlich angekommen.

Die Farbe Schwarz

16 Monate vorher.

Es war keine gute Idee gewesen, den Schreibtisch ans Fenster zu stellen. Nimet hatte ganze zwei Wochen gebraucht, um das zu erkennen. Denn der erhoffte Blick ins Freie endete sechs Meter weiter an der Brandmauer des Nachbarhauses, die, warum auch immer, schwarz getüncht war und den Hof noch dunkler erscheinen ließ, als er ohnehin schon war. Es war der Kompromiss, den sie eingegangen war, als sie das ehemalige Schlafzimmer ihrer Eltern übernahm. Der kleine Wintergarten, der nach vorn hinausging und zum Wohnzimmer gehörte, war in ihren Augen absolut keine Alternative, die piepsigen Stimmen der Soap-Opera-Stars, die sich Sibel, ihre Mutter, am liebsten reinzog, hätten sie wahnsinnig gemacht. Und hell war auch etwas anderes.

Seit sie nach der Scheidung ihrer Eltern in dieser beengten Zweieinhalbzimmerwohnung lebten, bestand Sibel darauf, dass die schweren Außenjalousien den ganzen Tag lang fast ganz runtergelassen wurden, nur einen kleinen Spalt duldete sie, vermutlich, damit sie überhaupt noch etwas von den Tageszeiten mitbekam. Selbst wenn sie arbeiten war, in dieser türkischen Bäckerei, wo sie manchmal bis zu zehn Stunden am Tag Sesamringe knetete, durfte Nimet die Jalousien nicht hochziehen. Einmal hatte sie es doch gemacht, als Sibel unseligerweise früher als erwartet von der Arbeit nach Hause kam und sich tatsächlich furchtbar darüber aufregte, dass die Sonne durch die Scheiben ins Wohnzimmer fiel. Der Grund: Die Fenster waren schmutzig, und das konnten nun alle Nachbarn sehen. Nimet wusste, auch wenn die Fenster sauber wären, würde Sibel das Tageslicht nicht zulassen. Das Abgedunkelte war ein Ausdruck ihres Seelenzustandes.

Nimet googelte sich noch einmal die ganzen Feng-Shui-Ratschläge zusammen, machte sich Notizen und fing an, ihre Möbel neu zu arrangieren. Den Schreibtisch stellte sie so, dass sie daran mit dem Rücken zur Wand saß und in den Raum blickte, das Bett wurde so lange hin und her geschoben, bis das Fußende nicht mehr zur Tür wies, und der Spiegel, der musste ganz weg. Die Kommode hatte sie letzte Woche erst rosa gestrichen und mit Blumenornamenten verziert, jetzt aber störte sie dieses Dekor. Weiß wäre doch besser gewesen, dachte sie, weiß schien Nimet gerade überhaupt die Lösung für alles zu sein, am besten alles hell und freundlich, schlechte Energie in gute umwandeln.

Leider hatte sie die Vorstellung, dass das Zusammenspiel von Möbeln und Räumen eine Harmonie entstehen lassen kann, die Wohlbefinden schafft, erst vor einigen Monaten entdeckt, als sie im Fernsehen zufällig in eine Reportage zappte, die den etwas pompösen Titel trug: »Auf der Suche nach Glück«. Darin wurden Menschen gezeigt, die für sich, jeder auf ganz unterschiedliche Weise, einen Weg gefunden hatten, ihr Leben »glücklicher« zu gestalten. Da war sie hängen geblieben.

Das Porträt der Psychofrau, die ihr Glück darin gefunden hatte, jedes seelische Wehwehchen einer psychoanalytischen Betrachtung zu unterziehen, hatte Nimet dabei weniger zugesagt. Die Vorstellung, ihre Kindheit aus den Tiefen ihrer Erinnerung hervorzukramen, ängstigte sie. Sie wollte lieber Cupcakes backen, sich die Nägel bunt lackieren, Feng-Shui passte da genauso gut wie ein Buttermilch-Lemon-Shake mit frischer Minze – das Leben konnte manchmal schön sein, selbst mit einer nervigen Mutter.

Wäre sie früher auf diesen Feng-Shui-Trip gekommen, hätte sie sich bestimmt keinen schwarzen Schreibtisch gekauft, diese Schwarz-Einkäufe unterliefen ihr immer dann, wenn es ihr nicht gutging. Schwarze Oberteile, schwarze Haarfarbe, schwarzer Nagellack, Cayenne konnte sich dann tagelang darüber lustig machen und nannte sie »kleiner Emo«. Sie spielte damit auf die Jungs und Mädchen aus ihrer Schule an, die sich gern schwarz kleideten und es hip fanden, sich mit angeritzten Armen, Unter- oder Übergewicht und schlechter Laune zur Schau zu stellen.

Sie war gerade dabei, den schweren Spiegel von der Wand zu heben, als die Zimmertür aufging und Dilara mit verheulten Augen, ein Küchentuch an den Mund gepresst, ins Zimmer trat und, noch bevor Nimet fragen konnte, was passiert war, laut zu weinen begann.

»Also doch wieder! Warum machst du das, Dilara? Warum? Reicht es dir nicht endlich? Willst du wirklich so leben?«

Dilara zog den Saum ihres T-Shirts hoch und wischte sich damit Rotz und Blut aus dem Gesicht. Nimets Blick fiel dabei auf ihren geröteten Bauch – Spuren eines Kampfes. Immerhin, sie musste sich gewehrt haben, sonst sähe sie nicht so zerkratzt aus. Allein das war ja schon ein kleiner Fortschritt.

Die Beziehung ihrer Schwester zu diesem »Nichtsnutz« Baran war für Nimet vom ersten Moment an, als sie davon erfuhr, der Beweis dafür, dass es so etwas wie schicksalhafte Fügungen gab. Jungs, die besonders nett, in Dilaras Augen »soft« waren, hatten nie eine Chance bei ihr gehabt – Dilara wollte endlich »einen richtigen Mann« kennenlernen, das hatte sie oft gesagt. Sie meinte damit zwar eigentlich einen, der sich um seine Frau kümmert, immer weiß, wo sie ist und was sie macht – aber Baran verstand unter einem »richtigen Mann« etwas anderes.

Ihre letzte Beziehung zu Jamil, halb Araber, halb Deutscher, war daran gescheitert, dass er keine Lust hatte, sich von Dilara vorschreiben zu lassen, mit welchen Mädchen er reden durfte oder nicht. Ihre nervigen Eifersuchtsanfälle konnten Dilara zu einem Zombie werden lassen, der den eigenen Freund stundenlang heimlich bei der Arbeit in der Eisdiele beobachtete, nur um zu sehen, ob er nicht doch zu nett zu anderen »Weibern« war. Irgendwann flogen ihre Spanner-Aktionen auf, eine Kollegin von Jamil hatte Dilara mehrfach dabei beobachtet, wie diese sich hinter einem Busch versteckte und Jamil mit Argusaugen verfolgte. Natürlich steckte sie das Jamil, der sich daraufhin von hinten an Dilara heranschlich, sich vor sie hinstellte und wortlos mit dem Kopf schüttelte. Und damit war diese Beziehung, die immerhin ganze sechs Monate gehalten hatte, beendet. Jamil wechselte nach diesem Erlebnis kein Wort mehr mit Dilara, und die fiel erst einmal neun Monate lang in Trauer.

»Verlustängste sind was für Schwache«, hatte Nimet ihrer Schwester oft höhnisch zugerufen, wenn sie deren Eifersuchtsanfälle mitbekam, aber sie wusste, dass Dilara immun war gegen solche realistischen Einsichten – warum sonst hockte sie zusammen mit Sibel immer wieder vor diesen türkischen Serien, deren Dialoge und verlogene Geschichten über Liebe, Leid und Intrigen sie mit einem Ernst wiedergab, als handle es sich bei diesen Schmachtfetzen um das wirkliche Leben.

Dilara öffnete vorsichtig den Mund und trat ganz dicht an ihre kleine Schwester heran, Nimet legte den Spiegel aufs Bett, packte ihre große Schwester am Arm und zog sie wie ein kleines unartiges Kind zu sich.

»Guck mal bitte, Nimet, sieht es schlimm aus?«

»Na ja, ich würde sagen, ein Volltreffer. Den hätte mein Zahnarzt auch nicht besser hingekriegt.«

Dilaras unterer Schneidezahn war in der Mitte waagerecht so akkurat angebrochen, dass es aussah, als hätte ihn jemand mit einer Säge durchtrennt.

»Wie hat er das denn hingekriegt?«

Dilara, die, immer noch verrotzt, mit den Tränen kämpfte, schluchzte, ließ ihre Handkante jetzt aber wie bei einem heftigen Karateschlag durch die Luft sausen, so dass Nimet blitzschnell ihren Kopf zur Seite drehen musste, um dem Schlag auszuweichen. Dabei verlor sie das Gleichgewicht und landete so unglücklich auf dem Spiegel, dass dieser krachend in tausend Splitter zerbrach.

Dilara unterbrach ihr Gewimmer und sagte plötzlich stocknüchtern: »Sieben Jahre Unglück für mich, und ich selbst habe das verursacht.«

»Lieber sieben Jahre Unglück, Naturkatastrophen, Pest und Cholera als ein Leben lang Baran. Es gibt nur dieses eine Leben, wann wachst du endlich auf? Das ist keine Liebe, das hat nicht mal annähernd was mit Liebe zu tun, es ist krank, es ist Hass, es ist Selbstaufgabe! Ach, was rede ich eigentlich, ist mir doch egal, wenn du dich so wegwerfen willst! Geh zum Zahnarzt, und dann schick Baran die Rechnung für die Krone, oder lass dir deinen kaputten Zahn in eure Eheringe einarbeiten – als Liebesbeweis!«

»Er liebt mich. Warum sollte er sonst so ausrasten, wenn ich ihm sage, ich mach Schluss?«

»Weil er, genau wie du, ziemlich viel Scheiße im Hirn hat, sonst hätte er schon längst gemerkt, dass deine ständigen Ich-verlasse-dich-Baran-Drohungen keinen Furz wert sind. Du bist so ehrlos, Dilara, aber gut, du bist meine Schwester, ich habe Mitleid mit dir. Und jetzt geh dir bitte das Gesicht waschen, wenn Mama dich so sieht, kann ich den Soda Club gleich wieder vergessen.«

»Ich wusste, dass ich dir nicht vertrauen kann! Du willst nicht, dass ich glücklich bin! Nur weil für dich keiner sterben würde, denkst du, alles an Baran ist schlecht. Stimmt ja, er hat sich manchmal nicht unter Kontrolle, aber er spart jeden Pfennig für unsere Hochzeit, und ich habe ihn provoziert. Eigentlich ist es meine Schuld.«

»Was war eigentlich der Grund, dass du ihn jetzt wieder verlassen wolltest? Hat seine Mutter wieder gestresst? Hat sie wieder einmal gesagt, dass du kein gutes Mädchen für ihn bist?«

Nimet wusste, dass die Abneigung von Barans Familie gegenüber ihrer Schwester eine große Kränkung für Dilara war, wollte sie doch zu gern eine geliebte Schwiegertochter sein. Dabei war sie bereit, vieles dafür zu tun, vermutlich sogar mit ihrer eigenen Familie zu brechen, hätte Barans Mutter ihr nur einmal das Gefühl gegeben, dass Dilara ein angesehenes Mitglied der Familie Türkoglu werden könnte. Doch Dilaras Vorleben hatte sich längst im Viertel herumgesprochen, sie hatte schon mehr als einen Freund vor Baran gehabt, und damit war der Verdacht, sie habe womöglich schon Sex mit einem Mann erlebt, in der Welt. Für türkische Mütter, die ihren Söhnen nur das Beste wünschen, was nichts anderes hieß als ein »sauberes« Mädchen, war sie inakzeptabel, unten durch, bevor sie je die Chance bekommen hatte, ihre Talente als gute Hausfrau und zukünftige Mutter unter Beweis zu stellen.

Für Baran hingegen war die Situation recht komfortabel, seine Mutter drängte ihn nicht zur Heirat mit Dilara, denn sie gönnte ihm den Spaß mit einem Mädchen und empfand es als natürlich, dass Jungen in seinem Alter sich die Hörner abstießen. Dilara konnte in dieser Beziehung keine großen Ansprüche stellen, denn der Faden, an dem ihre Beziehung hing, war ohne den Zuspruch von Barans Mutter ohnehin hauchdünn, und er wusste nur zu gut, dass allein sein Heiratsversprechen, das er in Konfliktsituationen immer mal wieder auffrischte, Dilara das Gefühl gab, den Richtigen gefunden zu haben. Sie wollte ihn nicht verlieren.

Nimet wiederholte ihre Frage noch lauter: »Warum?«

Dilara wurde ernst, man konnte ihr ansehen, dass sie mit sich rang, jetzt lieber nichts zu sagen. Nimet hatte sie mit dieser Frage überrumpelt, eigentlich hatte sie sich nur ein bisschen ausheulen und ihre Wunden lecken wollen. Dann wäre auch schon wieder alles gut gewesen.

»Sag schon, ... oder soll ich raten? Er hat gesehen, wie du mit einem anderen Jungen geredet hast.«

Nimet musste lachen, sie konnte einfach nicht anders, in ihren Augen war es so absurd, dass ihre ältere Schwester, die doch Abitur machen und studieren wollte, die gern Krimis las und eigentlich zu intelligent war, um auf türkische

Herzschmerz-Musik hereinzufallen, es aber trotzdem tat, weil Baran ständig Arabesk-Lieder im Auto hörte, dass diese Schwester, die lange ihr Vorbild gewesen war, jetzt ein Leben lebte, das tragischer war als eine dieser Daily Soaps aus den Filmstudios am Bosporus.

»Er sagt, er braucht das einfach. Weil er ein Mann ist.«

»So etwas Krankes hab ich ja noch nie gehört! Er muss dich schlagen, weil er ein Mann ist??? Was für ein Wichser, dieser Hu…!«

Noch bevor Nimets Empörung sich weiter in üble Beschimpfungen und Flüche entladen konnte, hauchte Dilara mit heiserer Stimme, fast unhörbar: »Sex!«

»Ich versteh dich nicht. Sex? Er braucht Sex?«

»Er war letztes Wochenende in diesem Club mit Freunden, ich sollte nicht mitgehen, es sollte ein Männerabend werden. Weißt du, dieser Murat und der Mohammed waren auch dabei, diese Zuhältertypen, die jedes Mädchen poppen, das nicht gleich wegrennt.«

Nimet unterbrach ihre Schwester: »Ich glaube nicht, dass Baran besser ist.«

Dilara flippte fast aus: »Was willst du damit sagen, hast du ihn etwa je mit einer anderen gesehen, hä? Wie kannst du so was behaupten? Er sagt mir immer alles, immer …«

Nimet wusste, dass es völlig nutzlos war, Dilara auf die schlechten Seiten ihres Typen hinzuweisen. Es war, als würde man einem Heroinjunkie erzählen, dass Drogen nicht gut für die Gesundheit sind. Völlig zwecklos. Deshalb biss sie sich jetzt lieber auf die Zunge und versuchte, wieder einzulenken. Denn hängen lassen wollte sie ihre Schwester auch nicht. Sie schaute Dilara an und nickte einsichtig mit dem Kopf.

»Na ja«, fuhr Dilara fort, »auf jeden Fall haben die drei sich zusammen eine Flasche Wodka bestellt und sich an einen Tisch gesetzt, um einfach mal unter sich zu feiern, sie wollten halt trinken und labern und so. Aber du weißt ja, wie die Weiber sind, wenn sich da ein paar Jungs 'ne Flasche bestellen, kommen diese Nutten gleich an den Tisch, weil sie denken, guck mal, die haben Kohle und Autos. Diese Weiber machen doch alles für ein Glas Wodka, die gehen sogar mit den Männern zum Ficken aufs Klo ...«

»Jetzt übertreibst du aber voll!«

»Nee, nee, Baran hat mir erzählt, dass Mohammed mit so einer Türkin auf Klos verschwunden ist.«

»Echt, 'ne Türkin? Krass!«

»Ja, Mann, was denkst du denn? Denkst du etwa, die sind Engel oder was? Das sind doch die Schlimmsten, vielleicht tragen die tagsüber sogar Kopftuch. Ich sag dir, heutzutage gibt es alles!«

»Ich will das alles gar nicht wissen, ist ja voll widerlich. Und was war mit Baran?«

»Der hat dann auch ein Angebot bekommen. Von der Freundin der Türkin, die hat sich wohl auf seinen Schoß gesetzt.«

Nimets Gesicht glühte vor erwartungsvoller Spannung, sie konnte kaum abwarten zu erfahren, mit welcher Lüge Baran ihre Schwester beschwichtigt hatte, denn für sie stand fest, Baran war auf das Angebot eingegangen, sie war überzeugt, dass der doch nur eins im Kopf hatte: seinen Schwanz irgendwo unterzubringen.

»Er hat sie beschimpft und von seinem Schoß geschubst.«

Nimet musste bei der Vorstellung, dass die Türkin dabei

vielleicht sogar mit ihrem dicken Hintern auf dem Boden gelandet war, kreischend auflachen, und für einen Moment stimmte Dilara in das Gelächter ein, weil sie glaubte, Nimet lachte über die Abfuhr, die Baran dieser Frau erteilt hatte. Doch dann stockte sie plötzlich, Nimet lachte einfach zu anhaltend, zu schadenfroh, irgendetwas daran war auch gegen sie gerichtet, das spürte Dilara.

»Glaubst du ihm etwa nicht?«

Nimet wollte jetzt keinen weiteren Fehler machen, nur nicht die Wahrheit sagen, bloß sich nicht verplappern.

»Voll cool von Baran, dass er die Schlampe weggeschubst hat.«

Durch Dilaras geschwollene Lippe schimmerte ein Lächeln.

»Und deswegen hat er dich gehauen?«, wollte Nimet wissen.

»Er meint, so kann das mit uns nicht weitergehen, dass wir keinen Sex haben.«

»Waaaaas??? Jetzt aber mal im Ernst: Ihr habt noch nicht, oder?«

Dilara verzog beleidigt das Gesicht: »Was denkst du eigentlich von mir, wir sind gerade erst drei Monate zusammen. Würdest du gleich mit 'nem Typen schlafen, wenn du gar nicht weißt, ob ihr zusammenbleibt? Es ist doch das Einzige, was ich habe. Wenn ich das jetzt einfach so verschenke, dann kann er alles mit mir machen, verstehst du? Dann wäre ich ihm doch total ausgeliefert!«

»Na, dann machst du doch alles richtig. Was willst du denn? Warum heulst du dann überhaupt?«

»Er will dafür aber mehr Freiheit.«

»Ach, jetzt hab ich verstanden! Er will gerne rumpoppen,

und du sollst die Klappe halten und Jungfrau bleiben! Und weil dir das nicht passt, hast du Schluss gemacht, und dafür hat er dir eine reingehauen.«

»Ich kann das einfach nicht!«

Nimet sah ihrer Schwester an, wie verzweifelt sie war und wollte jetzt kein böses Wort mehr über Baran verlieren.

»Komm, Dilara, ich hab noch 50 Euro von Papa. Wasch dir das Gesicht, und dann lass uns ein bisschen bummeln gehen.«

Eigentlich wollte sie ja Cayenne im Soda Club treffen, aber manchmal konnte Nimet einfach nicht anders, als ihrer Schwester ein Angebot machen, das sie eigentlich gar nicht machen wollte. Dilara tat ihr dann leid, ebenso wie Sibel ihr regelmäßig leidtat. In Wahrheit fühlte sie sich unbehaglich dabei, dass sie es war, die die Familie zusammenhielt. Und zu wissen, dass es ihr selbst besser ging als den beiden, hinterließ bei ihr oft ein zweifelhaftes Überlegenheitsgefühl, bei dem sie aufpassen musste, dass es nicht in Verachtung für ihre Familie umschlug.

Ihre Schwester war ein hoffnungsloser Fall, sie konnte doch ohnehin nicht von diesem Typen Baran lassen, sie liebte ihn auf eine bedingungslose, geradezu masochistische Art, wie eigentlich nur Hunde lieben. Im Grunde genommen hatte Baran sogar recht, wenn er sie manchmal einen Hund nannte.

Für Nimet war die Wehrlosigkeit Dilaras, ihre Bereitschaft, sich von diesem Typen immer wieder demütigen zu lassen, ein ständiger Anlass zu Zornesausbrüchen, die sie kaum kontrollieren konnte. Dabei verhielt Dilara sich nur so, wie viele Mädchen in der Nachbarschaft, das Sagen hatten »die Jungs«. Und deren ungeschriebene Gesetze, die das Leben im Viertel bestimmten, ertrug Nimet kaum. Züchtig, das war das Wort der Stunde, die Jungs hatten irgendwann beschlossen, dass ein Mädchen nur dann Respekt verdiente, wenn es sich »züchtig« verhielt. So altmodisch wie das Wort waren auch die damit verbundenen Vorstellungen der meisten Jugendlichen, die Nimet kannte: kein Sex vor der Ehe, alles andere, wie Küssen und Petting, bitte nur mit jemandem, bei dem man sich hundertprozentig sicher sein konnte, dass er der Ehepartner wird. Deshalb war es für alle auch so wichtig, möglichst früh mit dem Sparen zu beginnen, damit das Geld für die Hochzeit rechtzeitig zusammenkam.

Inzwischen hatten sogar einige Banken diese neuen »Züchtigen« als lukrative Zielgruppe entdeckt und boten eigens einen Hochzeitskredit an – ein schuldenreicher Einstieg in ein gemeinsames Leben. Allein für eine Feier mit vielen Gästen, den Schmuck für die Braut und den ganzen Klimbim drumherum – ein auffälliges Auto mieten, Fotografen anheuern, Verwandtschaft aus der Türkei einfliegen lassen etc. – konnten sich schnell mal Kosten von über 20 000 Euro ansammeln, Geld, von dem am Ende nichts blieb als eine Videoaufnahme, die das ganze Spektakel in *realtime* aufzeichnete.

Für Jungs wie Baran, die nicht auf große finanzielle Unterstützung der Familie hoffen konnten, bedeutete das: jeden miesen Job annehmen und auf den Führerschein sowie das erste Auto zunächst einmal verzichten. Ein Mädchen, das einen so opferbereiten Jungen ihren Partner nennen konnte, hatte den Sechser im Lotto gewonnen, ein halb ausgeschlagener Zahn war da zu verkraften.

Dabei hatten Nimet und Dilara nicht einmal einen Bruder, der ihnen diese neuen Züchtigkeitsregeln hätte diktieren können, kein männliches Oberhaupt weit und breit, das sich je in ihre Angelegenheiten mischte. Ihr Vater Ali war so überfordert mit seiner neuen jungen Frau Senay und dem kleinen Sohn Can, dass er sich selbst oft ratsuchend an seine beiden Töchter wandte. Als Vater taugte er wenig.

Nimets Familie bestand aus Dilara und ihrer Mutter. An guten Tagen saßen sie bis spät in die Nacht zusammen auf dem Balkon, tranken Bier und rauchten Zigaretten, und an schlechten war die Balkontür zu, die Wohnung abgedunkelt, und es wurde nicht gesprochen. In letzter Zeit überwogen die schlechten Tage, deshalb verbrachte Nimet die meiste Zeit in ihrem Zimmer vor dem Rechner und gab sich ganz ihren Phantasien von einem anderen Leben hin, das da draußen auf sie wartete.

Manchmal dachte sie dann an Mert, den Aleviten, der nicht Macho genug war, um zu der Sorte Typen zu gehören, auf die Dilara stand. Er war aber auch nicht cool genug, um etwas anderes als ziemlich langweilig zu sein. Schade eigentlich. Denn Mert hatte schon in der siebten Klasse ein Auge auf Nimet geworfen, jedes Mal seinen Schritt verlangsamt, wenn er sie hinter sich bemerkte, und immer wieder schaffte er es, sie in ein Gespräch zu verwickeln. Allerdings war er gegen Cenk, den Jungen aus der Parallelklasse, so spannend wie eine Tube Zahnpasta. Mert war eher der Lückenbüßer, den Nimet nie ganz abblitzen ließ, dem sie aber auch nie wirklich ernsthafte Hoffnung auf mehr als eine Schulfreundschaft machte. Aber er gehörte zu den wenigen, denen sie ihre Handynummer freiwillig gegeben hatte – andere Jungen erschlichen sich die oft über ihre

Freundinnen. Wenn Nimet sich dann aufregte, dass jemand wieder einmal ihre Handynummer ohne ihr Wissen weitergegeben hatte, dann zuckten alle nur mit den Schultern und setzten dieses Ich-bin-es-nicht-gewesen-Gesicht auf.

Bei Mert wusste sie, dass er viel zu gut erzogen war, um einem Mädchen unangenehm nachzustellen. Sie konnte ihn zu jeder Tageszeit anschreiben, er würde immer gleich reagieren. Es tat Nimet gut, so einen Joker im Ärmel zu haben, jemanden, der sie bewunderte und dem sie dafür nichts schuldig war. Trotzdem – für eine richtige Beziehung war er kein Ersatz. Sie empfand gar nichts in seiner Nähe, und das machte ihr manchmal Angst, vielleicht würde sie nie jemanden lieben können, vielleicht aber waren auch nur ihre Ansprüche zu hoch. Und dennoch: Egal wie lange es dauern könnte, sie würde sich nie auf so einen wie Baran einlassen; und auch nicht den Fehler ihrer Mutter begehen, den ersten Freund gleich nach sechs Monaten auf Druck der Eltern zu heiraten – es hatte auch Vorteile, wenn die eigenen Eltern geschieden waren.

Sie würde sich Zeit lassen, die Welt bereisen, eine eigene Wohnung und einen Beruf haben und irgendwann jemanden kennenlernen, der sensibel und stark war, mutig und schön – ihren Helden.

Leben im Stand-by

Cayenne
Hast du sie gesehen?

Nimet
Grünes Kleid, viel Glitzer, Haare und Make-up dezent, aber schon richtig gut, sie war nicht beim Türken, auf keinen Fall, Udo Walz oder so. Sie sah echt super aus.

Cayenne
Echt?! Dabei ist sie doch gar nicht so hübsch!

Nimet
Mann, der Typ hat Kohle, tausend Leute allein am Henna-Abend.

Cayenne
Krass. Und, wie war's?

Nimet
Voll schön, voll die große Torte. Zehnstöckig. Und Tauben haben sie auch fliegen lassen.

Cayenne
Und was will er dann noch zur Hochzeit bieten? Fliegende Dinosaurier?

Nimet
Klar, und sie springt mit dem Fallschirm in seine Arme, er macht dann einen doppelten Salto, und zusammen singen sie das Titanic-Lied.

Cayenne
Heute Soda? Kann um 20 Uhr bei dir sein.

Nimet
Ich weiß echt nicht, meine Alte ist grad wieder voll depri, hat sich mit meinem Vater gefetzt, wegen Geld und so. Aber okay, ich mach das schon.

Cayenne
Nimm gleich deine Klamotten mit, dann bleibst du heute bei mir, egal, was Sibel Kaya sagt. Morgen ist vielleicht alles wieder besser.

Nimet
Hab grad keine Kohle.

Cayenne
Lass Pfandflaschen sammeln gehen und bisschen betteln, hab letztes Mal 40 Euro gemacht.

Nimet
Bist du peinlich!

»Du hättest mir was sagen müssen! Du hättest mir sagen müssen, dass es Mama heute so schlecht geht«, beschwerte sich Dilara, nachdem sie, ganz aufgeregt, zur Wohnungstür hereingekommen war und nach Sibel gerufen hatte, um ihr die Mathearbeit zu zeigen, die sie gerade mit einer Zwei plus zurückbekommen hatte. Aber Sibel, die auf dem Sofa lag, hatte nur gemurmelt: »Lass mich!« Und Dilara war mit Tränen in den Augen in die Küche gegangen, um sich einen Becher Ayran zu holen und Nimet Vorwürfe zu machen.

Es war schon besser zu wissen, wie es Sibel gerade ging, bevor man die Wohnung betrat. Zumindest konnte man sich dann den Enttäuschungsmoment ersparen und lieber gleich jegliche Erwartungen herunterschrauben, wenn sie wieder mal einen ihrer ständig wiederkehrenden »Migräneanfälle« hatte.

Nimet wunderte sich immer wieder über sich selbst, wie sehr die Stimmungslage ihrer Mutter sie herunterziehen konnte. Warum ging es ihr schlecht, wenn Sibel herumjammerte und sich vom Sofa aufs Bett oder vom Bett aufs Sofa schleppte? Warum eigentlich regte sie sich darüber auf, wenn Sibel stundenlang den Fernseher laufen und sich gehen ließ? Sibel war ihre Mutter, und sie liebte sie, manchmal sogar genauso bedingungslos wie Dilara ihren Baran. Das war in den Momenten, in denen es Sibel gutging – wenn sie wie ein Kind lachte, weil sie irgendein Katzen-Video auf YouTube gesehen hatte oder ihr plötzlich ein Furz entglitten war. Dann sah Nimet das Kind in ihr, das sie einmal gewesen sein musste, ein ungeliebtes Kind, das es auch mit 42 nicht geschafft hatte, erwachsen zu werden.

Dabei hatte Sibel sogar Abitur und war einige Semester an der Uni gewesen. Man mochte es kaum glauben, diese kleine Frau mit den schlecht gefärbten Haaren und einigen Pfunden zu viel auf den Hüften hatte in ihrem früheren Leben einmal Anwältin werden wollen. Aber als Tochter der ersten Generation von Gastarbeitern hatte sie zu spüren bekommen, was es hieß, zu jenen zu gehören, die von allen gemieden wurden. »Meine Eltern sind damals nicht so begrüßt worden«, maulte sie, wenn sie im Fernsehen sah, wie die Deutschen bei der Ankunft syrischer Flüchtlinge ihre »Willkommenskultur« feierten. »Was denkt ihr, was diese Araber hier alle wollen? Nichts anderes, als es sich auf unsere Kosten gutgehen zu lassen!« So ätzte sie gern. Aber damals, in ihren frühen Jahren, war sie noch beseelt gewesen von dem Gedanken, irgendwann einmal vor Gericht für die Rechte der Schwächeren einzutreten, vielleicht eine Familie aus Anatolien gegen einen Kreuzberger Miethai zu vertreten.

Aus Anatolien waren ihre Eltern Mustafa und Fatma in den 1960er Jahren aufgebrochen, hatten ihre Heimat hinter sich gelassen, das saftige Grün der Schwarzmeerküste, die vielen Menschen in ihrem kleinen Dorf, das malerisch am Rande eines Waldes lag. Sibel liebte dieses Dorf, das sie von vielen Sommerurlauben kannte. Aber nachdem Mustafa zum ersten Mal in seinem Leben einen Mercedes Benz in Ankara gesehen hatte, wusste er: Deutschland ist das Land seiner Träume. Und irgendwann fügte es sich dann alles wie von selbst, der Freund eines Freundes machte ihm das Angebot, mitzukommen nach Almaniya. Drei Jahre später holte er seine Frau und seine beiden Söhne nach. 1974 dann kam Sibel zur Welt, die einzige Tochter, behütet wie ein Augapfel. Sie sollte es einmal besser haben, sollte zur Schule gehen, studieren.

Am Ende reichte ihr Abitur gerade noch, um für ein paar erfolglose Semester Jura an der Freien Universität Berlin zu studieren. An einige lose Bekanntschaften aus dieser Zeit erinnerte Sibel sich zuweilen. An Jorn zum Beispiel, einen schwulen Studienfreund, dessen Eltern eine Anwaltskanzlei in zweiter Generation führten. Morgens fuhr er im Mercedes seines Vaters vor, und wenn er und Sibel nachmittags zur gleichen Zeit Schluss hatten, nahm er sie im Wagen mit. Er war einer der wenigen Studenten, der in der Mensa lieber mit den paar türkischstämmigen Kommilitonen abhing als mit seinesgleichen. Der Umstand, dass er schwul war, erleichterte den Kontakt mit Sibel, denn ihr Vater war alles andere als ein Freund der Schwulenbewegung, dachte aber, dass dieser gut erzogene junge Mann aus wohlhabendem Hause seiner Tochter vielleicht noch einmal nützlich sein könnte. Mustafa wusste, dass ein erfolgreicher Berufseinstieg, den er Sibel von Herzen wünschte, mehr erforderte als nur ein bestandenes Abitur und ein abgeschlossenes Studium. Und Jorn war ihm lieber als ein Hetero-Freund, den er seiner Tochter ohnehin nie gestattet hätte, zu groß die Gefahr sexueller Verführung – darin war er sich mit seiner Frau einig.

Fatma behagte die freundschaftliche Beziehung zu Jorn gar nicht. Sie hatte schon mit einiger Missbilligung darauf reagiert, dass ihre Tochter, bestärkt vom Vater, studierte, sie fürchtete, dass Sibel damit nur ermutigt wurde, einen Lebensweg einzuschlagen, der sie immer weiter von den Traditionen ihres Zuhauses entfernen könnte. Als Sibel dann eines Tages von einer Nachbarin erwischt worden war, wie sie Händchen haltend mit Ali durch den Görlitzer Park geschlendert war, sah Fatma die Zeit gekommen, das Leben ihrer Tochter in anständige Bahnen zu lenken: Wenige Monate später wurde Sibels Hochzeit anberaumt. Das war – zur großen Enttäuschung von Mustafa – das Ende von Sibels Unikarriere. »Sibel, mein Mädchen«, mahnte er, »du musst irgendwann anfangen, dein Leben in die Hand zu nehmen, du hast nur das eine.« Aber auch er setzte sich gegen die Pläne seiner Frau nicht zur Wehr.

Zu der Zeit waren Sibels Brüder schon verheiratet, beide Väter von jeweils zwei Kindern und hatten es einige Jahre später – der eine als geschäftstüchtiger Malermeister, der andere als Betreiber einer gut besuchten Bar – zu Eigentumswohnungen in Buckow gebracht. In Fatmas Augen hatten sie alles richtig gemacht.

Sibel pflegte zu ihren Brüdern kaum Kontakt, deren Ratschläge, was sie aus ihrem Leben machen sollte, empfand sie als oberlehrerhaft. Hasan versuchte seit Jahren, sie von einer Umschulung zur Schneiderin zu überzeugen, da seine Schwester nicht nur geschickt an der Nähmaschine war, sondern zuweilen auch erstaunlich phantasievolle Kleidungsstücke entwarf. Kaan hatte ihr immer wieder angeboten, mit ihm zusammen eine Kleiderreinigung mit angeschlossener Änderungsschneiderei zu eröffnen – dort könnten später dann auch Dilara und Nimet arbeiten, falls es mit dem Abi nicht klappen sollte. Sibel hasste solche Angebote, davon fühlte sie sich nur gedemütigt – alle schienen in ihr nur eine Versagerin zu sehen, selbst als Mutter ihrer Töchter.

Hasan und Kaan hatten sich auch früher schon als Ordnungskräfte aufgespielt, wenn Fatma es für geboten hielt, Sibel an die kurze Leine zu nehmen, bloß weil sie sich erlaubt hatte, nach Vorlesungsschluss nicht gleich nach

Hause zu kommen. Zwar hatten ihre Brüder sie nie geschlagen, aber die Kontrolle und der Druck, die auf ihr lasteten, und nicht zuletzt die Vorwürfe und Beleidigungen, wenn sie sich nicht so verhielt, wie es von einem »anständigen« Mädchen erwartet wurde, waren Stress pur für sie. Wie oft hatte sie sich in jungen Jahren schlecht gefühlt, weil alle in der Familie – außer ihrem Vater – ihr das Gefühl gaben, sie bevormunden zu dürfen.

Nimet und Dilara kannten alle Geschichten aus der Zeit, in der Sibel jung und eingesperrt gewesen war. Es stimmte, es war nicht ihre Schuld, dass sie ihr »Leben nicht in die Hand genommen hatte«, aber – und daran erinnerte sie ihre Töchter bei jeder Gelegenheit – »ich war auch viel weniger frei als ihr es bei mir seid. Ich durfte nie mit einer Freundin abends losziehen! Und selbst beim Abi-Abschlussball wurde ich von meinem Vater abgeholt!«

Obwohl Sibel mit ihrer Vergangenheit haderte, hatte sie vieles, was aus dieser Zeit stammte, wie auf einem Altar in der Wohnung arrangiert. In einer alten Vitrine fand sich, neben dem einzigen Erbstück von Fatma, einem Paar goldener Ohrringe mit einem Halbmond und Stern darauf, eine Atatürk-Miniaturbronze und immer noch die Flasche Champagner, die ihr Jorn zur Hochzeit geschenkt hatte. Manchmal nahm Sibel sie ganz versonnen in die Hand. Neben der Flasche lagen, von einer dicken Staubschicht überzogen, Dilaras erste Schuhe, ein Foto, das Nimet im Kindergarten zeigte, und ein Bildband über Paris, den Sibel für einen Euro auf dem Flohmarkt erstanden hatte. Paris war für Sibel der Sehnsuchtsort schlechthin, irgendwann einmal, so sagte sie, wenn die Mädchen aus dem Haus wären, würde sie dorthin fliegen.

Nimet wusste nur zu gut, dass auch das, wie die meisten Pläne ihrer Mutter, nur eine Seifenblase war. Sie schaffte es ja nicht einmal, das mit Ali dereinst geteilte Schlafzimmer endlich einmal auszumisten, seine Anzüge, die immer noch dort hingen, oder all die überflüssigen Brautgeschenke zu entsorgen – Handtücher, Bettwäsche, Häkeldeckchen, Kaffeesets und diverse andere Geschenke, die nie Verwendung gefunden hatten. Die einzige Aktion, zu der Sibel sich vor einem Monat aufgerafft hatte, war ein Besuch im Tierheim gewesen. Von dort kam sie mit »Bailey« zurück, einer Kurzhaar-Katze mit einem kreisrunden kahlen Fleck am Kopf, so groß wie ein Zwei-Euro-Stück, und einer roten Wunde, die nicht heilte und deren Ursache ein Geheimnis blieb. Die Zustimmung ihrer Töchter hatte Sibel dabei nicht eingeholt, auch damals nicht, als sie die Schublade voller Barbiepuppen, die Dilara und Nimet seit ihrer Kindheit horteten, in einem Anflug von Hilfsbereitschaft zum Sozialladen gebracht hatte.

Nimet mochte Katzen, aber Bailey mochte sie nicht. Schon bei ihrer ersten Begegnung mit dem Vieh hatte sie eine tiefe Abneigung gespürt. Dilara reagierte noch heftiger: Wenn Sibel nicht da war, flog Bailey vom Tisch, auf dem sie es sich gerade bequem gemacht hatte, oder sie prallte mit dem Kopf gegen die Balkontür, die Dilara unvermutet zuknallte, wenn Bailey ihr auf den Balkon folgen wollte. Die Katze machte das Zuhause nicht behaglicher, die Wohnung stank seit ihrem Einzug fast immer nach Katzenurin, gegen das auch kein Raumspray ankam.

Nimet hätte die ungeliebte Katze ja in Kauf genommen, wenn man sich von Bailey einen therapeutischen Effekt auf Sibel hätte erhoffen können. Stattdessen aber kam es immer häufiger vor, dass ihre Mutter mit Bailey in der Küche hockte und der Katze in leisen Worten vorjammerte, wie abgelehnt sie sich fühlte, wie sie schon als Kind nicht so sein durfte, wie sie wollte, und wie sie jetzt, als Erwachsene, selbst von ihren eigenen Kindern schlecht behandelt wurde. »Nie machen sie die Katzentoilette sauber, und wenn ich nicht wäre, Bailey, wärst du längst verhungert«, murmelte sie dem Tier ins Ohr.

In solchen Momenten empfand Nimet fast so etwas wie Mitgefühl für ihre Mutter, diese kleine pummelige Frau, die jeden Morgen um vier Uhr Sesamringe bei Happy-Snack aufbackte und sich keine Pause gönnte, nicht einmal für einen Kaffee zwischendurch, nur damit sie ihren Mädchen hin und wieder etwas Taschengeld zustecken konnte. Dabei grenzte es fast an ein Wunder, dass Sibel, seit ihr Ehemann sie verlassen hatte, vor nahezu vier Jahren diesen Job in der Bäckerei erhalten hatte, denn sie hatte noch nie in ihrem ganzen Leben gearbeitet, nicht als Studentin und auch nicht als Ehefrau.

Nimet verstand, warum ihre Mutter sich so gehen ließ, dass sie es nicht schaffte, einen Traum zu realisieren oder auch nur ein Ziel zu verfolgen, sondern Jahre ihres Lebens damit verbrachte, auf der Couch vor dem Fernseher zu verbringen, mal schlafend, mal vor sich hin dösend, so als ginge es darum, die Zeit irgendwie herumzukriegen, bis das richtige Leben anfing. Aber dieses Verständnis half ihr nicht. Hass, Liebe, Wut und Mitleid, die Gefühle, die sie für ihre Mutter empfand, waren so gegensätzlich, dass sie oft Kopfschmerzen davon bekam. Dann zog sie sich in ihr Zimmer zurück und träumte von einem besseren Leben, einem, das sie später einmal mit einem Mann, ihrem Ehemann, führen würde, ein ordentliches Leben, mit Liebe und Respekt.

An Tagen, an denen sie sich selbst stark fühlte und das Wetter gut war, konnte sie für Sibel wie ein Therapeut sein, ihrer Mutter liebevoll über den Rücken streichen, ihr einen Tee machen und sich dann freundlich verabschieden, um sich nicht hinreißen zu lassen von all dem, worüber ihr sonst die Kontrolle entgleiten würde. Aber es gab auch Tage, an denen sie selbst jemanden gebraucht hätte, der sie wie ein Kind angenommen, sie getröstet und bemuttert hätte, wenn in der Schule alles schieflief und sie lieber zu Hause im Bett geblieben wäre, als sich dem Kampf da draußen zu stellen. Wenn sie dann ihre Mutter sah, wie sie durch die Wohnung schlurfte, die Augen niedergeschlagen wie ein geprügelter Hund, dann kam Hass in ihr hoch, ein Hass, den sie nicht zähmen konnte und der manchmal zu folgenschweren Auseinandersetzungen führte. Wenn Sibel an solchen Tagen auch nur ein Wort zu viel sagte oder ihre Tochter etwas Überflüssiges fragte oder ihr einfach nur im falschen Moment in die Quere kam, konnte Nimet ausrasten, ein Wort gab dann das andere, bis sie schließlich ihre Mutter als Versagerin beschimpfte, um sich danach in ihr Zimmer zurückzuziehen und nach spätestens zehn Minuten alles, was sie gesagt hatte, zu bereuen und sich noch dreckiger zu fühlen als zuvor schon – es war ein teuflisches Wechselbad, das ihre Beziehung zu ihrer Mutter prägte, ein auswegloser Kreislauf.

Nimet hatte sich deshalb geschworen, ihrer Hingabe Grenzen zu setzen. In den letzten Wochen hatte sie Distanz geübt und sich mehr in ihre eigene Welt zurückgezogen. Früher hatte sie, wenn sie allein war, stundenlang Ornamente gezeichnet, Bildchen akkurat aus Zeitschriften ausgeschnitten oder Porträts von Fotografien abgemalt. Das hatte sie beruhigt. Aber seitdem sie ein Smartphone besaß, hatten die täglichen WhatsApp-Nachrichten und Tumblr-Einträge sich immer stärker in ihren Alltag gedrängt. Ihr Smartphone kam ihr manchmal vor wie ein zusätzlicher Körperteil, nicht lebensnotwendig, aber wenn er länger als zwei Stunden nicht beachtet wurde, dann konnte das zu ernsthaften seelischen Störungen führen. Dabei war mit dem Dauerblick auf das Display, das spürte sie, eine neue Unzufriedenheit in ihr entstanden, eine Unruhe, die ihr nicht guttat. In jeder Klopause, zu Hause beim Fernsehen und am liebsten auch noch abends im Bett machte sie mit dem Handy herum – kein Wunder, dass sie oft erst weit nach Mitternacht einschlief. Was erwartete sie sich davon eigentlich? Die WhatsApp-Nachrichten von all den selbstverliebten Supermachos, die irgendwann einmal von irgendjemandem ihre Handynummer bekommen hatten, konnten es doch nicht sein!

Manchmal fand sie es ja ganz amüsant, mit denen zu chatten, aber auch nur dann, wenn sie sie auf Distanz halten konnte. Wenn ihr ein Typ dabei auf die Nerven ging, dann blockierte sie dessen Zugang – ein Klick und der Unerwünschte konnte sie nie mehr anschreiben. So machte man das, das war Standard. Damit behalfen sich sowohl die Jungs, wenn ihnen ein Mädchen zu zudringlich wurde, als auch Nimet und ihre Freundinnen, wenn der Aufreißer lästig wurde. Unter den Mädchen war das inzwischen eine Art Sport geworden, man prahlte gern damit, wie viele Typen man schon hatte abblitzen lassen.

Manchmal aber suchten Nimet und Cayenne auch die reale Begegnung mit solchen jungen Männern. Diese Treffen waren für die beiden zu einem Spiel geworden, bei dem sie sich boshaft über die jungen Männer lustig machten, ohne dass die es so richtig merken durften. Cayenne hatte allerdings meist enorme Schwierigkeiten, sich nicht mit einem ihrer unberechenbaren Lachanfälle zu verraten. Als sie vor Monaten Adnan trafen, der sie beide mit seinem Mini-Cabriolet abholen kam, offensichtlich aber übersehen hatte, dass auf der Rückbank noch das Höschen einer anderen lag und dann glatt behauptete, das sei »da irgendwie reingefallen«, da konnte Cayenne mal wieder nicht anders, als mit dem Finger auf ihn zu zeigen und ihn schallend auszulachen. Adnan war rot vor Scham und Wut geworden, hatte Nimet noch einige Sekunden mit seinem Blick fixiert, in der Hoffnung, sie würde vielleicht trotzdem noch einsteigen, doch als die sich dann auch vor Lachen krümmte, hatte er nur noch eine Flut türkischer Schimpfwörter ausgespuckt, Vollgas gegeben und war mit quietschenden Reifen in eine verkehrsberuhigte Zone gefahren, wo er von der Polizei gestoppt und zur Kasse gebeten wurde. Am liebsten hätte er den beiden Mädchen den Hals umgedreht.

Bei Viktor im Hotel, der sich im Netz mal »Tony Montana«, mal »Gino Saint Tropez« nannte und aus einer russischen Migrantenfamilie stammte, wäre es auch fast brenzlig geworden. Er arbeitete als Nachtportier in einem Hotel »am Kudamm«, wie er schrieb, vermutlich dachte er, Nimet damit beeindrucken zu können. Das Zwei-Sterne-Etablissement aber lag gar nicht »am Kudamm«, sondern an einer vielbefahrenen Straße. Fast wären die beiden Freundinnen daran vorbeigelaufen, so schwach flackerte die schmutzige

Leuchtreklame mit der Aufschrift »Hotel« über dem Eingang. Alles war dunkel, der Laden wirkte zu, bis Viktor plötzlich wie aus dem Nichts auftauchte und ihnen die Glastür aufhielt. Er trug eine rote Fliege, die schief unter seinem zu engen weißen Kragen hervorlugte, und unter seinen Achseln zeichneten sich große Schweißflecken ab. Mit seiner Glatze und dem Tattoo: »No Limit« auf seinem Unterarm war er genau der Typ von Mann, dem man weismachen konnte, dass die Erde doch eine Scheibe war, man musste es nur versuchen.

Und natürlich versuchte Cayenne es. Sie faselte munter drauf los von neuesten wissenschaftlichen Erkenntnissen, flocht noch ein paar Fremdwörter ein und hatte Viktor nach zehn Minuten da, wo sie ihn haben wollte. Cayennes pseudo-astrologischen Exkursen konnte er ohnehin nicht folgen, und nachdem er den Mädchen einen Sekt im Foyer ausgegeben hatte, war sein Pulver eigentlich schon verschossen. Er wusste nicht, was er jetzt noch auffahren sollte, um Nimet zum Bleiben und Cayenne, deren Spitzzüngigkeit ihm unheimlich war, zum Gehen zu bewegen. Und als er so hilflos vor den beiden stand, ließ Cayennes heftiger Lachanfall natürlich nicht lange auf sich warten. Nimet aber war so klug, nicht mit einzustimmen, denn sie hatte registriert, dass Viktor, nachdem er die beiden hineingebeten hatte, die Glastür nach draußen verschlossen hatte. Sie würde jetzt unter keinen Umständen irgendetwas tun, was ihn nur noch wütender machen könnte.

Und er war wütend! Sein anfänglich dümmliches Grinsen war bereits einem Gesichtsausdruck gewichen, den Nimet von solchen Typen nur allzu gut kannte. Sie ahnte, welche Fragenkette gerade durch sein Hirn rasselte: Lacht sie über mich? *Warum* lacht sie über mich? Will sie mich verarschen? Sie *will* mich verarschen!!

Nimet griff in so gefährlichen Situationen immer zu einem Trick, der auch bei Kleinkindern in akuten Trotzphasen funktionierte: Zerstreu die Fixierung deines Gegenübers, lenk seine Aufmerksamkeit auf irgendetwas ganz anderes! Sie zeigte nach draußen und tippte Viktor dabei vorsichtig auf die Schulter: »Sag mal, ist das dein Mofa da vor der Tür? So eins wollte ich auch immer haben! Darf ich mal darauf sitzen?«

Und schon war die Gefahr einer Eskalation gebannt. Viktor schloss die Tür auf, und nach einigen Minuten Smalltalk beim Betrachten seines Mofas fiel Nimet plötzlich ein, dass sie jetzt ganz schnell nach Hause müsste, bevor ihre Mutter von einer Familienfeier heimkäme. Und damit packte sie Cayenne, die reumütig verstummt war, entschlossen am Arm und zerrte sie mit sich.

»Das war knapp!« Cayenne japste nach Luft, als sie die U-Bahn-Station erreichten.

»Das verdanken wir dir!« Nimet war sauer. »Musst du uns immer in solche Situationen bringen, die wir nicht mehr unter Kontrolle haben? Der Typ war doch sowieso schon klein wie 'ne Maus. Aber du musst immer noch eins draufsetzen!«

Manchmal verging Nimet wegen Cayennes Unberechenbarkeit jede Lust, mit ihr noch um die Häuser zu ziehen. Aber zu Hause Dilaras verheultes Gesicht oder Sibel auf dem Sofa dösen zu sehen, war keine Alternative. Und Cayenne war nun einmal ihre beste Freundin, für Nimet oft die Rettung an trostlosen Tagen. Was immer sie machte oder sagte, es brachte Witz in jede trübe Stimmung, und fast immer ging es Nimet dann besser. Und trotzdem: Diese abendlichen Ausflüge oder auch die WhatsApp-Spielereien empfand Nimet zunehmend als hohl, nichts als ein schales Gefühl blieb von ihnen zurück.

Sie spürte, wie eine Frage sie in letzter Zeit immer häufiger überfiel und sie zutiefst beunruhigte: Verbrachte sie nicht genauso sinnlos ihre Zeit wie Sibel? Nur dass sie nicht vor dem Fernseher hockte, sondern Typen wie Viktor oder Adnan traf, von denen sie außer einem kurzen boshaften Spaß eigentlich nichts wollte? Die so unglaublich nichtssagend waren? Konnte das denn alles sein, was sie aus ihrem Leben zu machen verstand?

Im Märchenzelt

Cayenne
Ich hol dich in 'ner Stunde ab, muss dann aber erst noch zu meiner Cousine, Klamotten abholen. Kannst ja mitkommen.

Nimet
Etwa zu Nour?

Cayenne
Ja, klar! Aber lass bloß meine Mutter davon nichts wissen, die dreht durch, wenn sie mitkriegt, dass ich Klamotten von Nour hole. Nour hat ja auch eine totale Scheibe. Ich sag, die Klamotten sind von Dilara, tamam?!

Nimet
Tamam! Also ganz sauber ist deine Cousine bestimmt nicht. Ich hab aber schon Schlimmere gesehen.

Cayenne
Na, da kennst du Nour aber schlecht. Beim letzten Mal hat sie meiner Mutter doch echt gesagt, das ist wilde Hurerei, wenn sie sich mit fremden Männern trifft.

Nimet
Wie? Deine Mutter trifft sich mit Typen?

Cayenne
Nee, leider nicht, dann hätte ich sie weniger an der Backe. Sie hat sich neulich von 'nem Kollegen nach Hause fahren lassen, dabei hat Nour sie zufällig an der Ampel gesehen. Anstatt normal zu grüßen, hat Schleiereule an die Scheibe geklopft und meiner Mutter durch das Fenster so einen Scheiß zugerufen. Sie kam wohl gerade von ihrer Koranstunde aus dieser Islamistenmoschee da hinten!

Nimet
Wilde Hurerei klingt schon übel, ich hätt ihr dafür eine geklatscht.

Cayenne
Meine Mutter am liebsten auch, aber bevor sie aus dem Wagen springen konnte, ist der Typ schon wieder losgefahren. Nour hat ihr noch ein paar heftige Sachen hinterher gebrüllt. War schon peinlich gegenüber dem Kollegen. Also, nicht meiner Alten stecken, dass wir zu Nour gehen, sonst kriegt die noch die Krise und denkt, ich werd 'ne Mullahfrau.

Für seine beste Freundin muss man auch mal über seinen Schatten springen – für Cayenne allemal: Ein Besuch bei Nour hieß für Nimet, über einen sehr großen Schatten zu springen, denn Nour war einfach zu anstrengend, zu hyperaktiv, zu redselig. Sie konnte einen zutexten, bis einem die Hitze hochstieg; und ihre fuchtelnden Bewegungen, mit denen sie alles, was sie sagte, so heftig begleitete, als sei sie eine Taubstumme, machten jeden in ihrer Nähe dermaßen nervös, dass man selbst nach Minuten noch, nachdem Nour endlich gegangen war, unter Strom stand. Ausgerechnet so eine war Cayennes Cousine!

Aber ihrer besten Freundin konnte Nimet nichts abschlagen. Sie kannte Cayenne und ihre Familie seit ihrer Kindheit. Nimet verbrachte viel Zeit bei ihnen in der Neubausiedlung hinter dem großen Einkaufscenter im tiefsten Neukölln. Schon bei ihrer allerersten Begegnung auf dem gemeinsamen Innenhof, als Cayenne mit ihrer Großmutter, begleitet von zwei kläffenden Yorkshire-Terriern, einen überdimensionalen Plastik-Weihnachtsbaum zum Müll schleifte, hatte sich Nimet zu den Schmidts aus der Hochparterrewohnung hingezogen gefühlt. Sie waren irgendwie anders als alle anderen im Viertel – was auch daran lag, dass Cayenne eine halbe Sintiza war. Aber das erfuhr Nimet erst viel später, da waren die beiden schon täglich zusammen. Cayenne lebte bei ihrer Mutter, der Vater Gino, ein deutscher Sinto, hatte sich aus dem Staub gemacht, als Cayenne noch zu klein war, um den Verlust bewusst zu registrieren.

Cayenne war eine echte Berliner Type, sie hatte diese große Schnauze, die nur Menschen haben, die schon früh allein auf der Straße unterwegs sind. Irgendwie altklug und doch auch naiv. Sie ließ sich schnell auf andere ein und hatte wenig Berührungsängste, nicht einmal gegenüber den Arabern aus dem Nachbarhaus, obwohl Nimet ihr immer wieder die schauerlichen Geschichten erzählt hatte, die über die Rezas im Viertel kursierten. Sie gehörten zu den schwerkriminellen Clans, um die selbst Polizeibeamte lieber einen Bogen machten. Cayenne wollte das alles nie so recht glauben, sie vermutete, die Rezas selbst würden solche Gruselgeschichten über sich in Umlauf bringen, quasi als Teil einer Imagekampagne, um ihren Ruf als harte Jungs zu untermauern. Denn die hatten eine Art Familien-Abo auf den Knast: Wenn Hussein nach drei Monaten U-Haft wieder rauskam, konnte man sicher sein, dass einige Wochen später entweder Ali oder Abdullah oder ein anderer der sechs Reza-Brüder einfuhr. Der Rechtsstaat schien also doch irgendwie zu funktionieren.

Cayenne ließ es sich jedenfalls – trotz der Rezas und der vielen anderen arabischen Familien im Viertel – nicht nehmen, im Sommer in knappen Shorts durch die Straßen zu flanieren. Ein Modetrend, dem andere Mädchen schon lange entsagt hatten, weil es angeblich die Aufforderung war »Nimm mich!«.

Nimet bewunderte Cayenne für ihre Sorglosigkeit. Vielleicht verdankte sie diese einem großen Familienzusammenhalt, auch wenn Psychologen bei einem Blick auf die Schmidts vermutlich nicht die besten Prognosen abgegeben hätten: alleinerziehende Mutter, arbeitet im Telekom-Shop, Vater existiert nur als eingerahmtes Foto in der Wohnzimmervitrine, Tochter treibt sich oft auf der Straße herum, die Großeltern sind Sinti.

In Cayennes Familie fand sich die in »Täter« und »Opfer« gespaltene deutsche Geschichte des letzten Jahrhunderts wieder – Sabinas Eltern hatten eine unrühmliche Nazivergangenheit, über die in der Familie eisern geschwiegen wurde, und Cayennes Sinti-Großeltern trugen ihre Verfolgungsgeschichte im Dritten Reich in alten Fotoalben und auf vergilbten Dokumenten wie einen Schatz mit sich herum. Gino, Cayennes Vater, galt in der Familie als ganz außergewöhnlicher Mensch, ein Musiker und Weltenbummler, der nie lange an einem Ort bleiben konnte und es deshalb auch einfach nicht in einer Zweiraumwohnung mit Mutter-Vater-Kind-Beziehung ausgehalten hatte. Sabina hatte die Tochter in dieser idealisierten Vorstellung von ihrem Vater immer bestärkt, ihr nur Gutes über Gino, den Mann, erzählt, der eigentlich weder besonders künstlerisch begabt noch liebevoll gewesen war und dessen Drogensucht am Ende fast alle in den Abgrund gerissen hätte.

An Cayennes dreizehntem Geburtstag war Gino dann plötzlich aus dem Nowhere wieder aufgetaucht, eine säuselnde Männerstimme am Telefon. Er plapperte irgendwas von »Sehnsucht« und »Reue«, und am Ende war Sabina schwach geworden und hatte ihrer Tochter, die sich zu der Zeit in einer schweren pubertären Nein-Phase befand, den Hörer gereicht. Seitdem telefonierten Vater und Tochter regelmäßig, trafen sich aber nie, denn Gino lebte in Bayern, und Geld für Besuche bei seiner Tochter hatte er nicht, er war, wie früher, stets knapp bei Kasse, und der Rest ging vermutlich immer noch für Drogen drauf. Nimet hatte den Eindruck, dass Cayenne diese Fernbeziehung ganz recht war, der Kontakt über Skype reichte ihr, der war unverbindlich genug, um ihr Vaterbild nicht durch eine deprimierende Realität zu gefährden.

Während Nimet auf Cayenne wartete, begann auf ihrem Smartphone im Sekundentakt ein WhatsApp-Bombardement. Die Freundin schickte eine Fotoserie, lauter Selfies: Cayenne Grimassen schneidend, Cayenne mit Kussmund, Cayenne winkend. Und auf jedem Foto sah man im Hintergrund eine Gruppe bärtiger Männer in Pluderhosen.

Cayenne liebte die Provokation. Einmal hatte sie es tatsächlich fertiggebracht, sich im Sommerbad im Wedding direkt neben einem muslimischen Pärchen, verschleierte Frau mit Baby und Mann in Badehose, das Höschen runter zu reißen, um sich den Bikini anzuziehen. Dabei hing schon am Eingang der Badeanstalt ein Schild, man möge doch auf die muslimischen Gäste Rücksicht nehmen und beim Umziehen möglichst wenig Haut zeigen! Aber bei solchen Aufforderungen fühlte Cayenne sich geradezu eingeladen, das Gegenteil zu tun. Das muslimische Pärchen hatte dann auch verlegen weggeguckt. Nimet fand die Aktion so peinlich, dass sie eine Woche nicht mehr mit Cayenne geredet und ihr wütend geschworen hatte, nie wieder mit ihr ins Schwimmbad zu gehen.

»Krieg dich mal wieder ein!«, hatte Cayenne Nimets Ausbruch nur lakonisch kommentiert. »Was willst du? Sollen wir uns jetzt denen mit ihren verklemmten Auffassungen anpassen, oder was?«

Am Ende siegte dann auch bei Nimet wieder die Begeisterung für die selbstbewusste Freundin. Cayenne war einfach zu cool, um sie zu verlieren. Sie hatte trotz ihrer zarten Statur im Auftritt etwas sehr Burschikoses, sie war das einzige Mädchen aus der Klasse mit Kurzhaarschnitt, und manchmal trug sie wochenlang dieselbe Jeans. Und die Art, wie sie sich breitbeinig hinzusetzen pflegte oder beim Gehen die Hände in die Gesäßtaschen schob und extra lässig mit den Füßen schlurfte, machte sie nicht gerade zum meistbegehrten Mädchen in der Schule – selbst Nimet fühlte sich an ihrer Seite manchmal wie ein Prinzesschen. Cayenne machte sich einfach nichts aus dem, was andere über sie dachten, und schien nur auf eins aus zu sein: möglichst viel Spaß im Leben zu haben, den sie sich mit Provokationen zu verschaffen wusste.

Viele in der Schule hielten sie für eine Lesbe, Nimet wusste es besser, sie wusste von Cayennes hoffnungsloser Liebe zu einem jungen Mann, der Django hieß, wie der berühmte Jazz-Musiker Django Reinhardt, zehn Jahre älter und ein Spitzengitarrist war und Cayenne wie eine kleine Schwester behandelte. Das waren die Momente, in denen die Freundin richtig hilflos-traurig klingen konnte, wenn sie Nimet am Telefon berichtete, dass sie Django wieder bei Verwandten getroffen und er sie nicht einmal richtig angeguckt hatte.

»So, da sind wir. Warte mal eben vor der Tür, ich weiß gar nicht, ob wir hier richtig sind«, sagte Cayenne, als sie vor einem Schleiermodenladen in der Sonnenallee haltmachten, über dessen Tür goldene Lettern für eine »Einladung ins Paradies« warben. Er lag an dieser vielbefahrenen Straße zwischen einem islamischen Bestattungsinstitut und einem libanesischen Italiener, der seine Halal-Salamipizza anpries. Eine Gruppe italienisch sprechender Hipster blieb in dem Augenblick ebenfalls vor dem Laden stehen und machte amüsiert Fotos mit einer Selfiestange.

Nimet starrte ungläubig auf den Laden und sein Schaufenster. Sie hatte mit allem Möglichen gerechnet, als Cayenne meinte, sie würden Nour »auf Arbeit« besuchen – mit einem Handyladen, einem Eiscafé, einem Callcenter oder einer Billigboutique, nur nicht mit einem Geschäft, in dessen Schaufenster tief verschleierte Frauen- und Kinder-Puppen standen. Auf der mit schwarzer Folie verklebten Tür stand, ebenfalls in goldener Schnörkelschrift, ein langer Sermon:

Sage den gläubigen Frauen, sie sollen den Blick niederschlagen und ihre Blöße wahren und ihre Zierde nicht zeigen, außer dem, was äußerlich sichtbar ist, und ihre Brüste bedecken mit ihren Bedeckungen. Und ihre Zierde niemandem zeigen außer ihren Ehemännern, ihren Vätern, Schwiegervätern, ihren Söhnen, Stiefsöhnen, ihren Brüdern, den Söhnen ihrer Brüder und ihren Schwestern oder ihren Frauen oder männlichen Dienern, die Frauen nicht mehr begehren, und den Kindern, die noch kein Verlangen nach Frauen haben. Sie sollen nicht plakativ mit den Füßen schlagen, um verdeckten Schmuck bemerkbar zu machen. Kehrt alle reumütig zu Gott zurück, ihr Gläubigen, damit ihr Erfolg erzielt!

Nimet ließ die Worte auf sich wirken. Seit sie denken konnte, war sie Muslimin, aber eine solche Ansprache war ihr neu – allerdings war sie auch keine Koran-Kennerin. Sie war gläubig, aber mit dem ganzen Getue, das sie in ihrer Schule um die religiöse Auffassung vom Islam erlebte, wollte sie nichts zu tun haben. Ihr reichte schon das dauernde Gezeter um das Kopftuch, damit sollte es doch jede halten, wie sie wollte, Nimet konnte darin nichts anderes sehen als eine persönliche Entscheidung. Klar gab es Mädchen in ihrer Klasse, die sich mit dem Kopftuch von anderen abheben wollten und gleichzeitig alle anderen ständig zu missionieren versuchten. Daneben dann noch jene, die penibel darauf achteten, dass Ballerinas, Handtasche und Nagellack passend Ton in Ton mit der Kopftuchfarbe sein mussten, vorzugsweise in leuchtenden rosa-rot Tönen. Und schließlich noch die, die züchtig gekleidet und ungeschminkt zur Schule kamen, sich dann aber auf der Mädchentoilette umstylten und schminkten, was ihnen zu

Hause offensichtlich nicht erlaubt war, weil ein Mädchen nicht seine Reize zur Schau stellen sollte. Na und? In Nimets Augen war das alles normal, so normal, wie es für manche deutsche Teenager war, nackt in einen See zu springen. Das fand Nimet eigentlich viel extremer als so ein Tuch auf dem Kopf.

Am besten gefielen ihr die extrovertierten »Muschi-frisst-Hose-High-Heels-Kopftuchpussys«, wie Cayenne sie abschätzig nannte, sie boten täglich mindestens einen Anlass zum Lästern und waren immer eine Augenweide. Eine von ihnen, Maryam, war damals von der Schule gegangen worden, nachdem sie auf dem Dachboden beim Analsex mit einem Mitschüler erwischt worden war. Es gehörte eben doch mehr dazu, um als »Heilige« durchzugehen, ein Kopftuch reichte nicht. Und so ein Fauxpas konnte ungeahnte Folgen haben, Nimet hörte später, dass Maryam von einigen muslimischen Jungs über einen längeren Zeitraum zu sexuellen Handlungen gedrängt, genötigt, ja, erpresst wurde. Sie drohten ihr, die Schande ihren Eltern zu stecken, wer weiß, was dann passiert wäre. Wo Maryam jetzt war, wusste keiner so genau. Manchmal traf Nimet noch die Mutter beim Einkaufen, doch die grüßte nie.

Und dann gab es noch Derya. Derya war die klügste und schönste Kopftuchträgerin, die Nimet kannte. Sie war so cool in ihrem Umgang mit anderen, höflich, charmant und mit einem ausgesprochenen Talent für scharfe ironische Kommentare. Mit ihr Zeit auf dem Schulhof zu verbringen, war für Nimet und Cayenne ein Genuss, es gab immer etwas zu lachen. Leider hatte Derya einen total durchgetakteten Tagesplan, der ihr zwischen ihrer ehrenamtlichen Dolmetscher-Tätigkeit im Flüchtlingsheim und ihrer Leidenschaft für Kickboxen kaum freie Zeit für Verabredungen mit Freundinnen ließ. Allerdings schien sie auch kein wirkliches Interesse an mehr als den gelegentlichen Schulhof-Smalltalks zu haben, alles darüber Hinausgehende war für sie vermutlich schon Zeitverschwendung, die sie sich nicht leisten konnte. Denn Derya war ausgesprochen ehrgeizig, sie wollte viel erreichen im Leben, unabhängig von ihrem autoritären Elternhaus werden, in dem sie schon als Kind in die Rolle einer strengen Muslimin gezwängt worden war. Und daraus konnte sie sich nur durch harte Arbeit und Schulerfolge befreien, Nimet wusste das. Es war das klassische Schicksal muslimischer Mädchen, die mehr wollten, als später einmal eine duldsame Hausfrau und Mutter zu werden. Und deshalb nahm sie es auch nicht übel, dass jede Einladung, sie und Cayenne in den Soda Club zu begleiten, von Derya abschlägig beschieden wurde.

Als Nour nun plötzlich, mitten in Nimets Träumereien, in ihrem Ganzkörper-Augenschlitz-Schleier vor die Tür trat, und den vor Schreck erstarrten Italienern zurief »What the fuck are you doing here, piss off!«, konnte Nimet ihren Schock über das schwarze Gespenst, das da vor ihr stand und mit einer in einem schwarzen Satinhandschuh verhüllten Hand vor ihrer Nase herumfuchtelte, nicht verbergen.

»Hallo, schön dass du auch gekommen bist«, säuselte das Gespenst mit sanfter Stimme und wartete erst gar keine Antwort ab. »Du Gottesgeschenk!«

»Was, bitte, bin ich?«

»Gottesgeschenk, besser gesagt: Allahs Geschenk!«

Nimet verstand nicht, was diese Frau von ihr wollte, von der sie nur ein blaues Augenpaar durch den Sehschlitz funkeln sah. Hilfesuchend sah sie zu Cayenne, die gerade damit beschäftigt war, zwei blaue Müllsäcke, prall gefüllt mit Kleidungsstücken, zuzubinden.

»Weißt du, Nour, vielleicht solltest du dich besser in ganzen Sätzen erklären, damit man dich überhaupt versteht! Oder geht das jetzt nicht mehr, seit du einen Schleier trägst?!«, machte Cayenne ihre Cousine an.

Das also hatte Cayenne gemeint, als sie sagte, dass Nour für Überraschungen immer gut war, der Gesichtsschleier war neu, bei der ersten Begegnung in der Aula hatte Nour den noch nicht getragen. Nour warf Cayenne, soweit das durch den schmalen Schlitz richtig zu deuten war, einen giftigen Blick zu.

»Nein, Nimet, sie will dich nicht heiraten«, beruhigte Cayenne ihre Freundin, »sie faselt schon seit Wochen davon, dass dein Name, also Nimet, auf Arabisch, oder was auch immer, Gottesgeschenk bedeutet. Deshalb wollte sie dich auch unbedingt kennenlernen. Toll nicht!? Und was kannste dir jetzt davon kaufen? Bonuspunkte fürs Paradies?!«

Cayenne rang sich bei ihren rotzigen Worten ein gequältes Lächeln ab. Man konnte spüren, dass ihr das Verhalten ihrer Cousine nicht passte. Vermutlich konzentrierte Nour sich deshalb so sehr auf Nimet, die immer noch irritiert und ziemlich sprachlos dastand und abwartete, was als Nächstes kommen würde.

Nour erkannte Nimets Verunsicherung. »Keine Angst, ich hab keine ansteckende Krankheit, ich bin nur Muslim. Kommt rein, wir haben gerade Linsensuppe gekocht, und meine Kollegin Rania erzählt beim Essen immer so schöne Geschichten. Wir beißen nicht«, zwinkerte sie Nimet durch den Schlitz zu und breitete, ohne die Entscheidung der beiden Mädchen abzuwarten, übertrieben einladend die Arme unter dem schwarzen Zelt aus, griff Nimet sanft am Arm und zog sie in den Laden.

Dort sahen sie die ebenfalls in Ganzkörperschleier gehüllte Rania auf einem Stuhl sitzen, um sie herum sechs Frauen auf einem blauen orientalischen Teppich.

»Einer der Sahaba des Propheten lag im Sterben«, fing Rania an zu erzählen, »und seine Freunde kamen zu ihm und forderten ihn auf, die Schahada zu sagen, damit er mit ›La illaha illa lah‹ sterben würde. Der Sterbende konnte jedoch die Schahada nicht aussprechen. Seine Freunde gingen zum Propheten, Allahs Wohlgefallen ihm, und erzählten ihm davon. Dieser ließ die Mutter des Sterbenden rufen und erkundigte sich über ihren Sohn. Sie berichtete, dass ihr Sohn seine Frau ihr gegenüber bevorzugt und sie vernachlässigt habe. Der Prophet, Allahs Wohlgefallen ihm, sagte ihr daraufhin, dass ihr Sohn, wenn sie ihm nicht verzeihen könne, ohne die Schahada zu sprechen, sterben würde. Da verzieh die Mutter ihrem Sohn. Die Freunde des Sohnes kamen später zum Propheten, Allahs Wohlgefallen ihm, und berichteten ihm, dass er gestorben war, aber zuvor die Schahada noch ausgesprochen hat.

An dieser Geschichte«, sagte Rania, nachdem sie die Erzählung auf ihre Zuhörerinnen, von denen keine zu atmen wagte, minutenlang hatte wirken lassen, »seht ihr also, welche Macht der Islam den Frauen gibt. Ohne uns sind die Männer nichts. Nicht umsonst hat unser Prophet, Allahs Wohlgefallen ihm, uns das Paradies zu unseren Füßen versprochen. Wo auf der Welt gibt es sonst so viel Anerkennung für die Frau, sagt mir, wo?!«

Rania stand in der Mitte des Ladens, umgeben von dicht an dicht stehenden Kleiderständern mit Tüchern, Kleidern und Kutten aus Tausendundeiner Nacht. In ihrem leuchtendblauen Schleier kam sie Nimet wie ein seltsames, aus dem samtblauen Teppich herauswachsendes Geschöpf vor. Die goldenen Ornamente und Koransuren an den Wänden und ein großer Kristallkronleuchter ließen die Szenerie wie das Arrangement eines orientalischen Märchenzeltes wirken, so wie Nimet es von Multi-Kulti-Straßenfesten kannte. Nur dass hier keine Märchen erzählt wurden. Hier wurden den jungen Frauen, die kopfnickend und stumm den Erzählungen von Rania lauschten, die absoluten Wahrheiten über den Sinn des Lebens in kleinen allgemeinverständlichen Dosen verabreicht.

»Männer und Frauen sind verschieden, das weiß doch jede von euch, die einen kleinen Bruder oder Neffen hat«, fuhr Rania fort. »Aber wir ergänzen einander aufs Prächtigste, nur zusammen können wir vollkommen sein. Und was heißt das, liebe Schwestern?« Ohne auf eine Antwort zu warten, schob sie mit erhobener Stimme nach: »Die Männer brauchen uns, ohne uns sind sie nur halbe Geschöpfe. Aber was versucht uns die westliche Welt einzutrichtern? Sie will uns glauben machen, dass wir entrechtete Wesen sind, weil der Islam uns angeblich unterdrückt. Und womit begründet sie diese absurde Behauptung, liebe Schwestern? Damit, dass unsere Männer draußen arbeiten gehen, uns aber ermutigen, zu Hause zu bleiben. Damit, dass unsere Brüder einen größeren Anteil der Erbschaft bekommen als wir. Damit, dass Männer im Islam Herrscher werden können und Frauen nicht.

Ich kann euch nur sagen, was ich davon halte: Es spricht

eine große Unwissenheit aus den Ungläubigen, wenn sie so reden. Sie haben noch nicht erkannt, dass Männer und Frauen biologisch verschieden sind und nur die Aufgabenverteilung das göttliche Gleichgewicht der Welt herstellen kann. Oder wollen sie etwa Männer züchten, die Kinder gebären?«

Alle lachten. Nur Nimet nicht. Obwohl sie mit einigem Unbehagen merkte, dass sie sich der suggestiven Kraft von Ranias Rede kaum entziehen konnte.

»Möge Gott, der Allmächtige, mir diese bösen Worte verzeihen«, setzte Rania, diesmal mit eher verhaltener Stimme, wieder ein, als das Gelächter abgeebbt war. »Oder wollt ihr etwa einen Mann haben, der zu Hause sitzt und strickt, während ihr auf der Baustelle Steine schleppt? Unter den Ungläubigen gibt es welche, die das für richtig halten!«

Wieder lachten alle.

»Nur weil wir das für uns nicht akzeptieren, behaupten die Ungläubigen, dass der Islam Frauen wie minderwertige Wesen behandelt. Ihr lacht, aber sie meinen das ernst. Niemand weiß, was in sie gefahren ist, niemand weiß, ob – möge Allah, der Allmächtige, uns vor ihm beschützen – der Seytan in sie gefahren ist.

Kein Geschlecht ist besser oder schlechter als das andere. Wir ergänzen uns. Meine Schwestern, ihr zeigt jeden Tag in eurem Tun, dass ihr Vortreffliches für die Gesellschaft leistet, ihr haltet die Familie zusammen. Jede von uns weiß, was es bedeutet, sich zu kümmern und zu lieben, auch in schweren Zeiten, wie viel es bedeutet, den Männern Verständnis und Respekt entgegenzubringen, sie zu entlasten, zu beraten, zu beglücken, wie wichtig es ist, die Kinder gut zu erziehen und immer für die Familie da zu sein. Bei uns gibt es keine Besuchszeiten, unsere Familien sind uns jederzeit willkommene Gäste, bei uns wird geteilt. Wenn es erforderlich ist, zaubert ihr doch in Windeseile ein Essen für zwanzig Personen, stimmt doch, oder bin ich im Unrecht?«

Die Köpfe der Frauen nickten.

»Das ist es, worum sie uns beneiden. Wir haben Familie, in ihr finden wir unseren ganzen Lebenssinn – in Deutschland, ja, in allen ungläubigen Ländern gibt es bald keine Familien mehr. Wie soll das auch gehen, wenn sie ihren Töchtern – möge Gott, der Allmächtige, uns vor diesen Sünden beschützen – mit 13 schon die Pille kaufen und sagen, geh und mach, was du willst? Wie kann eine Familie zusammenbleiben, wenn jeder nur an sich denkt? Ist euch schon einmal aufgefallen, dass es in muslimischen Ländern keine Altenheime gibt – ganz anders als hier? Wisst ihr, warum das so ist? Weil wir Respekt vor unseren Alten haben, weil wir sie nicht allein lassen. Das Leben in Deutschland ist kalt und unbarmherzig. Die Menschen haben ihren Glauben verloren, deswegen sterben die meisten einsam und ohne Gottes Geleit.«

Rania machte wieder eine wirkungsvolle Pause. Aber Nimet hatte genug gehört. Sie musste ja zugeben, dass sie Ranias Ausführungen manches abgewinnen konnte, aber nun hatte sie keine Lust mehr, diesem Sermon noch länger zuzuhören. Was hatte sie unter lauter Verschleierten zu suchen? Wo war Cayenne bloß? Eigentlich eine Zumutung, dass sie sie hierhin mitgeschleppt hatte! Warum ließ die sie mit all diesen nickenden Frauen allein in dieser orientalischen Höhle? Als sie entschlossen einen Schritt in Richtung Tür machte, hielt Nour, die inzwischen ihren Gesichtsschleier abgelegt hatte, sie am Arm fest.

»Heute ist ein besonderer Tag. Hast du nicht Lust, etwas Gutes zu tun?«, fragte sie.

Die Frau ist auf der Hut, sie registriert offenbar alles, dachte Nimet. Nein, sie hatte keine Lust, etwas Gutes zu tun, sondern höchstens, so schnell wie möglich von hier zu verschwinden. Dennoch traute sie sich nicht, das zu sagen, war aber heilfroh, als in diesem Moment die Tür aufging und Cayenne in die Runde rief: »Was ist das denn hier für eine Hühnerveranstaltung? Nimet, können wir jetzt endlich mal weiter?«

Die Frauen schauten verständnislos von Cayenne zu Nimet und dann wieder von Nimet zu Cayenne. Nimet fand Cayennes Sprüche ja meistens sehr cool, jetzt aber schlug ihre Schnoddrigkeit hier wie ein Blitz ein und machte es leider ganz unmöglich, still und unbemerkt zu verschwinden. Nour, die sie immer noch festhielt, wiederholte, völlig unbeeindruckt von Cayenne, ihre Frage: »Wir haben gerade einige hundert Flüchtlinge bei uns im Viertel, die Kinder brauchen Betreuung und die Frauen jemanden, der ihnen bei dem Papierkram hilft. Du bist nicht wie Cayenne, das hab ich gleich gesehen, gib mir deine Nummer, und ich schick dir die Infos, dann kannst du es dir ja überlegen!«

Ohne weiter nachzudenken, gab Nimet Nour ihre Handynummer und verabschiedete sich dann hastig mit einem knappen »Tschüss!« in die Frauenrunde, deren Blicke immer noch stumm und verstört auf sie und Cayenne gerichtet waren. Als sie auf die Straße trat, atmete sie tief durch, um das klebrige Gefühl loszuwerden – gerade noch einmal entkommen, dachte sie. Die Sonne brannte vom Himmel, aber das war ihr nur recht nach dem undurchsichtigen Dunkel der orientalischen Zauberhöhle. Stumm lief sie neben Cayenne her und war in Gedanken noch bei Rania. Die Begegnung im Schleierladen war ihr unheimlich gewesen, sie hatte sich angefühlt, als sei sie in einen falschen Film geraten, auch wenn sie zugeben musste, dass Ranias Ausführungen über die Familie ihr nicht unbedingt missfallen hatten. Auch in ihrer Familie wäre der Zusammenhalt besser, wenn nicht jeder nur für sich vor sich hinleben würde.

Während ihre Gedanken noch spazieren gingen, holte Cayenne sie mit einem Satz wieder in die Realität zurück: »Nour versucht, mich mit allen Mitteln zu kriegen, ich glaube, sie hört nie damit auf.«

»Wie meinst du das?«

»Ohne Scheiß, der ist es ernst damit, andere zu ködern. Die Geschichte mit den Klamotten war nichts als ein Vorwand, um uns hierherzulocken.«

»Nun übertreib mal nicht! Bist ja schon wie diese Leute, die denken, jede Schleierfrau trägt 'nen Bombengürtel unter ihrem Hijab. Was ist los mit dir? Bist doch sonst nicht so'n Schisser.«

»Nicht jede, aber wer wie Nour ein teures Michael-Kors-Kleid einfach so wegschenkt, der kann vom Bombengürtel nicht mehr weit entfernt sein.«

Gerade als Cayenne ihren Satz beendet hatte, kam den beiden Mädchen eine Gruppe Salafisten entgegen. Sie trugen weiße und beigefarbene Pluderhosen, die über ihren Knöcheln endeten, darüber lange Gewänder, die bis zu den Kniekehlen reichten, und Militärparkas. Ihre Bärte waren um den Mund so getrimmt, dass sie wie ein Rahmen zwischen Kinn und Ohren wirkten, und in ihren Blicken meinte Nimet, eine gewisse Geringschätzung zu erkennen. Die sechs Männer machten keine Anstalten, den beiden auszuweichen, Nimet und Cayenne mussten sich auf die Straße retten. Cayenne setzte eine strenge Miene auf, reckte flehend die Arme gen Himmel und rief schrill: »Gott ist groß, aber eure Klatsche ist noch vieeeel größer«, zog die verwirrte Nimet am Arm mit sich und rannte mit ihr die U-Bahn-Treppe hinunter.

Auf dem Bahnsteig drehte sie sich zu Nimet um: »Du hast ihr doch nicht etwa deine Nummer gegeben, oder?«

»Warum fragst du?«

»Na toll, also doch, du Schaf! Du bist ja auch ganz anders als Cayenne«, äffte sie die Stimme von Nour nach. »Dann hol dir mal gleich 'ne neue Karte!«

»Mann, ist doch nicht schlimm! Wenn ich keinen Bock hab, geh ich eben nicht ran, sie wird mich ja nicht auffressen!«

»Denkst du!«

Nachricht von einem Unbekannten

Sabina hatte Kohlrouladen und Salzkartoffeln gemacht und steckte mit ihren Händen in einem großen Sack Blumenerde, als Cayenne und Nimet zur Tür reinkamen.

»Gut, dass du endlich da bist, Cayenne. Mami kommt gleich, sie hat uns Blumen organisiert!«

Genau das war es, was Nimet so an den Schmidts mochte und was sie zu Hause so sehr vermisste: diesen banalen Alltag, eine Mutter, die jeden Tag zur gleichen Zeit ein warmes Mittagessen auf den Tisch stellte, selbst wenn es häufiger die von Cayenne gehassten aufgewärmten Dosenmahlzeiten von Sonnenbassermann waren. Bei Familie Schmidt herrschte Frieden. Wer braucht schon einen Vater, wenn zu Hause alles stimmt, dachte sich Nimet.

Der Fernseher lief. Helene Fischer sang, und Cayenne schob ihrer Mutter die halb gerauchte Gauloise in den Mundwinkel, als es Sturm klingelte.

»Ey, Nimet, kannst du mal aufmachen und runtergehen? Ist bestimmt die Mami«, bat Cayenne.

Mami, das war Cayennes Sinti-Großmutter, die Frau mit den hellen Augen und den schlohweißen hochgesteckten Haaren, die immer eine Blumenschürze trug und nach Ariel und Hühnereintopf roch.

»Na, mein Mädchen, ist Cayenne nicht da?«, begrüßte sie Nimet auf der Straße und nahm sie flüchtig in die Arme.

Mein Mädchen, so nannte Mami sie immer, nicht einmal Sibel nannte sie so. Diese Warmherzigkeit, die man Nimet in der Familie Schmidt entgegenbrachte, machte sie jedes Mal glücklich, es war ein Gefühl von Geborgenheit, das sie in eine beschwingte Stimmung versetzte. Auch wenn die Schmidts nicht ihre echte Familie waren, so war sie doch ein Teil dieser eingeschworenen Sippe, und darauf war sie stolz.

Als Nimet ans Auto trat, um anzupacken, stieg ein junger Mann aus, den sie noch nie zuvor gesehen hatte, und öffnete den Kofferraum.

»Django, nimm doch mal gleich den großen Karton mit hoch, und schick Sabina runter!«

Das also war Django! Das Bild, das Nimet bisher von ihm gehabt hatte, speiste sich aus den Erzählungen ihrer Freundin, die immer behauptete, er sähe »Bombe« aus. Nimet hatte sich Cayennes Traummann ganz anders vorgestellt, groß und dunkel. Tatsächlich aber war Django eher klein, für sein Alter etwas zu untersetzt, unübersehbar mit einem gewissen Bauchansatz gesegnet und für Nimets Geschmack einen Tick zu oft im Solarium. Sein scharf geschnittenes Gesicht mit den blitzenden Augen und der perfekt frisierten dunkelblonden Tolle darüber und die bei jedem Schritt flatternde Leinenhose über feinen Lederschuhen gaben ihm aber doch etwas Aufregendes. Auch wenn er nicht besonders schön war, so musste Nimet doch zugeben, dass er etwas an sich hatte, was man vielleicht am besten mit »Männlichkeit« bezeichnen konnte. Und als er jetzt auf sie zukam und ihr eine Bananenkiste voll mit Geranien reichte, war sie betört von seinem Aftershave, das sie in eine Wolke von Leder, Patschuli, Moschus und dem herben

Duft von wilder Natur einhüllte. Sie vergaß darüber sogar, seine Frage zu beantworten: »Wer bist du denn, mein Mädchen?« Bevor sie antworten konnte, tauchte Cayenne auf.

»Latscho diewes, Django!«

Die Freundin kam bei diesen Worten wie ein junges Reh, das eine saftige Wiese entdeckt, aus dem Hausflur gesprungen, Nimet traute ihren Augen und Ohren nicht: Seit wann konnte Cayenne denn mit einer viel weicheren Stimme als sonst so säuseln? Und dann dieser Lippenstift, den sie aufgetragen hatte! Blutrot! Nimet wusste ja, dass Cayenne in Django verliebt war, aber musste sie so offensichtlich zur Schau stellen, dass sie ihm gefallen wollte? Beim Traummann verlor offensichtlich selbst die sonst eher herbe, manchmal sogar boshafte Cayenne ein bisschen den Verstand. Ihr Auftritt hatte fast etwas Aufforderndes – nie würde sie selbst sich nur wegen eines Typen so verhalten, dachte Nimet.

Django aber blieb cool, er schmunzelte nur über Cayennes unbeholfene Romanes-Sprachversuche, und Nimet meinte, an seinem Blick erkennen zu können, dass er in Cayenne keineswegs, wie sie selbst glaubte, nur das kleine Mädchen sah. Aber er war ja auch schon 27, für jemanden in seinem Alter konnte ein falscher Blick auf eine 17-Jährige zum Gewissenskonflikt führen. Gerade als Nimet sich noch ein bisschen länger diesem Gedankenspiel zu Django und Cayenne hingeben wollte, vibrierte ihr Handy in der Hosentasche, und sie entschied sich, jetzt doch lieber die schwere Kiste hochzutragen, anstatt noch länger auf Cayenne zu warten, die, mit einer Zigarette in der Hand, plaudernd an Mamis Auto lehnte und überhaupt keine Anstalten machte, die Blumen nach oben zu schaffen.

Oben in der Wohnung angekommen zog Nimet sich für ein paar Minuten auf die plüschige Toilette der Schmidts zurück, um zu checken, wer sich auf ihrem Handy bemerkbar gemacht hatte. Die Schmidt'sche Toilette gehörte zu ihren Lieblingsorten, Sabina hatte sogar die Klospülung mit kleinen Schiffchen und Muscheln dekoriert – die ganze Wohnung der Familie mit ihrem vielen Nippes und den Kleinmöbeln wirkte, als solle hier das nächste Fotoshooting der Tschibo-Marketingabteilung stattfinden. Und alles war immer pikobello sauber, auch im Bad, so dass Nimet dort gern auf der Klobrille saß und den Zitronenduft des Badreinigers wie eine frische Sommerbrise inhalierte, so wie jetzt, als sie auf das Display ihres Handys sah.

Wer bist du?

Nicht mehr als diese kurze rätselhafte WhatsApp-Zeile stand da, abgesendet von einer unbekannten ausländischen Nummer, immerhin das konnte Nimet erkennen.

Nimet
Wer bist *du*? Und woher hast du meine Nummer?

Saed
Ich bin Saed. Ich habe deine Nummer, weil du mich doch angeschrieben hast!

Nimet
Das kann nicht sein, du verwechselst mich, ich hab dich nicht angeschrieben. Sorry, muss ein Missverständnis sein.

Saed
Es gibt keine Zufälle, es gibt nur Bestimmung.

Mann, schon wieder einer dieser Idioten, die es mit einer solchen Tour versuchten! Die sozialen Netzwerke waren voll mit Jungs und Mädchen, die den ganzen Tag nichts anderes zu tun zu haben schienen, als fremden Leuten ein Gespräch aufzudrängen, in der Hoffnung, am anderen Ende der Leitung jemanden anzutreffen, mit dem man wenigstens flirten konnte. Cayenne hatte recht, zu viele Idioten hatten ihre Nummer! Sie musste sich nicht wundern, dass jetzt irgendein Jemand vielleicht vom anderen Ende der Welt versuchte, mit ihr in Kontakt zu kommen. Eigentlich hätte sie gern gewusst, wo dieser Typ eigentlich steckte und wieso er der deutschen Sprache mächtig war, aber sie musste es kurz machen, sonst würde sie ihn nicht wieder loswerden.

Nimet
Ist mir egal, wer du bist, wo du bist und was du willst, ich kenne dich nicht, also bitte, schreib mich nicht mehr an.

Sie wollte jetzt nur noch eine Antwort von Saed abwarten, um ihn dann zu sperren. Nimet wartete und wartete, aber von Saed kam nichts mehr, keine SMS. Zum ersten Mal hatte sie das Gefühl, ihre Standard-Abfuhr zu früh losgeschickt zu haben. Noch nie war eine Reaktion darauf ausgeblieben, und gerade mit dieser Kommunikationsverweigerung weckte Saed plötzlich ihr Interesse. Aber jetzt war es zu spät, nach so einer Nachricht konnte sie ihm nicht noch einmal schreiben, das wäre ein Zeichen von Schwäche, und eins hatte Nimet gelernt: Man durfte Typen keine Schwäche zeigen. Sollte er doch bleiben, wo er war, dachte sie, als sie ihr Smartphone wieder zuklappte.

Cayenne klopfte schon ungeduldig an die Klotür, als Nimet sich noch die Hände wusch, und rief: »Du kannst meine Chucks heute anziehen, ich nehm' die Sandalen!«

»Was denkst du? Soll ich etwa nackt gehen, oder was? Ich geh bestimmt nicht in dieser Hose ins Soda!«

»Brauchst du ja auch nicht«, meinte Cayenne, als Nimet endlich aus dem Bad kam, »wir gehen heute auf eine Privatparty, du kriegst von mir ein Kleid.«

»Hochzeit?«

»So was Ähnliches.«

Sie zog Nimet in ihr Zimmer vor ihren Kleiderschrank, warf etliche Klamotten aufs Bett und kramte auf dem Hängeboden, bis sie eine verstaubte Schuhschachtel gefunden hatte.

»Such dir schon mal was aus! Ich komm gleich wieder!«

Durch die Zimmertür sah Nimet, wie Cayenne Django mit einer langen, innigen Umarmung verabschiedete und ihm dabei etwas zuflüsterte. Dass sie beobachtet wurde, bemerkte sie gar nicht. Tänzelnd kam sie zu Nimet zurück.

»Guck mal, Nimet, dies hier, echt Dior. Vielleicht bisschen viel Strass, oder?«

»Und ich soll Chucks dazu tragen? Sieht doch unmöglich aus!«

»Wieso? Wolltest du doch immer schon mal, und sieht doch cool aus zu diesem weißen Sommerkleid!«

Und tatsächlich, auf einer Party, wo man niemanden kannte und nicht einmal wusste, wer sie wozu veranstaltete, gaben Chucks und lange Sommerkleider Nimet ein Gefühl von Sicherheit, ohne dass sie sich underdressed fühlte.

Sie setzte sich auf die Bettkante und kramte in Cayennes Schmuckkästchen, in dem sich echter Goldschmuck neben billigen Plastikarmbändern und einem unentwirrbaren Knäuel verknoteter Freundschaftsarmbänder befand. Dabei sah sie, wie Cayenne sich in einen knallengen schwarzen Rock zwängte, und als sie dann noch das rote Top mit den Spitzeneinsätzen überstreifte, wurde Nimet klar, wohin es gehen sollte.

»Also doch wieder so 'ne Gipsy-Party!«

Cayenne grinste verlegen. Sie fühlte sich ertappt und wusste, dass Nimet zu einer solchen Party nur schwer zu überreden war. Die letzte Familienfeier der Schmidts lag zwar schon fast ein Jahr zurück, war aber für Nimet ein Albtraum gewesen. Damals hatte sie sich nach einer am Nachmittag vorangegangenen Auseinandersetzung mit ihrer Mutter zum ersten Mal so richtig volllaufen lassen: Ballantine's-Whisky mit Cola, Cayennes Onkel Harry hatte immer schön nachgeschenkt, und als Nimet ihr Limit überschritten hatte, merkte sie auch gar nicht mehr, wie schnell sie dem totalen Absturz entgegentrieb. Die letzte klare Erinnerung war die Kneipentoilette, wo sie zwischen etlichen Anfällen von Erbrechen gleich auf der Klobrille sitzen blieb, der dauernde Brechreiz nagelte sie dort fest. Dabei hatte Sibel ihr wieder und wieder eingebläut, sich nie auf fremde Klobrillen zu setzen, so könne man sich die schlimmsten Krankheiten holen, Aids inklusive.

Als sie sich traute, das Klo endlich wieder zu verlassen, schwankte die Welt um sie herum so heftig, dass sie mitten im Flur der Eckkneipe der Länge nach hinschlug. Was dann geschehen war, hatte ihr Gedächtnis gnädig ausgelöscht. Sie war erst wieder bei Sinnen, als sie bei Sabina im Schlafzimmer aufwachte, frisch gewaschen, einen Eimer neben dem Bett. Überall roch es nach Desinfektionsmittel, was bei Nimet gleich den nächsten Brechreiz auslöste.

Es dauerte Wochen, bis sie dieses Erlebnis halbwegs verdaut hatte. Tagelang traute sie sich vor lauter Scham nicht zu den Schmidts und verfluchte den Tag, an dem sie die Kontrolle über sich verloren hatte. Das sollte ihr nicht wieder passieren, das hatte sie sich, von Übelkeit geplagt, schon in Sabinas Bett geschworen.

»Ehrlich, Cayenne, nix gegen deine Family, aber auf 'ne Gipsy-Party hab ich echt keinen Bock.«

»Ich pass auf dich auf, außerdem hast du Alkoholverbot. Hey, ich glaub, dein Handy hat grad vibriert.«

Saed

Du hast mich also nicht gesperrt! Na gut, dann versuch ich es noch einmal anders: Ich heiße Saed, bin 22 und lebe und arbeite seit zwei Jahren in der Türkei. Deine Nummer war eine willkürlich gewählte Zahlenkombination, ich weiß nicht, wer du bist und wo du bist, vielleicht können wir trotzdem Freunde sein! So wie du reagiert hast, bist du vermutlich ein Mädchen, oder? Ist aber eigentlich auch egal – es ist nie falsch, Freunde auf der ganzen Welt zu haben.

Nimet las den Text immer wieder und merkte gar nicht, dass Cayenne inzwischen hinter ihr stand und mitlas.

»Was ist das denn? Schon wieder so ein Idiot, scheinst ja echt ein Magnet für solche Typen zu sein. Komm, jetzt zieh dich endlich um, Django holt uns gleich mit dem Auto ab!«

Nimet war genervt. Mit der größten Selbstverständlichkeit las Cayenne viel zu oft ihre Nachrichten auf dem Display mit. Sie hatten zwar keine Geheimnisse voreinander, aber irgendwann musste damit Schluss sein, spätestens wenn ein Junge auftauchte, mit dem sie etwas Ernstes anfangen würde. Dann würde sie Cayenne nicht mehr alles erzählen, auch wenn sie einander ewige Treue geschworen hatten, es fühlte sich einfach falsch an!

»Mann, Cayenne, lass mich! Manchmal bist du eine richtige bitch!«

Cayenne musterte ihre Freundin misstrauisch, sagte aber nichts. Nimet merkte schon in dem Moment, als sie die Freundin zurückwies, dass sie einen Fehler gemacht hatte.

»Tut mir leid, entschuldige, Cayenne, ich mein das gar nicht so. Bin grad ein bisschen gestresst, muss dauernd an meine Mutter denken, die wieder voll auf Kontroll-Trip ist.«

»Guck mal lieber auf dein Handy, hat schon wieder vibriert, das Scheißteil!«

Saed

Heute hat das Meer tote Kinder an den Strand gespült. Flüchtlinge auf dem Weg nach Europa. Gott trauert, Er trauert um jedes einzelne dieser Kinder. Ich kann abends nicht schlafen, vielleicht ist da am anderen Ende dieser Leitung ein Mensch, der genauso fühlt wie ich. Allah möge uns beistehen, es ist schlimm, was auf der Welt passiert.

Während Nimet immer nachdenklicher Saeds Zeilen studierte, drehte Cayenne ihre Musik-Anlage auf volle Lautstärke, riss das Fenster auf und ließ die wummernde Bassstimme von Barry White über die ganze Straße dröhnen.

»Ich geh jetzt nach Hause«, sagte Nimet, aber Cayenne hörte sie gar nicht. Sie stand vor dem Spiegel und toupierte sich die kurzen Haare, um sie danach, wie sie es immer für diese Gipsy-Partys tat, mit einer Wolke von Haarspray zu einer Sturmfrisur zu fixieren. Als sie sich umdrehte, um Nimets Meinung zu ihrem wilden Styling einzuholen, war die schon nicht mehr da. Cayenne ging ans Fenster und sah ihrer Freundin irritiert nach, die eifrig in ihr Handy tippte.

Nimet
Ich heiße Nimet, bin 16 und lebe in Berlin. Was arbeitest du in der Türkei?

Saed
Ich kümmere mich um Flüchtlingscamps.

Nimet
Wow!

Saed
Ist doch selbstverständlich. Menschen in Not brauchen unsere Hilfe. Wie kann man da untätig bleiben und einfach zuschauen? Was machst du denn in deiner Freizeit?

Nimet dachte beschämt nach, was sie ihm jetzt auf die Schnelle in wenigen Zeichen antworten könnte? Etwa: chatten, mit Typen treffen, im KaDeWe Schminke testen, mit meiner Freundin herumziehen und Männer provozieren, auf Tumblr Fotos und buddhistische Weisheiten hochladen?? Auch wenn Saed sie nicht sehen konnte – Nimet wurde rot vor Scham, als ihr klarwurde, dass sie nichts zu bieten hatte, was auch nur annähernd so überzeugend klang wie sein Einsatz für Flüchtlinge.

Nimet
Ich muss jetzt nach Hause, melde mich später.

Saed
Bis später, ich kann erst wieder heute Nacht!

Das war ihr noch nie passiert, dass ein junger Mann sie etwas fragte und ihr nichts, aber auch gar nichts einfiel. Was hätte sie auch schreiben sollen? Die Wahrheit? Endlich war da mal jemand am anderen Ende der Leitung, der vermutlich mehr zu bieten hatte als aufgepumpte Muskeln und einen Mietwagen, und dann fiel ihr zum ersten Mal in ihrem Leben auf, dass sie nichts zu bieten hatte! Dabei hatte sie doch die ganzen letzten Jahre gehofft, dass es irgendwo da draußen einen Menschen gab, der klug war und vielleicht sogar noch gut aussah, jemand, der wusste, was er im Leben wollte und sie auserwählen würde, damit endlich das Leben zu zweit anfangen konnte. Dabei war ihr gar nicht aufgefallen, dass sie bei all ihren Ansprüchen an einen solchen Mr Right vielleicht selbst gar nicht mithalten konnte! Wer war sie schon? Und vor allem: Was machte sie in ihrer Freizeit? Ja, sie fand es großartig, wenn Menschen anderen halfen, wenn Menschen sich für die Umwelt einsetzten, gegen den Klimawandel, für eine bessere Versorgung alter Menschen kämpften, sie bewunderte Mutter Theresa und den Dalai Lama und fand die Forderungen von Greenpeace und Peta richtig. Es gibt Gut und Böse, Richtig und Falsch. Palästina ist gut, Israel böse, Vegetarier sind die besseren Menschen, und wer auf Leder verzichtet, weil er es nicht erträgt, die Haut toter Tiere für eigene Zwecke zu nutzen, ist auf dem richtigen Weg.

Aber ihre eigene Realität sah dann doch ganz anders aus: Sie hatte bisher nie auf einen Burger bei McDonald's verzichtet, und das Höchste, was sie in Sachen Nächstenliebe vollbracht hatte, war, ihrer alten Nachbarin die Tüten hochzutragen.

Saed hatte ihr, auch wenn er es nicht wissen konnte, den Spiegel vorgehalten. Und was sie darin sah, war niederschmetternd: Wie armselig ihr Leben doch war, wie wenig Grund es gab, auf irgendetwas stolz zu sein! Es war an der Zeit, sich ernsthaft Gedanken zu machen und eine wichtige Frage zu stellen: Wie konnte sie ihrem Leben endlich einen Sinn geben? Und es war an der Zeit zu handeln. Sie musste endlich ihr Leben in die Hand nehmen!

Neue Freundinnen

Während Nimet noch angestrengt darüber nachdachte, was sie Saed heute Abend schreiben könnte, ohne sich zu blamieren – denn dass sie ihm schreiben würde, stand inzwischen außer Frage – wurde sie schon an der Wohnungstür von Sibels ärgerlicher Stimme empfangen:

»Hast du denn gar nichts von mir gelernt? Ich habe nie so viele Klamotten wie du besessen, aber wenn ich sie gehabt hätte, wären sie bei mir im Schrank gewesen und nicht durch die Gegend geflogen! Sogar die Unterhosen liegen in deinem Zimmer herum! Schäm dich!«

Sibels Hände hantierten in einer Wolke von Schaum mit dem Abwasch, der vom Frühstück der beiden Mädchen stehen geblieben war.

»Mann, Mama, es gibt Wichtigeres im Leben als klebrige Essenreste und aufgeräumte Schränke!«

»Stimmt, es gibt viel Wichtigeres! Zum Beispiel, dass du deine dreckige Wäsche im Badezimmer in den Wäschekorb tust! Oder dass deine Schwester und du den Abwasch nicht für mich stehen lasst! Am besten, du suchst dir einen Mann, der gern Hausmann ist, so einen deutschen Hannes wie der Typ aus dem ersten Stock! Wie heißt der noch mal?«

»Nils! Und außerdem ist der voll cool, er hat jetzt sogar Flüchtlinge bei sich aufgenommen! Eine Frau und ihr Kind.«

»Flüchtlinge?? So sieht die Frau aber gar nicht aus. Wer weiß, wer heutzutage alles behauptet, ein Flüchtling zu sein. Kommt ja gut an bei den Deutschen! Die reißen sich ja gerade darum!«

»Wie sollte ein Flüchtling denn deiner Meinung nach aussehen? Dreckig? Völlig am Ende? Oder total durchnässt, weil man gerade das Meer in einem Schlauchboot überquert hat und zufällig in der Spree gelandet ist? Du bist echt ein Honk, Mama, wie kannst du nur so herzlos daherreden? Und was Nils anbetrifft: Der hat dir bis jetzt immer die Steuererklärung gemacht, ohne auch nur einen Euro dafür zu verlangen! Und du kennst noch nicht einmal seinen Namen! Wie peinlich!«

Sibel ließ den Abwasch stehen und verließ wortlos die Küche, sie war verletzt von dem scharfen Ton ihrer Tochter. In letzter Zeit hatte sie oft keine Kraft mehr, noch ernsthaft dagegenzuhalten, und fühlte sich dann unterlegen, manchmal sogar ohnmächtig. Sie hatte nie viel Selbstbewusstsein besessen, nicht als Teenager und auch nicht als zweifache Mutter. Und gegen ihre Jüngste konnte sie sich schon gar nicht behaupten.

Nimet aber wollte sie nicht einfach davonkommen lassen, das Thema war ihr auf einmal wichtig. Die Gleichgültigkeit ihrer Mutter bestürzte sie – sollte Sibel wirklich so gefühlskalt sein, trotz der vielen erschütternden Bilder und Nachrichten, die jeden Tag auch in den türkischen Nachrichten auf sie einprasselten? Oder war sie nur deshalb so sauer auf ihre Mutter, weil sie selbst ein schlechtes Gewissen hatte, seit Saed ihr geschrieben hatte, dass er es für selbstverständlich hielt, Menschen in Not zu helfen? Sie fühlte zwar mit, wenn sie die erschöpften Gesichter der

Flüchtlinge sah, die Wochen oder gar Monate unterwegs gewesen waren – Ferial und ihre kleine Tochter Sara, die jetzt bei Nils eine vorläufige Bleibe gefunden hatten, waren in den ersten Tagen ganz apathisch und ängstlich gewesen, hatte Nils erzählt. Aber was tat sie? Sie, Nimet Kaya? Nichts! Das musste sie ändern!

Vor der Klotür stellte sie sich ihrer Mutter in den Weg: »Ich gehe morgen zu einer Flüchtlingsunterkunft und werde dort helfen. Vielleicht hast du ja Lust, mich zu unterstützen, kannst ja mal drüber nachdenken.«

Sibel schubste ihre Tochter so heftig zur Seite, dass selbst Bailey sich unter die Kommode im Flur verkroch.

»Und wer hilft mir? Der Heilige Geist etwa?«

Sie riss die Badezimmertür auf, leerte den Inhalt der Wäschebox auf den Boden und wühlte sich durch die schmutzige Wäsche. Nimet fand es richtig, dass ihre Mutter diese Arbeit allein erledigen musste, dann lag sie wenigstens nicht Trübsal blasend auf der Couch. Und sie selbst hatte jetzt auch Wichtigeres zu erledigen, heute noch – nicht erst morgen – würde sie vor der Erstaufnahmestelle in Berlin-Moabit Flüchtlingskindern Trost spenden.

Ihr Handy vibrierte. Nour!

Nour
Komme dich heute Nachmittag mit einigen Schwestern abholen. Bist du bereit?

Nimets erster Impuls war, Nour und ihren Zeltschwestern gleich abzusagen. Aber das war falsch. Nour kannte sich vermutlich aus mit der Flüchtlingshilfe, die war der Typ dafür. Und vielleicht konnte Nour ihr behilflich sein, etwas

Besseres aus ihrem Leben zu machen als diese öden Freizeitbeschäftigungen, denen sie bisher nachging. Es war an der Zeit!

Bis Nour mit ihren Glaubensschwestern vor ihrer Wohnung auftauchte, konnte sie damit schon mal anfangen: ihren Schrank endlich mal ausmisten, sich von lauter Dingen trennen, die doch in Wahrheit völlig überflüssig waren. Die vielen Glitzerperlen zum Bespiel, aus denen sie früher Ketten und Armbänder für Sibel oder Dilara gebastelt hatte, die kleine Kiste voller Plastikschmuck, das Plüschpony und die aufziehbare Sprechpuppe, die ihr Vater ihr zum zwölften Geburtstag geschenkt hatte. Damals war sie von seinem Geschenk gerührt gewesen, hatte sich aber auch gedacht, dass Ali sie offenbar immer noch für ein Kleinkind hielt. Dabei hatte sie ihren ersten Liebeskummer hinter sich, nachdem sie Cenk mit Hatice knutschen gesehen hatte. Eigentlich hatte Nimet die Puppe für Alis Kinder aufbewahren wollen, aber eine Tochter hatte er bisher nicht. Und Can, sein Sohn, sollte nicht mit Puppen spielen, fand Senay, Alis neue Frau. »Sonst wird er noch schwul!«, hatte sie gemeint, als Nimet eines Tages mit der Puppe angekommen war.

Senay war einfach zu doof! Immer wenn Nimet an sie dachte, kroch blanker Hass in ihr hoch. Senay hatte Dilara und ihr den Vater genommen. Diese 26-jährige Schlampe, die kaum Deutsch konnte, und bereits drei Monate, nachdem Sibel und Ali sich getrennt hatten, aufgetaucht war und sich Ali gekrallt hatte. Kaum war die Scheidung mit Sibel durch, hatte ihr Ex die Vermählung mit Senay bekanntgegeben. Eine Party für 50 Leute auf einem Spreedampfer! Die war fast so teuer wie eine klassische türkische Hochzeit für 500 Personen. Für seine neue Frau hatte es Ali offenbar!

Seinen Töchtern Nimet und Dilara ging es in der Zeit ziemlich schlecht, Sibel hatte noch keine Arbeit, und sie mussten zu Hause an allem knapsen.

Senay hatte ihm den Kopf verdreht und spielte sich bei jeder Gelegenheit als Tugendwächterin auf, die sich anmaßte, Ali darauf hinzuweisen, dass Nimets Jeans viel zu eng am Po waren. Nimet ging dieser Frau, die immer etwas an den Töchtern ihres Ehemannes auszusetzen hatte, lieber aus dem Weg. Sie traf sich mit ihrem Vater und dem kleinen Can, den sie über alles liebte, immer freitags, wenn Senay nach ihrem Deutschkurs in der Volkshochschule shoppen war. Bei gutem Wetter gingen sie dann manchmal gemeinsam auf den Spielplatz oder Eis essen. Oder sie schlenderten durchs Shopping Center, wo Ali oft sein Portemonnaie zückte, um Nimet oder seinem Sohn ein T-Shirt zu kaufen. Für Nimet waren das glückliche Stunden, in denen sie sich einbilden konnte, eine ganz normale Familie zu haben.

Gerade als sie anfing, eine Antwort an Nour in ihr Handy zu tippen, warf Sibel einen blauen Müllsack voller Klamotten auf das Bett ihrer Tochter.

»Hier, das kannst du zu deiner Flüchtlingshilfe mitnehmen!«

Nimet glaubte ihren Augen nicht zu trauen, als sie in die Mülltüte schaute: Ihre Mutter hatte sich tatsächlich endlich dazu durchgerungen, Alis Kleidungsstücke, die immer noch im gemeinsamen Schrank der Eltern hingen, zu entsorgen. Nimet musste lächeln, ihre Mutter war doch nicht so hartherzig, wie sie ihr eben noch vorgeworfen hatte.

»Tut mir leid wegen eben, Mama.«

»Ist ja gut. Red nicht so viel, dann erzählst du auch keinen Unsinn, für den du dich hinterher entschuldigen musst.«

Da war es wieder, das pochende schlechte Gewissen, das Nimet immer überfiel, wenn sie sich nach einer Auseinandersetzung mit Sibel beruhigt hatte. Es war ihrer Mutter bestimmt schwergefallen, Alis Sachen aus dem Schrank zu holen, für Sibel musste diese Aktion doch wie die endgültige Verabschiedung von der Vorstellung sein, dass ihr Mann je zu ihr zurückkommen könnte. Bei allem Streit, den die beiden miteinander ausgetragen hatten, Sibel hatte die Hoffnung nie aufgegeben, dass Ali eines Tages genug von Senay haben würde. Nimet wusste das, und trotzdem hatte sie ihre Mutter schlecht behandelt. Aber noch bevor sie sich dieser Mitleidsnummer hingeben konnte, reichte ein Spruch von Sibel, um Nimet wieder zu ernüchtern.

»Ist doch eine gute Gelegenheit, den ganzen Scheiß endlich mal loszuwerden«, meinte ihre Mutter. »Eigentlich wollte ich die Sachen ja zum Sozialladen bringen, aber die wollen damit nur Geld verdienen. Gib aber nichts davon den Zigeunern und auch nicht diesen Kopftuchmuttis, hörst du? Die kann ich nicht leiden!«

Da war sie wieder, die kleine Rassistin! Nimet und Dilara schämten sich oft, wenn Sibel ihre Meinung zu Afrikanern, Albanern, Arabern und Roma äußerte, manchmal sogar lautstark auf der Straße! Einmal hatte sie es fertiggebracht, einer bettelnden Roma-Frau vor die Füße zu spucken!

»Mama, du musst eine Wiedergeburt sein!«

»Was bin ich?«

»Du warst in deinem früheren Leben bestimmt eine Nazisse, die als Türkin wiedergeboren wurde. Sozusagen zur Strafe! Aber deren schlechten Charakter hast du auch für dein nächstes Leben mitbekommen.«

»Wer die Wahrheit nicht verträgt, braucht mir ja nicht zuzuhören. Es gibt eben solche und solche Menschen, für mich sind nicht alle gleich. Das wirst du in deinem Leben auch noch lernen, meine Liebe!«

Aus Sibels politischen Ansichten wurde man nicht schlau. Sie war wie ein Chamäleon, redete mal so oder so. Sie hasste die rechte Szene, und Neonazis hielt sie für die Pest, äußerte aber manchmal Ansichten, mit denen sie als vollakzeptiertes Mitglied in jedem NPD-Aufmarsch durchgegangen wäre. Ali war da ganz anders. Er hatte einen Multikulti-Freundeskreis, in dem man keine Unterschiede zwischen Türken, Kurden, Jesiden, Sunniten und Aleviten machte. Einige von ihnen waren sogar Mitglied einer »Väter«-Gruppe, die gegen Gewalt in den Familien und an den Schulen vorging.

Aber Nimet wollte diese Auseinandersetzung mit Sibel jetzt gar nicht weiter vertiefen, sie hatte zu tun. Gerade als sie einen großen Karton mit allerlei Küchengeschirr, das nie benutzt wurde, vom Kleiderschrank hievte, klingelte es an der Haustür. Vermutlich Nour, dachte Nimet und sprang schnell vom Stuhl, um zu verhindern, dass Sibel an die Tür ging. Doch zu spät, Sibel war schneller gewesen. Das Lächeln, mit dem sie die Tür aufmachte, erstarrte jäh, als sie die drei vollverschleierten Frauen davor stehen sah, die die Hand zum Gruß ausstreckten. Aber Sibel fasste sich schnell wieder.

»Sie müssen sich in der Tür geirrt haben!«, sagte sie trocken und schlug die Haustür mit einem Knall wieder zu. Sie war verblüfft, als in der nächsten Sekunde nur noch energischer geklingelt wurde.

»Wollen die Prügel oder was? Die sind ja schlimmer als die Zeugen Jehovas! Allah, schenk mir Geduld, sonst werde ich zur Mörderin«, wandte sie sich zornig an ihre Tochter, die inzwischen neben ihr stand.

»Die sind wegen mir hier, Mama. Wir sind verabredet.«

Der kurze Moment der Stille zwischen Mutter und Tochter, in dem das schrille Klingeln wie der Fanfarenstoß einer nahenden Schlacht klang, war Sibels Überforderung geschuldet. Mit allem hätte sie bei ihrer Tochter gerechnet, mit Drogen, Klauen, Prügeleien, sogar mit einer plötzlichen Schwangerschaft, Horrorszenarien, die ihr im Dämmerzustand auf dem Sofa manchmal durch den Kopf waberten – nur nicht, dass ausgerechnet Nimet sich offensichtlich mit solchen Dschihad-Bräuten eingelassen hatte, diesen »Kakerlaken«, diesen »Kara Fatmas«, wie Sibel sie nannte. Nicht einmal in ihren schlimmsten Albträumen wäre ihr das in den Sinn gekommen.

»Ist nicht dein Ernst, Nimet!!«

Mehr brachte sie nicht hervor, riss die Tür wieder auf und schrie den drei Frauen zu: »Verpisst euch, sonst hol ich die Bullen!«

Nachdem sie die Tür ein zweites Mal ins Schloss geknallt hatte, drehte sie sich zu Nimet um, schaute ihr direkt ins Gesicht und fragte, diesmal nachdrücklicher: »Nimet, das ist doch nicht dein Ernst, oder?«

Nimet antwortete nicht, holte aus ihrem Zimmer die gepackten Sachen, zog sich die Schuhe an und verließ unter dem ratlosen Blick ihrer Mutter das Haus. Irgendwie fand sie Gefallen an Sibels Hilflosigkeit, sollte die doch denken, was sie wollte! Eine völlig alberne Reaktion! Nour war doch schließlich nur eine Bekannte, ein loser Kontakt, der Nimet im Moment sehr zupass kam. Sie hatte nicht vor, Mitglied im Club der schwarzen Witwen zu werden. Aber ein bisschen mit denen abzuhängen, war irgendwie cool. Es gab eben viele Möglichkeiten, Muslimin zu sein, sie selbst glaubte ja auch an irgendeine übergeordnete Macht oder ans Schicksal, Kismet. Es fühlte sich jedenfalls nicht schlecht an, seinen Glauben nach außen auch zu zeigen. Die Deutschen sollten ja nicht denken, man würde seine Religion vergessen, bloß weil man sich modern kleidete.

Nour wartete mit ihren Glaubensschwestern Amina und Soraya auf der Straße.

»Ich wusste doch, dass du ein gutes Mädchen bist!«, begrüßte Nimet sie freudig. »Hab Nachsicht mit deiner Mutter, sie weiß es nicht besser, sie wird noch lernen, zu verstehen.«

Und damit hakte sie sich bei Nimet unter, der so viel Nähe eigentlich zu viel war. Aber vielleicht warf Sibel ihr einen Blick nach, und schon deshalb wollte Nimet sich gegen Nours Vereinnahmung jetzt nicht wehren.

Soraya, erzählte Nour, habe früher Katja geheißen und komme aus Hohenschönhausen. Sie sei vor einigen Monaten ihrem Freund Mohamed zuliebe und überhaupt »aus Liebe« zum Islam konvertiert. Während Nour ihr dann auch noch die Geschichte von Amina erzählte, fand Nimet sie gar nicht mehr so aufgedreht und unangenehm wie bei den beiden früheren Treffen. Im Gegenteil: Nour sprach in einem ruhigen, erwachsenen Ton, der Nimet gut gefiel und auch ihre eigene innere Aufregung in angenehme Bahnen lenkte. Die beiden anderen Frauen schwiegen, während sie alle mit schnellen Schritten zur Bushaltestelle liefen. Auch Amina und Soraya hatten jeweils zwei Tüten bei sich, sie hätten Kinderkleidung und Windeln besorgt, erklärte Nour.

»Wir müssen erst noch in die Gemeinde fahren, unsere

Männer bringen die Sachen dann mit dem Auto nach. Wir können derweil beim Kochen helfen. Wir dürfen es nicht zulassen, dass unsere geflüchteten Brüder und Schwestern auf das Essen aus den deutschen Schweineküchen angewiesen sind!«

»Wieso Schweineküchen?« Nimet war irritiert. Aber Nours Antwort ging im Motorengeräusch des ankommenden Busses unter.

Es war ein schwüler Sommertag, und die Menschen standen dicht gedrängt im Bus, unmöglich, noch einen freien Platz zu finden. Aber Nour drängte mit ihren Tüten jeden beiseite, der ihr im Weg stand und machte dabei nicht einmal vor einer Mutter mit Kind auf dem Arm halt. Empörtes Zischen war von den anderen Fahrgästen zu hören, aber niemand wagte es, Nour und den drei Frauen in ihrem Schlepptau die Stirn zu bieten. Nimet registrierte lauter böse Blicke und schämte sich plötzlich, zu den dreien zu gehören. Ja, sie gehörte in diesem Moment dazu, das wurde ihr schlagartig bewusst. Zumindest in den Augen anderer. Dabei hatte sie sich vorhin noch eingeredet, nur so, just for fun, einen Spaziergang mit den »Pinguinen« – so nannten Cayenne und Nimet die schwarzverschleierten Frauen manchmal – zu machen.

Nour kam auf Nimets Frage zurück: »Weißt du denn nicht, dass den Flüchtlingen Essen geliefert wird, Fertigessen aus Großküchen? Das ist *haram*, selbst wenn kein Schwein drin ist, schließlich kommt es aus Töpfen, in denen auch Schwein gekocht wurde. Widerlich!«

»Aber früher, als du noch nicht zum Islam gefunden hast, da hast du doch bestimmt auch Schwein gegessen, oder hast du dich schon immer davor geekelt?«

»Wallah, ich kann bei Gott sagen, ich mochte schon als Kind nicht Wiener Würstchen in mich reinstopfen, wie die anderen es machten. Ich habe dann lieber trockenes Brot gegessen. Allah hat mir schon früh den richtigen Weg gezeigt, auch wenn mir niemand erklärt hat, warum wir kein Schweinefleisch essen sollen. Heute weiß ich: Schweine sind die schlimmsten Tiere, sie fressen alles, jeden Dreck. Und sie machen sogar Sex mit ihren Kindern.«

»Und warum gibt es sie dann überhaupt?«

Nour feuerte einen durchdringenden Blick auf Nimet ab, ihre Miene blieb dabei regungslos. Nimet wusste nicht, war ihre neue Bekannte überrascht oder überfordert oder kurz davor, zu explodieren? Man konnte ihr ansehen, dass sie angestrengt nachdachte, die schlichte Frage hatte sie offensichtlich unerwartet getroffen. Dann blickte Nour sich um und sagte überraschend leise: »Schweine sind keine Tiere Gottes, besser gesagt: Er hat sie nicht erschaffen, sondern er hat sie verwandelt. Genauso wie Affen, das sind auch unreine Tiere.«

»Was redest du da? Das ist doch Unsinn!«

Nour, die sonst doch immer blitzschnell auf alles eine Antwort hatte und nie um eine Reaktion verlegen war, stockte plötzlich. Sie fingerte an ihrem schwarzen Synthetik-Handschuh herum, lächelte Nimet nachsichtig an und sagte: »Du musst noch viel lernen. In der Türkei, dort, wo deine Eltern herkommen, gibt es ja keinen *richtigen* Islam.«

Nimet war verblüfft, das hatte sie noch nie gehört. Aber sie gab es erst einmal auf, mit Nour noch länger zu argumentieren.

An der nächsten Haltestelle stieg ein Mann mit einem Pudel ein, der aufgeregt das neue Terrain beschnupperte.

Amina und Soraya sprangen schreckhaft zur Seite und quetschten dabei eine junge Frau, die sich in der Ecke hinter ihrem Kinderwagen dünn wie ein Schlangenmensch gemacht hatte, vollends an die Scheibe.

»Ich muss an der nächsten Haltestelle raus«, presste die Frau mit dem schlafenden Baby im Wagen schüchtern hervor.

»Ja und? Was soll ich jetzt machen?«, zischte Soraya zurück.

Amina sprang ihr bei: »Keine Panik, wir lassen dich schon noch raus, wir haben doch selbst kaum Platz! Wir sind doch alle gleich.«

Da ertönte von der hintersten Ecke des Busses eine tiefe Männerstimme: »Nee, wir sind nicht alle gleich – du Nutte, stinkst unter deiner Kutte!«

In den Sitzreihen vor ihm fing eine ganze Gruppe von Männern an, grölend zu lachen. Nour hielt die aufgebrachte Amina zurück, reckte den Kopf nach hinten und sah vier junge deutsche Männer im Blaumann, einer trug auf dem T-Shirt die Aufschrift: »Gerüstbauer-Systemfeind«, umrandet von einem Totenkopf. »Nazis!«, flüsterte Nour. Sie durfte sich jetzt bloß nicht provozieren lassen, wie damals am Alex, als ihr eine Gruppe junger Männer nachgestellt und ihr die widerlichsten Sprüche nachgerufen hatte, bis sie kehrtmachte und entschlossen auf den Rädelsführer zuging. Aber noch bevor sie ihm ins Gesicht sagen konnte, was sie von ihm hielt, riss ihr ein anderer aus der Truppe das Kopftuch herunter. Mitten am Tage, mitten auf dem Alexanderplatz! Und niemand scherte sich darum.

»Hurenkind!«, schrie die aufgebrachte Amina im nächsten Moment durch den Bus. Der Busfahrer stoppte abrupt, mitten auf der Strecke, und bat Amina, Soraya und Nour unter den stummen Blicken der Fahrgäste auszusteigen. Als Soraya zu einer Diskussion ansetzen wollte, packte Nour sie fest am Arm und zog sie energisch aus dem Bus. Nimet sprang gerade noch rechtzeitig hinterher, bevor die Tür sich zischend wieder schloss und der Bus mit Vollgas davonbrauste. Man konnte das Grölen und Lachen der Männer noch hören, denen Amina, Soraya und Nour ihren schwarzen Handschuh-Mittelfinger hinterher reckten. Wäre ich mal besser nicht ausgestiegen, dachte Nimet im Stillen.

Auf dem Weg zur Gemeinde, den sie jetzt zu Fuß fortsetzten, brach bei der zuvor so schweigsamen Soraya ein kaum zu bremsender Redeschwall aus, den sie mit wild fuchtelnden Händen so aufgeregt untermalte, dass der leichte Stoff ihres dunkelbraunen Tschadors Wellen schlug und ihre leuchtend weißen Nike Air-Schuhe aufblitzen ließ.

»Diese dreckigen Schweinefleisch fressenden Hundekinder! Wie ich sie hasse! Man müsste sie alle vergasen!«

»Ja, Mann, ich schwöre, die sind überall«, pflichtete Amina ihr bei. »Alle sind doch so, natürlich haben die *uns* rausgeschmissen und nicht diese Arschlöcher!«

»Jetzt hört aber mal auf!«, gebot Nour ihnen Einhalt. »Was soll Nimet denn von uns denken! Wenn die sich nicht benehmen können, dann müsst ihr euch umso besser benehmen! So redet man als Frau nicht! Allah wird sie bestrafen, Allah hat sie schon bestraft, sie kennen keine Ehrfurcht, sie kommen alle in die Hölle, wir sollten Mitleid mit ihnen haben.«

Amina fiel zwei Schritte zurück, vermutlich, dachte Nimet, passte es ihr gar nicht, dass Nour glaubte, immer alles besser zu wissen, und sie wie ein kleines Schulmädchen zurechtwies. Sich gegen Nours Bevormundung zu wehren, erforderte wohl mehr Widerspruchsgeist als Amina hatte. Auf Nimet wirkte Aminas Selbstvertrauen ohnehin eher wie eine ausgepresste Zitrone, säuerlich, aber ohne Saft und Kraft.

»Aber ist doch so, oder Nimet? Das sind doch alles Nazis, oder?«

Nimet hatte keine Lust zu antworten, nickte aber verständnisvoll und lief schweigend neben den dreien her. Sie wollte sich in die schlechte Stimmung, die jetzt herrschte, nicht mit hineinziehen lassen. Sie wollte doch nur Beobachterin, eine Art Besucherin des Spektakels sein, stattdessen, das merkte sie mit einer gewissen Sorge, wurde sie zunehmend Teil dieser schwarzen Gemeinschaft, der sie ohne eine faule Ausrede gar nicht mehr entkommen konnte. Nour war eindeutig die Anführerin, Amina sträubte sich noch, sich einfach unterzuordnen, war aber Nour nicht gewachsen. Soraya war der Typ Opfer mit hohem Aggressionspotential, sie würde sich klaglos unterordnen, aber auch jede Aggression, die ihr befohlen wurde, ausführen. Was wäre wohl meine Rolle in unserem Quartett, fragte Nimet sich und wunderte sich gleichzeitig darüber, wie schnell sie sich mit eigentlich wildfremden Leuten eingelassen hatte, die sie behandelten, als wären sie dicke Freundinnen. Das musste sie schon zugeben: Auch wenn manche Kommentare von Amina und Soraya ziemlich blöd waren, behandelten alle drei sie doch sehr nett.

»Und du, Soraya?«, versuchte Nour, die Anspannung zu lösen. »Wolltest du nicht längst diese Scheißdinger wegwerfen, die ich immer noch unter deinem Hijab hervorlugen sehe? Verbrenn sie am besten!«

»Nein, Mann, die hat ihr doch ihr Lover geschenkt. Und wenn Mr Hamoudi sagt, trag das, dann sagt Prinzessin Soraya: Amin!«, mischte Amina sich von hinten ein und schloss mit schnellem Schritt zu den dreien wieder auf.

»Und du, Amina? Du vergisst doch dauernd, dass Er Allah heißt und nicht Gott!«, hänselte Soraya sie.

Nour und Amina brachen in schallendes Gelächter aus. Damit war die Anspannung endlich gelöst. Nimet verstand zwar manches nicht, war aber erleichtert, dass der Zickenkrieg zu Ende war, bevor er richtig losgegangen war. Vielleicht konnte es doch noch ganz amüsant werden mit diesen Pinguinen.

Geschenk Gottes

»Wir sind da!«, sagte Nour, als sie auf einen Parkplatz mit zahlreichen Autos kamen, dessen Seite von einem schmucklosen Gebäude gesäumt wurde. Davor hatten sich Dutzende Männer versammelt. Nahezu alle trugen Bärte, manche von ihnen sogar eine Galabia, wie man sie aus Saudi Arabien oder Pakistan kennt. Wären die Mienen der Männer nicht so ernst gewesen, hätte Nimet sich auf einem Karnevalsumzug gewähnt. Aber anscheinend gab es hier nichts zu lachen. Alle redeten wild fuchtelnd durcheinander, ein älterer Mann starrte sie im Vorbeigehen durchdringend an und zischte etwas laut auf Arabisch in ihre Richtung. Es klang nicht gerade nett, aber Nimet wollte gar nicht wissen, was er da zu ihr gesagt hatte. Sie konnte es sich denken: Sie war die Einzige hier, die nicht verschleiert war, und ihr Shirt reichte nicht über den Po – ihre Erscheinung musste für diese Männer eine Provokation sein.

»Wo sind die Frauen?«, wandte Nour sich an einen von den Bärtigen. Er wies auf die nächste Ecke des Gebäudes, an dem ein handgeschriebenes Schild »Frau, Woman, Kadin« hing, darunter stand etwas in arabischen Schriftzeichen. Aus dem hässlichen Bauwerk trat gerade eine Gruppe Frauen und Kinder, die Kleinen waren die einzigen Farbtupfer in dem Trauerzug. Die Frauen waren alle in dunkle Schleier gehüllt, bei vielen sogar die Gesichter. Wie können die denn überhaupt noch erkennen, wo sie hintreten, rätselte Nimet, als die schwarze Karawane einen schmalen Aufgang hochstieg. Der Aufzug wirkte gespenstisch.

Das letzte Mal, als sie eine Moschee besucht hatte, war es die neu eingeweihte Sehitlik Moschee am Columbiadamm gewesen, in der die Trauerzeremonie für die alte Nachbarin aus dem fünften Stock stattfand. Nimet war beeindruckt gewesen von den schönen orientalischen Fliesen an den Wänden und hatte gemeinsam mit ihrer Schwester die Inschriften der alten Grabsteine studiert. Aber das hier war etwas völlig anderes: Die Moschee von Nour und ihren Freundinnen war ein im Gewerbegebiet gelegener Flachbau aus den sechziger Jahren, der früher vermutlich eine Art Fabrikhalle oder ein Bürogebäude gewesen war. Die kahlen Betonwände wirkten wenig einladend, in einer Ecke moderte ein Stapel Holzpaletten vor sich hin. Es roch nach Knoblauch und altem Fladenbrot. Eine ältere Frau schob einen Servierwagen, beladen mit Obst und Keksen, an ihnen vorbei.

Nour wies ihren drei Begleiterinnen den Weg zur Küche: »Geht schon mal vor, ich komm gleich nach.«

In der Küche hielten sich noch mehr junge Frauen ohne Kopftuch auf, und Nimet fühlte sich dort sicherer. Die Stimmung war gelöst, es wurde gelacht, türkische Musik lief im Hintergrund, und kreischende Kinder tobten überall herum. Es war nicht viel anders als bei der Zusammenkunft einer türkischen Großfamilie, nur dass hier alle Deutsch miteinander sprachen und nicht Türkisch. Deutsche, arabische, afrikanische, albanische und pakistanische Frauen kochten, backten und bereiteten gemeinsam Berge von Essen vor. Eine junge Frau mit einem Baby im Arm drückte Nimet ein Messer in die Hand und bat sie höflich, die Kartoffeln zu schälen, die in einem Zehn-Kilo-Sack in der Ecke standen.

Auch Amina und Soraya hatten sich inzwischen nützlich gemacht, jede in einer anderen Ecke der Küche. Aber Nimet war es jetzt gar nicht mehr so wichtig, ihre Begleiterinnen bei sich zu wissen, sie fühlte sich wohl inmitten dieser vielen fremden Menschen. Alle waren freundlich und hilfsbereit, kein böser Blick traf sie wegen ihrer engen Jeans, die Atmosphäre war gelebte Harmonie – zu gern hätte sie das ihrer Mutter gezeigt, doch Sibel würde sich wohl höchstens tot in diese Moschee tragen lassen.

Ihr Handy vibrierte. Saed!

Saed
Geschenk Gottes, was machst du gerade?

Nimet
Ich bin in der Moschee und bereite Essen für Flüchtlinge vor.

Saed
Maşahllah, möge Gott deine noble Tat unterstützen und dir Kraft geben.

Nimet
Bist du sehr gläubig?

Saed
Hamdulillah, ich bin wie du ein Moslem, da gibt es nicht sehr oder wenig, da gibt es nur gläubig. Oder denkst du anders?

Nimet
Ich meine, betest du fünfmal am Tag und so was?

Saed
Es gehört zu den Pflichten eines Muslims, das zu tun, ich kann es dir nur empfehlen. Die Ungläubigen machen Yoga oder Therapie oder ich weiß nicht was, wir haben unsere Gebete – es gibt keine einfachere und friedvollere Art, Ruhe und Glück zu finden.

Nimet
Ich habe noch nie gebetet.

Saed
Das ist nicht schlimm, manche Kinder fangen auch später als andere zu laufen an, Hauptsache, sie fangen irgendwann an.

Nimet
Ich weiß nicht, wie das geht.

Saed
Ich bringe es dir bei: Wir machen einen Fernkurs! Ist ganz einfach, jeden Tag ein bisschen, in drei Tagen kannst du es so gut, dass du andere unterweisen kannst.

»So, so, ein Mann ...« Nimet erschrak, sie hatte gar nicht bemerkt, dass Nour womöglich schon eine ganze Zeit hinter ihr stand. Sollte sie sich über Nour jetzt aufregen oder einfach cool bleiben? Vielleicht hatte die gar nichts mitgelesen, sondern war gerade erst gekommen. Nimet war unsicher, steckte aber schnell ihr Handy wieder in die Hosentasche.

Als könne Nour ihre Gedanken lesen, sagte sie trocken: »Keine Panik, ich hab nichts gelesen, ich hab nur gesehen, dass du noch mindestens 99 Kilo Kartoffeln fertig machen musst. Es kann nur ein Mann sein, der dich davon abhält. Aber Chatten ist jetzt nicht angesagt.« Sie zwinkerte Nimet zu, nahm sich ein Messer und fing an, Kartoffeln zu schälen.

Es gesellten sich noch andere Frauen zu ihnen, einige schälten, andere wuschen, und wieder andere schnitten die Kartoffeln klein. Und die alte Frau, die zuvor den Küchenwagen geschoben hatte, anscheinend so etwas wie die Chefköchin der Gemeinde, warf die Kartoffelspalten in einen riesengroßen Topf mit siedendem Fett. Nimet roch nach zwei Stunden wie eine Imbissbude, selbst ihre Haare stanken. Doch das war ihr egal, sie hatte selten so viel Spaß gehabt und das, obwohl sie am Ende des Tages Blasen an den Händen hatte.

Als die Frauen mit allem fertig waren, wurden die Speisen im Kofferraum eines Ford-Kombis verstaut, an dessen Steuer Nour sich setzte. Zusammen mit Amina und Soraya machten sie sich auf den Weg zur Erstaufnahmeeinrichtung für Flüchtlinge in Berlin, dorthin, wo Menschen seit Wochen unter freiem Himmel ausharrten, um einen Termin für die Beantragung ihres Asylverfahrens zu bekommen.

Auf dem Gelände waren bereits andere freiwillige Helfer dabei, Essen auszuteilen, aber dennoch herrschte Chaos: Kinder schrien, junge Männer drängten rücksichtslos nach vorn, um die Ersten zu sein, und schubsten dabei sogar Frauen und Kinder zur Seite. Die Helfer hatten die Situation nicht unter Kontrolle, erst als ein Mann von der Security sich vor der Essensausgabe aufbaute, kehrte wieder halbwegs Ordnung ein.

»Warum sind die so wild?«, fragte Nimet mit einigem Entsetzen.

»Sie haben Hunger«, meinte Nour. »Kennst du das überhaupt, dass man Hunger, richtig Hunger hat?«

Sie erzählte Nimet, wie oft sie schon hier gewesen war, welch chaotische Ausnahmezustände sie dabei mit angesehen hatte und wie schlecht die medizinische und hygienische Versorgung der Menschen sei. Neulich erst sei eine Hochschwangere zusammengebrochen, und niemand war da, der sie zu einem Arzt fahren konnte – erst nach vier Stunden sei ein Krankenwagen gekommen, aber leider zu spät: Die Frau verlor ihr Baby. Ein Fünfjähriger sei hier tagelang mit einer gebrochenen Nase herumgelaufen, bis ein türkischer Mann das entdeckte und dafür sorgte, dass der Kleine bei einem Arzt behandelt wurde. Während Nour atemlos alle diese tragischen Geschichten herunterratterte, zog sie eine Tüte mit Barbiepuppen aus dem Kofferraum und fing an, sie unter den Kindern zu verteilen, die sie erwartungsvoll umkreisten.

»Das mit dem Essen machen wir später, ist gerade zu chaotisch. Komm, Nimet, wir verteilen erst einmal alle anderen Sachen, die Kleidung und das Spielzeug, sonst bricht hier nur noch mehr Chaos aus!«

Nimet hörte kaum, was Nour sagte, zu gebannt war sie von dem, was sich vor ihren Augen abspielte. Überall hatten Menschen ihr Lager aufgeschlagen, manche hatten eine Decke, die meisten nur einen Müllsack als dünne Unterlage gegen die nächtliche Feuchtigkeit. Es sah ähnlich aus wie auf den Fernsehbildern über die Flüchtlingslager in der Türkei, die sie mit Sibel und Dilara seit Tagen verfolgte. Hier aber war sie nun mittendrin, die Armut und die Not direkt zu ihren Füßen! Sie schämte sich plötzlich für die paar armseligen Sachen, die sie von zu Hause mitgebracht hatte – wem sollten die nützen, die Glitzerperlen oder das Sommerkleid vom letzten Urlaub? Was diese Menschen brauchten, war viel existentieller, das spürte sie. Doch wie sollte sie helfen, Geld, das sie verschenken konnte, hatte sie nicht – was also konnte sie für diese Menschen tun?

Eine untersetze Frau mit einem leuchtenden Klebebandstreifen auf der Brust, auf dem Tatjana stand, kam auf sie zu.

»Was habt ihr mitgebracht?«

Nimet hielt ihr die Tüte mit ihren Klamotten hin: »Hauptsächlich Kleider für den Sommer, Größe 36 bis 38.«

»Mann, Mädchen, das brauchen wir hier nicht! Davon haben wir genug. Und das muss alles sortiert werden. Wir Helfer kommen da gar nicht hinterher. Und ziemlich oft ist viel Mist dazwischen. Windeln und Babyklamotten werden gebraucht, Telefonkarten, BVG-Tickets und Geld. Wenn du selbst keins hast, dann bitte doch andere darum – jeder kennt jemanden, der ein bisschen Geld lockermachen kann. Bitte keine Klamotten mehr!«

»Wir haben auch ein ganzes Auto voll Essen mit dabei«, mischte Nour sich ein.

»Das brauchen wir auch nicht, heute haben wir genug davon. Kommt damit morgen noch mal vorbei, aber bitte etwas früher.«

Soraya kramte die Windeln aus der Tüte, damit konnte sie bei Tatjana landen. Die machte Nour inzwischen kühl klar, dass es nicht in Ordnung sei, einfach so Puppen zu verteilen. Das hier sei doch keine Bühne für Leute, die sich gern mal als Spender irgendwelcher milden Gaben profilieren wollten. Man konnte Nour ansehen, dass es ihr gar nicht passte, von Tatjana zurechtgewiesen zu werden. Das war sie nicht gewohnt.

Tatjana war um die 30, Nimet fand sie ein bisschen ungepflegt, eine typische Sozialarbeiter-Tussi. Vermutlich war sie nicht einmal eine richtige Sozialarbeiterin, sondern nur jemand mit einem ausgeprägten Helfersyndrom, die ihr Leben lang auf eine solche Chance gewartet hatte, endlich gebraucht und gemocht zu werden. Aber ist es nicht das, was alle wollen?, fragte Nimet sich selbstkritisch. Tatjana, die hier seit Wochen schon täglich zehn Stunden Ordnungsdienste leistete, konnte man die Bereitschaft, wirkliche Hilfe leisten zu wollen, abnehmen – aber was war mit Nour, Amina und Soraya, die sich mit ihrer Hilfsbereitschaft aufdrängten, vielleicht auch nur für eine Tüte Barbies feiern lassen wollten, damit sie später erzählen könnten: Wir haben uns für Flüchtlinge eingesetzt. Vielleicht aber waren auch sie wirklich bessere Menschen, Nimet wollte ihnen nichts Böses unterstellen, sie wollte nicht so denken wie ihre Mutter, die jeder Frau mit Kopftuch gegenüber feindselig eingestellt war.

Tatjana wollte gehen. Da aber konnte Amina nicht mehr an sich halten: »Ihr gebt den Leuten euer Schweineessen und denkt, ihr könnt hier alles bestimmen, was?«

Nour, die sich inzwischen von Tatjanas Abkanzelung erholt hatte, gab Amina den Autoschlüssel und bedeutete ihr mit einer Kopfbewegung, den Wagen vorzufahren.

»Sorry, ey, wirklich, das war doch nicht böse gemeint! Wir achten wirklich auf halal, ehrlich!« Verzweifelt versuchte Tatjana, die Stimmung wieder zu drehen.

»Und warum spielst du dich dann auf wie ein Nazigeneral?«, konterte Amina, die sich beifallheischend bei ihren Begleiterinnen umguckte. Aber die anderen schwiegen. Nimet schämte sich für Aminas N-Wort, das sie wohl jedem an den Kopf werfen würde, der etwas tat, was ihr nicht passte. Es war einfach nur lächerlich. Wie immer man diese Tatjana mit ihrem leuchtenden Namensschild und den ungekämmten Haaren finden mochte, Amina hätte ihr alles Mögliche vorwerfen dürfen, nur ein Nazi, das war Tatjana ganz bestimmt nicht.

Offensichtlich aber zeigte ausgerechnet diese unsägliche Beleidigung Wirkung: Tatjana ging wortlos zur Toreinfahrt, öffnete sie und wies Nour mit einem Handzeichen an, das Auto auf das Gelände zu fahren.

»So könnt ihr das Essen besser verteilen und müsst es nicht bis zur Ausgabestelle tragen«, sagte sie versöhnlich, machte auf dem Absatz kehrt und räumte das Feld. Amina lachte triumphierend. Nimet aber empfand diesen Sieg eher als Niederlage.

Es war schon dunkel, als Nimet nach Hause kam, zum Glück feierte irgendeine türkische Bekannte von Sibel an diesem Abend die Hochzeit ihres Sohnes. Sibel war noch nicht zu Hause, womöglich wäre es sonst noch zu einem Streit zwischen Mutter und Tochter gekommen.

»Mann, Nimet, wo warst du den ganzen Tag?«, empfing Dilara ihre Schwester. »Mama hat voll rumgebrüllt, sie meinte, du bist jetzt unter die Gläubigen gefallen! Sie hat dich mit den schwarzen Betschwestern weggehen sehen!«

»Das hat sie gesagt, eine Gläubige? Was, bitteschön, ist sie denn, eine Ungläubige? Und du? Bist du nicht Muslim?«

Dilara verzog das Gesicht: »Bist du nicht Muslim? Bist du nicht Muslim? Bist du nicht Muslim?«, äffte sie Nimet nach.

»Ist ja gut, krieg dich mal wieder ein! Ich hab dich das doch nur gefragt – was ist an der Frage denn so schlimm?«

»Na dann tu dich doch mit Barans Mutter zusammen! Für die bin ich ja auch eine falsche Muslimin.«

»Es gibt nicht falsch oder richtig, es gibt nur ja oder nein.«

»Schon gut, Mann, kack mich doch nicht an, ich kann schließlich nichts dafür, wenn du Stress mit Mama hast! Aber ich hab es abbekommen. Baran hat mich nach Hause begleitet, und Mama hat ihn nicht mal gegrüßt, und jetzt sagt er: Deine Familie will mich doch auch nicht! Immer gibt es Stress wegen dir, Nimet!«

Nimet war nicht entgangen, dass Dilara schon wieder verheulte Augen hatte. Doch sie kam nicht mehr dazu zu fragen, was los war, und im Grunde genommen interessierte es sie gerade auch nicht, sie wartete auf neue Nachrichten von Saed. Es war schon einige Stunden her, dass sie ihm von der Essensausgabe an die Flüchtlinge ein Foto einiger Kinder mit der Nachricht geschickt hatte: »Wir helfen, wo kein anderer mehr hilft!« Das entsprach zwar nicht ganz der Wahrheit, dafür aber hatte Saed ihr gleich geantwortet.

Saed
Ich habe von Anfang an gespürt, dass du etwas Besonderes bist, ein Geschenk Gottes eben! Es muss Schicksal sein, dass wir uns gefunden haben. Allah, der Allmächtige, ist groß. Er lässt die zusammenfinden, die zueinandergehören.

Nimet war beglückt gewesen, als sie diese Zeilen gelesen hatte, ein warmes Gefühl hatte sie durchströmt. Das wollte sie sich jetzt von Dilara nicht kaputt machen lassen.

»Ach, komm Dilara, lass uns einen gemütlichen Abend machen, solange Mama noch nicht wieder da ist«, sagte sie versöhnlich und zog ihre schmollende Schwester zur Couch im Wohnzimmer.

Die Schwestern setzten sich, beide mit ihrem Handy vor der Nase, jede von ihnen in einer anderen Welt, mechanisch nebeneinander und tauchten ab: die eine in ihren Stress mit Baran, der ihr gerade geschrieben hatte, sie müsse sich nun endlich für oder gegen ihn entscheiden, womit er nichts anderes meinte als ein Ja zu Sex mit ihr oder einer anderen; und Nimet, die voller Spannung auf Saed wartete. Sie genoss es, wie ihr Herz jedes Mal schneller klopfte, wenn von ihm eine Nachricht eintraf. Und bestimmt würde er sich gleich melden.

Sie setzte sich auf dem Sofa zurecht und platzierte ein Kissen unter ihren Händen, das waren die Vorbereitungsmaßnahmen für eine längere SMS-Session. Von nun an würde sie es immer so machen: Jeden Abend würde sie seine Nachrichten lesen, nicht hektisch, sondern sich Zeit nehmen und jedes Wort genießen. Und dann würde sie ihm antworten. Heute wollte sie damit anfangen. Versonnen kraulte sie Bailey hinter den Ohren, die sich neben ihr zusammengerollt hatte, in dieser Stimmung duldete sie selbst die Katze neben sich.

Als sie kurz von ihrem Display aufschaute, war Dilara nicht mehr neben ihr, sie hatte gar nicht bemerkt, dass ihre Schwester gegangen war. Jetzt aber hörte sie deutlich Dilaras Geschrei aus dem Badezimmer.

»Du bist doch das größte Arschloch, das ich kenne! Wie kannst du so was von mir verlangen, du Ehrloser!«

Dilara schien schon wieder kurz vor einem Zusammenbruch. Nimet wusste, wie der weitere Abend dann verlaufen würde – Baran und Dilara würden sich ständig gegenseitig anrufen, abwechselnd anschreien und auflegen. Und irgendwann würde Dilara zu ihr kommen und sie um Rat bitten, hektisch ein Zigarette rauchen, ihre Flüche über Baran hervorstoßen, um am Ende doch wieder mit ihrem Gejammer zu nerven, dass sie ihn nun mal liebe, und Liebe könne man nicht einfach so »wegmachen«. Wie satt Nimet das alles hatte!

Aber es half nichts: Sie musste irgendetwas tun für ihre Schwester, schon um sich selbst deren ewiges Hin und Her zu ersparen. Dilara würde nie von diesem Mann loskommen, das war so sicher wie der Tod. Nimet nahm sich vor, Saed um Rat zu bitten, ganz sicher wüsste er, was zu tun wäre. Aber nicht jetzt, nicht heute. Heute würden sie nicht über andere reden, heute würde es nur um sie beide gehen, denn heute war ihre erste gemeinsame Nacht, und da war kein Platz für andere.

Saed
Stell heute deinen Wecker auf 4:35 – Zeit zu beten!

Zeit zu beten

Die Melodie von Rihannas neuester Single weckte Nimet mitten in der Nacht mit groovigen Beats. Sie war auf der Stelle hellwach, und als sie ihr Handy in die Hand nahm, traf auch schon die Nachricht von Saed ein, 4:35, pünktlich auf die Sekunde.

Saed
Bist du bereit?

Nimet
Ja!

Saed
Ich muss dich noch was fragen.

Nimet war so aufgeregt, dass sie mit den Zähnen klapperte.

Nimet
Was?

Saed
Ist mir unangenehm, aber muss sein, ich hätte es fast vergessen. Hast du gerade deine Monatsblutung?

Nimet wurde rot. Warum stellte er ihr so eine peinliche Frage, war er vielleicht doch ein Idiot? Noch nie hatte ihr ein Junge diese Frage gestellt.

Nimet
Nein.

Saed
Entschuldige bitte, aber ich musste das fragen, denn wenn eine Frau ihre Monatsblutung hat, darf sie nicht beten. Das ist unrein.

Nimet war noch immer etwas schockiert, und so ganz verstand sie das alles auch nicht. Aber wenn Saed das sagte, dann musste es wohl so sein. Sie wollte jetzt nicht diskutieren, sie wollte beten, zum ersten Mal in ihrem Leben.

Saed
Wir haben noch etwas Zeit, du musst dich auch erst noch vorbereiten. Geh bitte ins Bad.

Schon wieder so eine komische Anweisung! Aber Nimet war in so erwartungsvoller Spannung, wie sie es nur als Kind an Weihnachten gewesen war, wenn ihre Eltern Dilara und sie aus dem Zimmer schickten, um Geschenke unterm Fernseher zu platzieren. Einen Tannenbaum zu kaufen und ihn mit Kerzen zu schmücken, wie die beiden Schwestern es sich wünschten, das hatten Sibel und Ali dann doch abgelehnt. Das sei zu viel des Guten, meinten sie. Sie wollten gern einige christliche Traditionen mitmachen, aber übertreiben müsse man es auch nicht. »Wir sind doch keine Christen«, sagte Sibel dann, »und wir haben auch nicht die Absicht, zum Christentum überzutreten. Ihr müsst euch damit abfinden!«

Dafür aber gab es Geschenke, denn ein Weihnachten ohne Geschenke, das wäre doch wie ein Zuckerfest ohne Bonbons, behauptete Ali, der diese Tradition nach der Geburt seiner ersten Tochter in der Familie eingeführt hatte. Und eigentlich hatte Nimet bis heute jedes Jahr wieder großen Gefallen an diesem Fest gefunden. Aber als sie jetzt, auf dem Weg ins Badezimmer, darüber nachdachte, war es ihr peinlich, dass sie Weihnachten so gemocht hatte. Saed würde sie auf keinen Fall davon erzählen!

Nimet
Okay, bin da.

Saed
Ich schicke dir jetzt Sprachnachrichten, das geht schneller.

»Mach den Wasserhahn an«, hörte sie ihn anordnen. »Und sag: Bismillah. Wasch dir die Hände bis zum Handgelenk. Dreimal.«

Nimet war elektrisiert von Saeds Stimme. Eine so sanfte, kräftige Männerstimme! Bisher hatten sie immer nur Nachrichten hin und her geschrieben, telefoniert hatten sie noch nicht. Er klang gar nicht so jung, wie er war, er klang richtig erwachsen, eine Stimme, die Geborgenheit versprach – konnte man sich in eine Stimme verlieben? Ja, dachte Nimet, wenn sie so besonders war, dann konnte man das.

»Schöpfe mit der rechten Hand ein wenig Wasser, spüle

damit das Mundinnere und spucke es wieder aus. Vollziehe das Ganze auch dreimal.«

Nimet tat, was er sagte, und beobachtete sich dabei im Spiegel. Sie stellte sich Saeds Gesicht vor. Er musste ein schöner Mann sein, mit kraftvollen braunen Augen, ein Mann wie der junge George Clooney. Wer so eine Stimme hatte, konnte nur schön sein. Warum hatte sie ihn eigentlich nie um ein Foto gebeten? Sie hatte sich nicht getraut, weil sie davon ausging, dass er als Erster fragen würde, so wie es die Jungs immer taten. Man schrieb sich ein paar Sätze und dann kam immer die obligatorische Frage nach einem Foto. Noch nie war es anders gelaufen, es gab einfach keinen Typen, der sie nicht irgendwann vor Augen haben wollte. Doch Saed hatte bisher nicht gefragt, und deshalb wollte sie nichts überstürzen, womöglich würde er sie sonst oberflächlich finden oder – noch schlimmer – denken, dass sie ständig mit irgendwelchen Typen Fotos austauschte. Nein, das mit Saed war anders, auch dieser Moment hier im Badezimmer, obwohl sie nicht recht wusste, wie sie das alles einordnen sollte. Aber es hatte etwas Heiliges. Und dabei fand sie, ganz anders als sonst nach dem Aufwachen, sogar ihr Spiegelbild besonders schön.

»Nimm etwas Wasser in die rechte Hand, führe es vor die Nase, und ziehe es ganz leicht in die Nasenlöcher hinein, dann schnäuze dich mit der linken Hand aus. Das machst du dreimal.

Wasche dir das ganze Gesicht, von der Stirn bis zum Kinn und von einem Ohr zum anderen, mit beiden Händen dreimal.

Wasche zuerst den rechten Arm bis zum Ellenbogen dreimal, dann den linken ebenso.

Streiche mit nassen Händen über den Haaransatz hin zum Nacken und von da aus noch einmal zurück.

Streiche mit den nassen Fingern über beide Ohren, wobei die Innen- und Außenteile der Ohrmuschel vom Wasser benässt werden.

Wasche dir den rechten Fuß bis zu den Knöcheln dreimal, dann den linken ebenso.«

Nimet befolgte alle seine Anweisungen und schickte ihm eine kurze Nachricht.

Nimet
Okay, gemacht!

Sie traute sich nicht, ihm eine Sprachnachricht zu senden, denn sie fürchtete, dass ihre Stimme, anders als seine, wie die eines Kindes klingen könnte. Das wollte sie vermeiden, sie wollte ihm um jeden Preis gefallen.

»So, jetzt kannst du wieder in dein Zimmer gehen«, hörte sie ihn sagen. »Nimm dir eine reine Unterlage und – nicht vergessen – vielleicht hast du ja dein Haupt schon bedeckt. Falls nicht, tu es bitte.«

O Gott, daran hatte sie gar nicht gedacht! Natürlich, alle Frauen, die beteten, trugen ein Kopftuch. Auch bei jedem Moschee-Besuch musste man eins tragen, so kannte sie es doch. Aber bisher war es immer so weit weg gewesen, dieses Kopftuch, es hatte für sie eigentlich keine Rolle gespielt, und bei Sibel rief es ohnehin nur ätzende Kommentare hervor. Dabei war es doch nicht mehr als ein Stück Stoff, und natürlich war es richtig, sein Haupt aus Respekt vor Gott zu bedecken. Eine Frau war eben anders als ein Mann, das spürte sie jetzt. Und mit einem Mal hatte sie das Gefühl, etwas Wesentliches im Leben erkannt zu haben, etwas, was weder ihre Eltern noch die Schule ihr beigebracht hatten, eine gewisse Ordnung der Dinge. Es gab ein Richtig und ein Falsch. Und sie wollte das Richtige tun.

Sie griff sich ihr Schlabbershirt, das auf dem Schreibtisch lag, und wickelte es sich flink um den Kopf. Dann saß sie einige Sekunden auf der Bettkante, in Unterhose, mit Tank Top und einem T-Shirt auf dem Kopf, das eher aussah wie der Kopfschmuck eines Fakirs. Zum Glück konnte Saed sie jetzt nicht sehen. Sie wusste, dass es nicht die richtige Aufmachung zum Gebet war, aber außer Gott konnte das niemand wissen, und Er, der Allmächtige, würde es ihr nachsehen, zumindest für dieses, ihr erstes Mal.

»Arabisch oder Deutsch?«, wollte Saed wissen.

Nimet
Was?

»Willst du auf Arabisch oder auf Deutsch beten – lieber auf Deutsch?«

Nimet
Ja, bitte, dann versteh ich es wenigstens.

»Setz dich auf die Knie und sprich mir einfach alles nach. Vorher hebe deine Hände bis in die Höhe der Ohren, lege sie dann oberhalb des Bauchnabels unter die Brust. Zeige- und Mittelfinger werden entlang des Unterarmes gestreckt, wobei Daumen, Ringfinger und der kleine Finger das Handgelenk der linken Hand umfassen. Und jetzt sprich leise das Eröffnungsgebet: Gepriesen bist Du, o Allah, und gelobt!

Gesegnet ist Dein Name, und erhaben Deine Majestät und es gibt keinen Gott außer Dir! Ich suche Zuflucht bei Allah vor dem verfluchten Satan im Namen Allahs, des Allerbarmers, des Barmherzigen. Alles Lob gebührt Allah, dem Herrn der Welten, dem Allerbarmer, dem Barmherzigen, dem Herrscher am Tage des Gerichts. Dir allein dienen wir, und Dich allein bitten wir um Hilfe. Führe uns den geraden Weg, den Weg derer, denen Du Gnade erwiesen hast, nicht den Weg derer, die Deinen Zorn erregt haben, und nicht den Weg der Irregehenden. Amin.

So und jetzt werde ich weiter auf Arabisch beten, versuch einfach, mir alles nachzusprechen, so gut es geht. Morgen erkläre ich dir dann mehr.«

Nimet hielt einen Moment inne, als Saed begann, in einer Art Singsang auf Arabisch den Koran zu rezitieren. Der Klang seiner Stimme war einfach zauberhaft. Zu gern hätte sie Saed jetzt gesehen! Aber was, wenn er doch nur eine hässliche Kröte war? Vielleicht hatte er Akne oder keine Haare auf dem Kopf – aber das waren so Gedanken, die sie jetzt gar nicht haben wollte. Jemand mit einer solchen Stimme konnte nur schön sein – vielleicht sogar zu schön für sie?

Als die letzten Töne seines Gebets durch den Lautsprecher des Handys verstummten, machte Saed eine kleine Pause und sagte dann: »Gute Nacht, Geschenk Gottes, und möge Allah dich beschützen!« Bevor sie noch etwas sagen konnte, hatte er aufgelegt.

In dieser Nacht schlief Nimet sehr unruhig, sie war phasenweise halb im Traum, halb wach, und ständig kreisten ihre Gedanken um diesen schönen Unbekannten, der in ihrer

Phantasie zu einem Übermenschen heranwuchs, gütig, großzügig, sensibel, klug, verständnisvoll – all das, wonach sie bei den Jungen, die sie traf, schon so lange gesucht, was sie aber nie gefunden hatte. Sie stellte sich Situationen vor, in denen er kommen und sie retten würde, sie machte sich Gedanken, wie er wohl reagieren würde, wenn er sie jetzt sähe, hier, in ihrem kleinen belanglosen Leben, mit einer unzufriedenen Mutter, einer unglücklichen Schwester, einem Vater, der nie für sie da war, und diesen kaputten Jungs, die alle so hohl im Kopf waren. Sie, Nimet war doch eigentlich ganz sanft, zerbrechlich und doch stark – bestimmt würde er sie verstehen, mehr noch, er würde sie in den Arm nehmen und ohne Worte all ihre Sorgen in ein Nichts auflösen, allein durch die Kraft ... – ja welche eigentlich? Die Kraft des Glaubens? Nein, dachte sie, durch die Kraft der Liebe! Aber nur nichts überstürzen, schwor sie sich, vielleicht war das alles nur ein schöner kurzer Traum, vielleicht sah er in ihr nur das kleine Mädchen aus Berlin – ein großer Bruder, der ihr aus der Ferne vorübergehend eine kleine Stütze sein wollte, nicht mehr.

Diese Ungewissheit quälte sie, auf einmal hatte sie wieder diese Angst, die sich im Bauch festsetzte, wie damals, als klarwurde, dass Ali die Familie verlassen würde. Die Angst, dass alles einmal ein Ende haben kann.

Plötzlich vibrierte ihr Handy völlig unvermutet, hektisch griff Nimet unter ihr Kopfkissen, konnte es sein, dass er gerade auch an sie dachte, dass auch er nicht schlafen konnte und ihr jetzt etwas sagen würde, was ihr Gewissheit geben würde? Wollte auch er sie sehen, schickte er ihr jetzt doch ein Foto? Er konnte sich bestimmt denken, dass das ihr heimlicher Wunsch war.

Als Nimet im Dunkel auf das leuchtende Display ihres Smartphones sah, war sie enttäuscht: Cayenne.

Cayenne
Bist du schon wach? Sprechbereit? Ich muss dir was erzählen.

Noch vor zwei Tagen hätte sie sofort geantwortet und wäre, wenn es sein müsste, bis zum Morgengrauen wach geblieben, um mit Cayenne zu chatten und sei es nur über irgendwelche langweiligen Typen oder Nagellacksorten. Mit Cayenne verband sie dieses unsichtbare Etwas, das sie seit Jahren zusammenhielt, enger noch als zwei Schwestern. Doch in diesem Moment war Cayenne fehl am Platz, Nimet hatte keine Lust, sich auf einen Chat mit ihr einzulassen, sie dachte an Saed. Sie öffnete seine WhatsApp-Sprachnachrichten und hörte sich noch einmal alles an, was er darauf gesprochen hatte.

Gerade als sie dabei war, mit dem Klang der Koransuren am Ohr wieder einzuschlafen, unterbrach Rihanna ihren Dämmerzustand: Der Wecker zeigte 7 Uhr, Zeit aufzustehen.

Papa-Tage

Freitag war Papa-Zeit. Nimet und Dilara hatten sich mit ihren Eltern darauf verständigt, dass sie den Freitagnachmittag mit ihrem Vater und nach Möglichkeit mit Can, seinem kleinen Sohn, verbringen wollten. Auch wenn Ali es nicht sagte, seine Töchter wussten inzwischen, dass Senay an diesem Tag immer seine Kreditkarte zum Shoppen bekam. Irgendwie musste er sie beschwichtigen, und einkaufen war Senays Lieblingsbeschäftigung – neben ihren Besuchen im Kosmetikstudio.

Seit Wochen quälte Ali sich mit einem Nierenstein, aber wenn er sich mit seinen Kindern zum Eis essen traf, wollte er sich auf keinen Fall etwas anmerken lassen. So war das mit Ali, er liebte seine Kinder, deshalb waren ihm diese Freitagnachmittage, die sich manchmal bis in den Abend hineinzogen und ihn mit Senays Shopping Tour, Burgern oder Kinobesuch für seine Kinder ein Vermögen kosteten, auch so wichtig. Er betrachtete sich immer noch als Nimets und Dilaras Vater, der sich nicht nachsagen lassen wollte, nicht für sie da zu sein, auch wenn er wusste, dass dieser Vorwurf in den Köpfen seiner Töchter herumgeisterte. Es war seine Art, sein schlechtes Gewissen zu bekämpfen.

»Papa, warum kann Can noch immer nicht richtig sprechen?«, wollte Nimet wissen, als sie auf dem Weg zum Eisladen in der Hermannstraße waren.

»Ist doch nicht jeder so ein Wunderkind wie du«, platzte Dilara dazwischen.

»Er kann doch sprechen«, antwortete Ali, »er spricht Türkisch.«

»Türkisch? Was kann er denn außer Baba und Anne noch sagen?«, fragte Nimet leicht gereizt zurück.

Sie hatte die letzte Nacht kaum geschlafen, und zum Frühstück hatte Sibel die Sache mit Senay und der Kreditkarte ausgeplaudert. Sie hatte das von ihrer Nachbarin, Frau Kolat, erfahren, und die wiederum hatte es von ihrer Tochter, die Senay in den Gropius Passagen beim Einkauf getroffen hatte. Das türkische Leben in Berlin ist wie ein kleiner Kosmos, in dem sich die Umlaufbahnen diverser Leute irgendwann unvermeidlich treffen. Der eine kennt den, der wiederum einen anderen oder eine andere kennt. Man geht in denselben Beautysalon oder hat eine Freundin, deren Freundin die neue Frau des Vaters kennt. Und so kam es, dass eine fremde Person mehr über die Lebensgewohnheiten der Stiefmutter oder über Alis Gesundheitszustand wusste als seine eigenen Töchter. Und das landete schließlich bei Sibel. Die wiederum lag ihren Töchtern zum wiederholten Male in den Ohren damit, dass ihr Vater große Opfer für sie brachte, dass er sich seit einiger Zeit mit Nierenschmerzen herumschlug und jeden Tag Tabletten schlucken musste, um halbwegs funktionsfähig zu sein.

»Ich meine, wie soll der Kleine denn auch sprechen lernen? Von wem?«, traktierte Nimet ihren Vater weiter mit ihren Fragen. »Du bist ja selten zu Hause, er darf nicht in die Kita, und Madame Senay ist des Deutschen ja selbst kaum mächtig! Wo ist sie jetzt eigentlich, im Deutschkurs oder shoppen?«

Ali wirkte etwas genervt von der hartnäckigen Fragerei seiner jüngsten Tochter. Nimet und Dilara aber wechselten einen kurzen Blick miteinander und brachen dann im Duett in lautes Gelächter aus. Es war ihre Art, die Wut auf die neue Frau ihres Vaters abzulassen, sie machten sich einfach über ihn lustig.

Wenn Ali, so wie auch jetzt, dazu einfach nur schwieg, konnte in Nimet aber schnell ein heiliger Zorn aufflammen. Denn dann spürte sie, wie so oft, wenn sie über ihren Vater nachdachte, diesen Schmerz in der Brust. Wie wehrlos er immer war! Wer aber wollte schon gern Tochter eines schwachen Vaters sein? Sie nicht! Manchmal ertappte sie sich bei dem Gedanken, dass es vielleicht besser wäre, keinen Vater zu haben, als einen, der sich alles bieten ließ. Aber schon im nächsten Moment verwünschte sie solche Phantastereien, und das Ende vom Lied war, dass sie sich selbst elend fühlte.

Dabei war Ali doch wirklich kein schlechter Mensch – sie sah, wie er Can auf den Arm nahm, ihm die dicken Babywangen abküsste und seinen Sohn behutsam auf die Schaukel setzte. Und auch wenn sie ihm immer noch übelnahm, dass er die Familie verlassen hatte, so wusste sie doch seit der Trennung ihrer Eltern, dass Liebe zwischen zwei Erwachsenen offenbar eine ziemlich komplexe Angelegenheit sein konnte, der Ali überhaupt nicht gewachsen war.

Er hatte es sein ganzes Leben lang nicht leicht gehabt. Schon als Kind hatte er abends dem Vater helfen müssen, wenn dieser sich, mit einem kiloschweren Schlüsselbund am Gürtel, auf den Weg machte, um zahlreiche Büroräume und Praxen zu putzen. Sieben Tage die Woche! Und Ali immer mit dabei, was dazu führte, dass er sehr oft zu spät zur Schule kam. Dementsprechend war sein Ansehen bei seinen Lehrern. Einmal, als seine Eltern den sommerlichen Türkeiurlaub einfach verlängerten, fehlte er ganze drei Monate im Unterricht. Als er dann nach dem Urlaub wieder in seine Klasse kam, war sein Fehlen niemandem wirklich aufgefallen – kein Brief von der Schulleitung, keine Ermahnung an die Eltern, lediglich ein unangenehmer Spruch der Klassenlehrerin, die ihn in einem verträumten Moment daran erinnerte, dass man in der Türkei ohne Mathekenntnisse auch kein schönes Leben habe. Da begriff er, dass es wohl doch nicht ganz in Ordnung gewesen war, als seine Eltern leichtfertig behauptet hatten: »Macht nichts, dann lernst du eben mehr zu Hause und gehst ein bisschen später wieder zur Schule.«

In seiner Jugend war Nimets Vater ein schöner Mann gewesen, und wenn seine Tochter ihn sich jetzt so ansah, wie er strahlend hinter der Schaukel stand und voller Stolz seinen kleinen Sohn betrachtete, dann stellte sie fest, dass er eigentlich immer noch recht gut aussah. Vielleicht ein bisschen zu viel Bauchansatz, und auch bei den Klamotten könnte er Beratung gebrauchen – seit Jahren trug er diese ausgebeulte Blouson-Lederjacke, die ihre besten Tage längst hinter sich hatte und ihn aussehen ließ wie einen traurigen Taxifahrer.

Zum Glück gab es diesen kleinen Jungen in seinem – und auch in ihrem – Leben. Can war ein Sonnenschein, ohne ihn hätte Nimet vermutlich gar keine Lust, ihren Vater jeden Freitag zu treffen. Mit Can konnte sie Kind sein. Dilara hatte irgendwann dieses Hexenspiel erfunden, bei dem sie wie ein Zombie mit steifen Beinen, die Finger zu Krallen gebogen, mal ganz langsam, dann wieder blitzschnell hinter Can herlief und dabei fortwährend murmelte: »Krieg ich dich, dann fress ich dich.« Und dann rannte Can quiekend und jauchzend um sein Leben, fiel hin, stand aber gleich wieder auf, weil selbst ein blaues Knie weniger schlimm war, als gefressen zu werden, und nichts gegen das Vergnügen, das er an diesem Spiel hatte. Seinem Mienenspiel konnte man den schnellen Wechsel von Angst und Lust ansehen, und für Nimet war es eine große Freude, ihn vor der bösen Hexe zu retten, ihn schützend in den Arm zu nehmen und mit ihm davonzusausen. Can verhielt sich dabei wie ein kleiner Affe, der sich an Nimet festkrallte und dem gar nicht bewusst war, dass seine Stiefschwester diese Situation jedes Mal ausnutzte, um ihn hemmungslos abzuknutschen. »Ich liebe dich, du kleiner Hosenscheißer«, sagte sie ihm in solchen Momenten und ließ ihn erst wieder los, wenn sie selbst völlig erschöpft war. Das waren Augenblicke unbeschwerten Glücks für alle – Ali war glücklich, dass seine Töchter den Kleinen wie einen richtigen Bruder liebten, und Dilara und Nimet tat es gut, den Vater auch mal lachen zu sehen.

Can und Nimet hatten ein besonderes Verhältnis, und das schon seit seiner Geburt. Senay war nach der Entbindung völlig fertig gewesen, fest eingeschlafen und erst Stunden später wieder aufgewacht, es war genau die Zeitspanne, in der Nimet den Kleinen die ganze Zeit im Arm gehalten und ihm alles ins Ohr geflüstert hatte, was sie für wichtig erachtete – wie er hieß, wo er war, wer die Leute um ihn herum waren und dass sie immer für ihn da sein würde. Sie war fest davon überzeugt, dass diese erste Begegnung Can geprägt hatte, dass er deshalb schon als Baby sie immer als Erste anlächelte und später zu ihr gelaufen kam, selbst dann, wenn Dilara ihn mit einem Lutscher in der Hand zu locken versuchte. Sogar Senay ließ er stehen, wenn er Nimet sah.

Ali meinte einmal, Nimet und Can seien eigentlich Zwillinge, nur mit einem kleinen Altersunterschied. Und da war etwas dran: Wenn Can erst erwachsen sein würde, dann würden sie die besten Freunde sein, das stand für Nimet fest. Sie malte sich oft aus, dass Can dann immer zu ihr kommen und sie um Rat fragen würde, vermutlich würde er bis dahin erkannt haben, wie nichtssagend seine Mutter war und den Kontakt zu ihr eingeschränkt oder gar abgebrochen haben. Er würde Abitur machen und studieren und könnte dann bei ihr wohnen und ein unbeschwertes Studentenleben führen. Sie, seine große Schwester Nimet, würde schon dafür sorgen, dass es ihm an nichts fehlte.

»Ich hab bald Ferien, Papa, lass Can doch ein paar Tage bei uns! Ich üb dann mit ihm sprechen«, bettelte sie bei Ali.

»O ja, Papa, bitte, bitte«, fiel Dilara ein, »wir versprechen, uns voll gut um ihn zu kümmern. Bitte rede mit Senay, ihr könnt euch dann doch ein paar schöne Tage machen!«

»Wieso soll er Senay fragen, er ist doch der Vater! Sie fragt ihn doch auch nicht, wenn sie den Kleinen bei der Nachbarin lässt«, platzte es aus Nimet heraus.

Ali, der eben noch gelächelt hatte, wurde schlagartig ernst. Es stimmte, Senay hatte ihn nicht gefragt, als sie Can neulich bei der arabischen Nachbarin gelassen hatte. Sie musste zum Zahnarzt und war sich zu fein gewesen, Nimet oder Dilara um Hilfe zu bitten. Stattdessen hatte sie Can bei Familie Abdallah abgegeben, eine nette Familie, aber mit den eigenen sechs Kindern bereits so überfordert, dass der Tag für beide, für Can wie Frau Abdallah, eine Zumutung gewesen war. Abends hatte Can eine Schramme über dem Auge und war unruhiger als sonst. Klar, es waren Kinder, und so etwas konnte passieren. Aber Ali hätte seinen Jungen nie bei fremden Menschen gelassen. Allerdings war er nicht da gewesen, und was hätte es gebracht, Senay deswegen eine Szene zu machen? Sie wäre danach nur schlecht gelaunt gewesen, und eine schlecht gelaunte Senay kam ihren Verpflichtungen als Mutter eher noch unzureichender nach. Senay und er stritten sich ohnehin oft genug bei diesem Thema.

»Can schläft am besten in seinem Bett zu Hause!«, sagte Ali deshalb zu seinen Töchtern.

»Weißt du, Papa, warum Senay Can das Sprechen nicht beibringt? Weil er dann sagen könnte, was er will! Und eins ist sicher, sobald er das selbst entscheiden kann, wird er bei uns bleiben wollen. Sag das dieser Schrulle!« Nimet war bei diesen Sätzen lauter geworden. Dilara kniff sie in die Seite, sie wollte ihre Schwester bremsen, bevor die sich wieder in etwas hineinsteigerte, was sowieso aussichtslos war.

»Mann«, fiel Dilara deshalb ein, »ich hab keinen Bock auf diese sinnlosen Streitereien, ist doch scheißegal, Nimet, was seine Alte macht oder nicht macht. Lass uns doch was Schönes machen! In drei Stunden ist Can wieder weg!«

Nimet kam gar nicht mehr dazu, auf Dilaras Beschwichtigungsversuche zu reagieren, sie hatte eigentlich sagen wollen, dass sie keine Lust hatte, einfach nur um des lieben Friedens willen den Mund zu halten. Das hatte sie früher oft genug getan, und wem hatte es genützt? Ihre Eltern hatten sich trotzdem getrennt, und seither war nichts besser geworden. Menschen, die geradeheraus sagten, was sie dachten, waren ihr lieber, auch wenn es manchmal hart sein mochte. Aber die Wahrheit hatte noch niemandem geschadet. Doch in diesem Moment vibrierte ihr Handy, erst einmal, dann zweimal, dann dreimal, so penetrant, dass sogar Dilara resigniert abwinkte.

»Komm, Baba, wir gehen schon mal Eis essen. Nimet kann ja nachkommen.«

Natürlich konnte Nimet es kaum abwarten, nachzuschauen, wer sich da gemeldet hatte. Aber sie wollte dabei nicht beobachtet werden. Wieder und wieder hatte sie Dilara verspottet, dass sie wohl bald kurzsichtig werden würde, wenn sie weiterhin zehn Stunden am Tag auf ihr Handy starrte, und nun war sie selbst nicht besser! In letzter Zeit schloss sie sich manchmal sogar auf dem Klo ein, damit Sibel und Dilara nicht mitbekamen, mit wem sie kommunizierte. Zu ihrer großen Enttäuschung war es nicht Saed, der ihr eine Nachricht schickte, sondern es waren Nour und Cayenne.

Nour hatte gleich zwei Nachrichten geschickt, in denen sie Nimet bat, sie bei der nächsten »Hilfsaktion« zu unterstützen. Es sei »sehr dringend«, und sie bat um Rückruf. Cayenne wollte »feiern gehen«.

Warum wollten beide gleichzeitig was von ihr? Und stellten sie damit vor eine schwierige Entscheidung: Wenn sie Nour folgte, wäre sie bestimmt einen ganzen Tag unterwegs und abends zu kaputt und kaum in der Lage, um mit Cayenne noch ausgelassen Party zu machen. Aber Nour hängenzulassen, ging auch nicht. Es war doch gut, anderen zu helfen. Und vor allem war es cool, wenn sie Saed davon berichten konnte, Nimet kam sich dann stark und erwachsen vor. Andererseits wollte sie sich aber auch nicht unter Druck setzen lassen, etwas zu tun, wozu sie selbst gerade nicht die allergrößte Lust verspürte. Saed war nicht hier in Berlin, sie beide waren ja nicht einmal annähernd ein Paar, und vermutlich würden sie auch nie eins werden. Warum also sollte sie jetzt nicht mehr so leben wie bisher? Sie ging für ihr Leben gern feiern, es waren Stunden der Sorglosigkeit, in denen sie sich einfach fallen lassen konnte. Ihr Make-up und ihr Ausgeh-Styling waren ihre Uniform, darin wurde sie eine andere, die mit Cayenne loszog, cool, lustig und superarrogant gegenüber jedem, der sie anmachte.

Heute ist Party-Time, entschied sie sich und schrieb Nour knapp zurück, dass sie ihre Tage habe und sich vor Unterleibschmerzen nicht bewegen könne. Nour antwortete prompt.

> **Nour**
> Meine Liebe, das ist die Strafe der Frauen. Ich schwöre bei Allah, das wird vergehen, sobald du einen Mann hast, er wird dich von diesen Schmerzen befreien!

Es war schon merkwürdig: Immer wieder gelang es Nour, sie zu verunsichern. Dass ein Mann eine Frau von diesen Schmerzen erretten könnte, hatte Nimet noch nie gehört. Aber vieles von dem, was sie bei Nour lernte, hatte sie vorher noch nie gehört. Möglicherweise war das meiste davon einfach nur Nonsens und Nours dauerndem Geltungsbedürfnis entsprungen. Sie musste ja unbedingt immer das letzte Wort haben und schien geradezu darin aufzugehen, jedem zu sagen, wie er zu leben habe. Und doch war da auch immer so etwas wie ein wahrer Kern, ein Funken neuer Erkenntnis, das konnte Nimet nicht bestreiten. Das war es auch, was sie an Nour und den anderen »Schleierfrauen« so anzog.

In ihrer Vorstellungswelt waren die, die sie zuvor »Pinguine« genannt hatte, inzwischen zu »Schleierfrauen« geworden, und das meinte Nimet nicht nur als äußerliche Beschreibung. Diese Frauen führten ein ganz anderes Leben, das sich in großen Teilen im Verborgenen abspielte, und genau das übte eine besondere Faszination auf Nimet aus. Deren Welt, ob in der Moschee oder auf der Straße, gab ihr Sicherheit, sie fühlte sich wohl unter ihnen und verstanden. Es war gar nicht schlecht, keine Typen dabei zu haben, die einen am Ende sowieso nur auf das »Eine« reduzierten. Männer, die einem eben noch tief in die Augen geschaut hatten und dann, kaum hatte man ihnen den Rücken zugewandt, jeder Frau hemmungslos auf den Hintern starrten. Zu oft hatte sie das beobachtet, um noch zu glauben, dass das nur das Verhalten einer Minderheit war. Und Nimet musste sich eingestehen, dass auch sie sich durch solche Blicke zuweilen »aufgefordert« fühlte und es ihr dann großen Spaß machte, mit den Schwächen des anderen Geschlechts zu spielen. Früher wäre sie nicht im Traum auf die Idee gekommen, dass sie sich damit selbst zum Objekt und somit zum Opfer machte. Aber seit sie Nour kannte, wusste sie, dass sie sich nicht mehr so leichtsinnig zur Schau stellen durfte. Sie hatte inzwischen dazugelernt. Und doch: Was sprach dagegen, etwas Spaß zu haben? Das ging auch ohne Alkohol und knappe Shirts!

Während sie dabei war, für Cayenne eine Nachricht einzutippen, spürte sie, wie Ali ihr den Arm um die Schulter legte. Unweigerlich rollten ihr nun Tränen über die Wangen. Sie fühlte sich elend, weil sie ihn wieder so fertig gemacht hatte. Er war hilflos, das wusste sie, und obwohl sie das genau wusste, machte sie immer wieder denselben Fehler, für den sie sich hasste. Nie hatte Ali seine Hand gegen die Kinder erhoben, nicht einmal ein böses Wort hatte sie je von ihm gehört. Wie konnte man einen Vater, der so lieb war, hassen? Sie hasste und liebte ihn zugleich, und genau das war es, was sie immer wieder wie ein plötzlicher heftiger Vulkanausbruch überfiel und ins Gefühlschaos stürzte.

Sie drehte sich zu ihm, und Vater und Tochter umarmten einander nun, ganz fest, und blieben einige Minuten lang so stehen, ohne Worte. Auch Ali hatte Tränen in den Augen. Man hätte denken können, dass hier zwei Trauernde zueinanderfanden, die gerade jemanden zu Grabe getragen hatten. Sie konnten einfach nicht miteinander reden. Seit Jahren standen die vielen unausgesprochenen Kränkungen, die Verlustängste, die aussichtslosen Sehnsüchte und Wünsche zwischen ihnen, die beide mit sich herumtrugen und immer hofften, der andere könnte all das, was nicht gesagt wurde, erahnen.

Am Ende gingen sie dann doch noch zusammen einen Burger essen, plauderten über dies und das und konnten sogar wieder zusammen lachen. Dann trennten sie sich, wie jeden Freitagabend, Nimet drückte Can einen minutenlangen Kuss auf die Babywange, und alle umarmten einander, herzlich wie immer und erleichtert darüber, nicht im Streit auseinandergegangen zu sein.

»Komm, lass uns heute mal nicht die U-Bahn nehmen, ich will lieber laufen«, sagte Dilara zu Nimet.

»Schwesterlein, alles okay bei dir? Das mit Papa tut mir leid, du hast ja recht, er ist, wie er ist.«

»Nee, deswegen nicht. Ich weiß einfach nicht mehr weiter.«

»Sag jetzt bitte nicht Baran.«

»Als Schwester solltest du immer für mich da sein, so wie ich es für dich bin.«

»Was will er? Dass du für ihn von der Brücke springst? Oder seiner Mutter die Füße küsst?«

»Er will mich heiraten.«

»Wow! Na, wenn das kein Fortschritt ist – von der ewigen Geliebten zur lebenslänglichen Haussklavin!«

Nimet bemerkte gar nicht, dass Dilara inzwischen lautlos weinte. Schweigend liefen sie so eine ganze Weile nebeneinander her. Nimet wollte nicht wahrhaben, dass das ihr Leben war: dass es immer nur darum ging, die nächste Tragödie zu durchleben oder das Schlimmste gerade noch abzuwenden. Warum konnte ihre Schwester nicht locker sein und heute einfach mit ihr und Cayenne auf eine Party gehen? Warum war sie so verbohrt darin, diesem Typen, der sie wie den letzten Dreck behandelte, alles recht zu machen? Sie war doch schön, klug allerdings, das war sie leider nicht, zumindest nicht lebensklug. Nicht dass es ihr an Ehrgeiz fehlte, sie würde bestimmt das Abitur schaffen, zumindest war das der Stand vor drei Monaten gewesen, als die Zwischenergebnisse bekanntgegeben worden waren und Dilara von Sibel für die guten Noten einen Fünfziger bekommen hatte.

»Und was soll ich jetzt machen? Mit Mama reden?«

»Nein, nein, wir wollen das erst im nächsten Jahr offiziell machen. Aber ich habe jetzt das Heiratsversprechen und sogar schon den Ring.«

»Na dann: Glückwunsch!«

Trotz der Tränen ihrer Schwester konnte Nimet ihre Verachtung für Baran nicht ganz verbergen. Dilara aber registrierte das diesmal gar nicht, sie redete weiter, sie war so verzweifelt, dass sie nicht einmal sah, dass die Ampel an der nächsten Kreuzung auf Rot stand. Nimet konnte sie im letzten Moment noch zurückhalten, sonst wäre sie in das Auto gelaufen, das gerade mit hoher Geschwindigkeit über die Querstraße bretterte.

»Komm mal klar«, sagte sie zu ihrer Schwester. »Was ist denn bloß los mit dir? Warum weinst du denn jetzt auch noch? War doch dein Traum. Ist doch jetzt alles tutti.«

»Ach weißt du, wir wollten schon lange die Imam-Ehe machen, aber in jeder Moschee-Gemeinde kennt irgendjemand Barans Familie. Und wenn die wissen, dass wir ein Jahr vorher geheiratet haben, kommt keiner mehr zur Hochzeit. Dann bin ich eine Schande, obwohl ich verheiratet bin! Kannst du dir vorstellen, wie ich mich dabei fühle?«

Nach diesem Satz brach Dilara in lautes Schluchzen aus, und Nimet verstand, wie ernst es ihr mit dem ganzen Heiratsding war. Es hatte keinen Zweck, ihr eine Moralpredigt zu halten, sie musste eine Lösung für Dilaras Problem finden. Und wer weiß, vielleicht würde dieses eine Jahr ja dazu führen, dass Dilara ihre Meinung über Baran doch noch änderte, denn sie würde ihn dann wirklich kennenlernen. Nimet hoffte insgeheim immer noch, dass dieser Typ nicht der letzte Mann im Leben ihrer Schwester wäre.

Noch heute Nacht, nach der Disco, würde sie Saed um Rat fragen.

»Jetzt beruhige dich mal. Ich kenne da jemanden, den kann ich mal fragen. Wir werden das schon hinkriegen.« Und dann nahm sie ihre große Schwester in den Arm und stellte fest, dass es sich gut anfühlte, die Klügere zu sein.

Sie, Nimet, würde auch dieses Problem in den Griff kriegen. Mit Hilfe von Saed.

Wer Allah nicht liebt, ist verloren

Cayenne
Heute Abend Asphalt Club.

Nimet
Sportlich!

Cayenne
Ok, aber nicht Turnschuhe, lieber Ballerinas.

Nimet
Kommst du zu mir?

Cayenne
Bringe dir deine Hose mit, die mit den Löchern.

Nimet
Kannste behalten. Bis später.

Seit fast einer Woche hatte Nimet Cayenne kaum gesehen. Die wenigen gemeinsamen Momente in den Schulpausen zählten nicht wirklich. Nimet freute sich, mit ihrer Freundin endlich einmal wieder loszuziehen, denn Cayenne fehlte ihr. Ganz besonders hatte sie es vermisst, mit ihr über andere Schüler herzuziehen und auf deren Facebook-

Accounts die neuesten Fotos und Liebespartner ihrer Mitschülerinnen zu begutachten. Die meisten Mädchen auf Nimets Schule hatten kaum Hemmungen, in den sozialen Netzwerken alle möglichen Intimitäten preiszugeben – eine Steilvorlage für jegliches Internet-Mobbing. Für Gymnasiasten war das mittlerweile genauso alltäglich wie Verabredungen mit fremden Personen über diverse Dating-Apps. Das gehörte eben dazu, wenn man einen Facebook-Account hatte, jeder wusste das. Es stieß eher seltsam auf, wenn jemand kein Profil in den einschlägigen sozialen Netzwerken hatte, dann galt man nur als halber Mensch. Auch wer sich mal offline begab, existierte quasi nicht mehr; Nimet hatte das selbst erfahren, als sie einmal vor lauter Ärger mit einem Typen, der ständig ihre Seite zupostete, ihren Account gelöscht hatte und prompt nicht auf Selinas Hochzeit eingeladen wurde, obwohl sie eigentlich fast schon so etwas wie Freunde waren. Zumindest gab es nie Stress zwischen ihnen, und manchmal hockte man sogar zusammen auf dem Schulhof, das reichte normalerweise schon für eine Einladung zur Hochzeit. Die halbe Schule war da gewesen, und als Nimet Selina darauf ansprach, hatte die nur schnippisch geantwortet: »Ey, ich hab dir zweimal geschrieben, aber du hast null reagiert. Ich dachte echt, du hast keinen Bock.«

Niemand, hatte Nimet damals gedacht, kam mehr auf die Idee, einfach einmal anzurufen oder einen direkt auf dem Schulhof anzusprechen. Wer nicht auf seine Facebook-Nachrichten reagierte, zeigte Desinteresse. Dass es Menschen geben könnte, die das Netzwerk gar nicht nutzten, darauf kam man gar nicht. War auch nicht nötig, denn so jemand würde man ohnehin lieber vergessen, weil das ja hieße, wie in der Steinzeit wieder Adress- und Telefonlisten zu führen von Leuten, mit denen man doch sowieso nicht viel zu tun hatte. Übers Internet hingegen hatte man tausend Freunde, auf die man immer dann zurückgreifen konnte, wann es gerade passte, unverbindlich und ohne Risiko – nein, ohne Facebook war das Leben einfach zu kompliziert. Eigentlich fand Nimet das auch, sie konnte sich ihr Leben ohne Facebook gar nicht mehr vorstellen – auch wenn Sibel immer meckerte, dass ihre beiden Töchter zu viel Zeit damit vertaten.

Nimet stellte fest, dass Cayenne sich nicht an die Abmachung gehalten hatte. Ihre dürren Beine guckten unter einem schwarzen Minirock hervor, der so eng war, dass er bei jeder Bewegung zu reißen drohte.

»Siehst aus wie 'ne Schlampe«, begrüßte sie die Freundin.

Cayenne lachte fröhlich, aus dem Mund ihrer besten Freundin war das Wort Schlampe keine Beleidigung, sondern ein Kompliment, das hieß: Du siehst echt heiß aus. Doch ihr Lachen stockte, als sie bemerkte, mit welchem fast missbilligenden Blick sie von Nimet gemustert wurde.

»Ey, ich weiß, wir hatten sportlich verabredet, aber ich dachte, ein bisschen bitchy ist doch immer gut, damit kann man viel besser die Typen verarschen!« Und dabei griff Cayenne in ihre Tasche, zog ein rotes Tuch hervor und wickelte es sich wie einen Schleier um den Kopf. »Aber für den Fall der Fälle hab ich auch was Anständiges dabei. Ich hab ja auf Facebook gesehen, dass du jetzt unter die Gläubigen gegangen bist!«

Nimet hatte in den letzten Tagen ihr Profil aktualisiert. Das in Calvin-Klein-Unterhose posierende durchtrainierte halbnackte Männermodel Simon Nessman ausgetauscht gegen ein Bild von der Hagia Sophia bei Nacht; ihr Selfie, das sie in lasziver Pose mit bauchfreiem Top, glattgebügeltem Haar und Schmollmund vor dem Spiegel zeigte, war rausgeflogen, jetzt war ihr Profilbild ein grüner Kreis, auf dem in weißen Buchstaben unter einer fliegenden Taube der Satz stand: Don't be sad, Allah is with us. Und dann gab es noch zahllose Posts von Nour, Amina und Soraya sowie romantische Bilder von muslimischen Paaren vor Sonnenuntergang, brennende Israel-Flaggen, Barak Obama als Miss Piggy, Bilder vom zerbombten Gaza und von weinenden Flüchtlingskindern.

Die Überarbeitung ihrer Seite war eine Vorbeugungsmaßnahme gewesen. Sie wollte Saed möglichst bald ihren Facebook-Namen schicken und ihm ein Freundschaftsangebot unterbreiten. Schließlich kommunizierten sie inzwischen täglich viele Male. Bisher wusste sie allerdings nicht einmal, ob er überhaupt einen Account hatte. Bei ihrem letzten Gespräch hatte er sich äußerst kritisch über die Amerikaner geäußert, deren Lebensstil er verachtete; er machte sie für all das Elend in der muslimischen Welt verantwortlich. Vielleicht weigerte er sich dann auch, Facebook zu nutzen.

Über Amerika hatte Nimet sich bisher noch nie groß Gedanken gemacht, aber alles, was Saed ihr schrieb, klang immer so klug und plausibel. Und vor allem war er ein guter Zuhörer. Wenn er fragte, wie es ihr ging, dann war diese Frage nicht, wie bei anderen, nur eine routinierte Floskel, nein, er wollte es wirklich wissen und ließ sich nicht mit einem »Danke, ganz gut!« abspeisen. Er fragte weiter, bohrte nach, bis Nimet ihm mehr erzählte. Inzwischen wusste er von ihrem Stress mit Sibel, auch von ihrer großen Enttäuschung über ihren Vater; und dass sie es später besser machen wollte als ihre Eltern, es konnte nicht richtig sein, eine Familie zu gründen und sich dann zu trennen.

Darüber hatte sie mit ihm am Abend vorher Nachrichten ausgetauscht, es half ihr zu wissen, wie Saed darüber dachte.

Saed
Familie ist heilig.

Nimet
Familie ist anstrengend.

Saed
Wenn etwas komplizierter ist, ist es meist auch wertvoller. Wenn du unter einem Apfelbaum stehst und viele Äpfel hängen unten, aber dein Auge erblickt diesen einen ganz weit oben, der schöner aussieht als alle anderen, was tust du dann?

Nimet
Keine Ahnung, hochklettern, vom Baum fallen und den Apfel verwünschen.

Saed
So ist es auch mit der Partnerwahl. Man entscheidet sich für den einen Menschen, den will man haben. Eine Ehe ist ein Bund für immer.

Nimet
Viele Eltern von meinen Schulfreunden sind getrennt. Ist doch normal heutzutage.

Saed
Aber nicht richtig. Alles im Leben ist eine Prüfung. Allah prüft uns, und wir müssen uns dieser Prüfung stellen.

Nimet
Mein Vater liebt meine Mutter nicht mehr.

Saed
Was heißt das schon, Liebe ist doch viel mehr, viel größer. Liebe ist, eine Familie zu sein, Kinder zu haben, einander zu vertrauen, bis über den Tod hinaus den anderen täglich in die Gebete einzuschließen und an ihn zu glauben. Das ist lieben.

Nimet
Meine Eltern sind gottlos.

Saed
Sprich nicht so über sie! Allah wird ihnen verzeihen, und du musst ihnen helfen, auf den rechten Weg zu kommen. Man hat nur einen Vater und eine Mutter, vergiss das nicht!

Nimet
Ich weiß. Aber das ist schwer.

Saed
Gottesgeschenk, es mag nicht einfach für dich sein, aber denk immer daran: Dein Name ist auch eine Verpflichtung. Allah wird ihn deinen Eltern für dich eingegeben haben. Also, sei nicht zornig mit ihnen, zeige dich gütig, versuche immer, eine gute Tochter zu sein. Allah wird mit Wohlgefallen darauf schauen.

Cayenne hatte Nimet die letzte Nummer von »In-Style« mitgebracht, aber sie zögerte, als sie die jetzt aus der Tasche zog. Ihre Freundin schien auf dem besten Weg zu sein, zu einer heiligen Muslimin zu mutieren, die wohl kaum Interesse an dem neuesten Klatsch haben dürfte. Doch ihre Befürchtung erwies sich als übertrieben, denn Nimet riss ihr die Zeitschrift aus der Hand und brannte offenbar darauf, Cayenne die heißesten Neuigkeiten aus der Schule mitzuteilen: »Pauline hat mit Hamudi gepoppt!«

»Was??? Die hat doch 'nen Freund, diesen Kroaten – wie heißt der noch mal?«

»Goran! Der hat mit Melina gepoppt.«

»Aber der ist doch der Freund von Pauline!«

»Nee«, klärte Nimet sie auf, »der aktuelle Exfreund! Aber Hamudi hat ihm trotzdem aufs Maul gehauen.«

»Hä? Versteh ich jetzt nicht.«

»Na, der hat ihn vor der Schule gestellt und gefragt: Hast du mit Pauline geschlafen?«

»Wie – Goran hat Hamudi gefragt?« Cayenne war verwirrt.

»Also, Cayenne, jetzt noch mal zum Mitschreiben: Pauline hat ihren Freund mit Hamudi betrogen, auf der letzten Party bei Marvin zu Hause in Buckow, die haben doch ein

Haus mit Pool. Die beiden haben es im Pool getrieben. Scheint ihnen nichts ausgemacht zu haben, dass andere dabei zugeguckt haben.«

»Ey, wie billig muss man sein, um so was zu bringen! Ganz ehrlich, ich hätt von Pauline mehr erwartet! Jetzt kann man sich ja mit der Alten nicht mehr blicken lassen! Echt schade, die hatte immer so gute Sprüche drauf.«

»Hör doch erst mal weiter zu! Pauline hat Hamudi erzählt, dass sie noch Jungfrau ist, im Pool konnte er nicht richtig überprüfen, ob sie geblutet hat oder nicht.«

»Warum erzählt sie so 'n Scheiß, jeder zweite auf dem Planeten weiß doch, dass sie mehr Erfahrung im Bett hat als meine Oma! Wie hirnlos!«

»Na ja, sie hat wohl gedacht: Hamudi ist Araber, und die legen Wert auf so was, aber vielleicht wollte sie auch was Ernstes. Keine Ahnung, warum sie so was behauptet hat.«

»Und dann?«

»Dann hat Hamudi Goran angesprochen. Ich muss echt sagen, der Goran, egal wie bescheuert er sonst ist, hat auf Pauline ziemlich cool reagiert. Er hat ihr nicht mal eine Ohrfeige gegeben, nicht ein böses Wort. Er hat nur gesagt, er möchte keinen Kontakt mehr.«

»Na, was soll er auch sonst sagen? Ist doch korrekt, dass er sie nicht schlägt, ist doch nichts Besonderes. Ist doch normal!«

»Wenn das meine Freundin gewesen wäre, hätte ich sie umgebracht«, sagte Nimet.

»Jetzt übertreib mal nicht. Und was ist dann passiert, los, sag schon, ich muss aufs Klo. Voll aufregend der ganze Scheiß! Oder nee, komm, lass mal zusammen aufs Klo gehen, sonst piss ich mich gleich ein.«

Es war ein Zeichen ihrer besonderen Vertrautheit, dass Nimet und Cayenne zusammen zur Toilette gingen. Eigentlich gab es niemanden, mit dem Nimet so viel in ihrem Leben teilte wie mit Cayenne – und doch spürte sie in letzter Zeit eine wachsende Distanz. Cayenne war eigentlich nicht anders als sonst, aber sie, Nimet, veränderte sich und störte sich zunehmend daran, dass ihre Freundin sich überhaupt nicht weiterzuentwickeln schien, dass sie hängen blieb in ihrem Leben und ihren Ansichten. Sich selbst empfand Nimet als viel erwachsener, sie machte sich Gedanken über Leben und Tod, Himmel und Hölle und über das richtige und falsche Leben, das verdankte sie ihrer Kommunikation mit Saed. Cayenne war anders, unbeschwerter, manchmal zu unbeschwert für Nimets Geschmack. Der Rock zum Beispiel, den sie heute anhatte, war einfach zu kurz.

Aber egal, sie würde ihre Freundin jetzt nicht kritisieren, die Stimmung war gerade gut und ließ die Auseinandersetzung mit Sibel vergessen, die hinter ihr lag. Dabei schien Sibel, als Cayenne gekommen war, viel besser drauf zu sein als sonst häufig. Sie hatte Nimets Freundin herzlich an der Tür begrüßt und den beiden Mädchen angeboten, noch zum Abendessen zu bleiben, bevor sie in den Asphalt Club gingen, es sollte Hackbraten mit Rotkohl geben, so wie ihn Cayennes Mutter immer machte.

Ungewöhnlich, von Sibel ein solches Angebot zu bekommen. Aber Nimet war seit einigen Tagen schon aufgefallen, dass ihre Mutter irgendwie anders war als sonst. Sie schien das Gespräch mit ihr richtig zu suchen und merkte sich auf einmal Sachen, die sie sonst eigentlich immer vergaß. So hatte Nimet ihr zum Beispiel beim letzten gemeinsamen Einkauf eine Tüte Maggi-Fix für Hackbraten gezeigt und erklärt, dass Cayennes Mutter Sabina das Zeug immer beim Kochen verwende, weil damit alles besonders lecker wurde. Und prompt hatte Sibel ein paar Tüten von dem Wunder-Fix gekauft. Früher wäre ihr das nicht in den Sinn gekommen, irgendetwas hatte Sibel verändert. Der Hackbraten mit Rotkohl, den Sibel liebevoll zubereitet hatte, rettete die beiden dann allerdings doch nicht davor, in einen heftigen Streit zu geraten, noch bevor alle zu Ende gegessen hatten.

Bailey saß auf einem mit zahlreichen Kissen gepolsterten Stuhl am Tisch und hatte ihr Kinn auf die Tischplatte gelegt. Die grünen Katzenaugen wanderten hin und her, während der Kopf sich nicht bewegte.

»Eure Katze ist echt seltsam«, sagte Cayenne.

»Sie ist eben wie wir! In dieser Familie sind doch alle nicht ganz normal«, scherzte Sibel und suchte dabei den Blickkontakt zu Nimet, die ganz verträumt in ihrem Essen herumstocherte und sich ständig das Handy vor die Nase hielt.

Dazu sagte Sibel diesmal nichts, obwohl sie seit Monaten bei ihren Töchtern darum kämpfte, dass sie wenigstens beim Essen diese Dinger beiseitelegten – mal war sie dabei hysterisch ausgerastet, mal hatte sie zwar verzweifelt, aber dennoch höflich darum gebeten –, aber erreicht hatte sie nichts. Ihr war inzwischen klar, dass sie offensichtlich einiges in der Entwicklung von Nimet verpasst haben musste, wenn die sich neuerdings mit vollverschleierten Mädchen einließ. Und die veränderten ihre Tochter, das machte Sibel Angst. Sie erkannte Nimet in manchen Momenten nicht mehr wieder.

In letzter Zeit zum Beispiel achtete Nimet akribisch darauf, dass keine Gelatine in den Lebensmitteln war, die ihre Mutter nach Hause trug, und oft hockte sie vor dem Fernseher und sah sich über Satellitensender türkische Muslim-Sendungen an, bei denen Zuschauerfragen von einem Imam beantwortet wurden. Der erklärte da zum Beispiel, warum es im Islam ein Gebot ist, dass Männer und Frauen, die nicht unmittelbar miteinander verwandt sind, sich nicht zusammen in einem Raum aufhalten sollten. Solche Sendungen anzuschauen wäre Nimet früher doch nicht im Traum eingefallen! Außerdem hatte sich der Teufel in ihr Vokabular geschlichen – in letzter Zeit sagte Nimet dauernd »Seytan isi«, Teufelswerk, zum Beispiel, wenn ihr ein Glas aus der Hand fiel oder ihre Mutter ihr von den Junkies erzählte, die vor dem Supermarkt campierten und immer aufdringlicher die Leute um Kleingeld anbettelten.

Das waren doch alles hinterwäldlerische Ansichten, fand Sibel. Warum fiel Nimet darauf herein, wo sie doch in einer Familie aufgewachsen war, die in solchen Dingen ganz anders dachte? Darüber wollte sie so gern mit Nimet reden, sie hatte so viele Fragen im Kopf, wusste aber nicht, wie sie ihre Tochter darauf ansprechen konnte. Denn freiwillig würde Nimet ihr nichts erzählen, nachdem Sibel die drei Schleiergrazien Nour, Amina und Soraya so an der Haustür abserviert hatte. Sie musste es anders versuchen.

»Sag mal, Cayenne, ich kenne dich nun schon so lange, weiß aber gar nicht, ob du irgendwie religiös bist«, wollte Sibel wissen.

Schlagartig ließ Nimet ihre Gabel fallen und statt auf das Handy zu starren, sah sie jetzt ihre Mutter zornig an. Sie hatte sofort erkannt, dass es Sibel nicht um Cayenne ging, sondern um das Thema Religion, und damit war sie, Nimet, gemeint. Bevor Cayenne, die gerade an einem Stück Hackbraten kaute, antworten konnte, schoss es aus Nimet heraus: »Ist doch scheißegal! Wenn dich das bisher nicht interessiert hat, warum fragst du dann jetzt?«

Sibel traten Tränen in die Augen. Wieder diese Ablehnung, dieser Hass, den sie in Nimets Worten zu hören meinte! Cayenne bekam rote Flecken im Gesicht, wie immer, wenn sie unfreiwillig zwischen die Fronten eines Konflikts bei Familie Kaya geriet.

Sibel wusste ja, dass sie sich in den letzten Jahren zu wenig um ihre Töchter gekümmert hatte. Zwar sorgte sie immer dafür, dass es zu essen gab und der Kühlschrank gefüllt wurde, dass die Wäsche gewaschen und die Wohnung geputzt wurde – Dilara und Nimet kamen nie auf die Idee, selbst Hand anzulegen. Sie hatte ihre Töchter nicht genügend zur Selbständigkeit und verantwortlichem Handeln erzogen, und die Widerstände, auf die sie bei jeder Diskussion zum Thema Hausarbeit stieß, ermüdeten sie längst. Nein, sie war keine Kämpferin, sie war noch nie eine gewesen. Sie hatte auch um Ali nicht gekämpft, sie hatte nicht einmal darüber nachgedacht, ob es nach siebzehn Jahren Ehe noch irgendetwas zu retten gab.

Cayenne hatte ein gutes Gespür für hochkochende Emotionen, wenn die Luft im Raum dicker zu werden schien und die stummen Sekunden zwischen den Sticheleien nichts Gutes ahnen ließen. Jetzt war Deeskalation angesagt.

»Ick glob an Liebe und dass Bailey eine gestörte Katze ist, guckt doch mal!«, warf sie ein.

Bailey saß immer noch regungslos da, sie rollte nur mit

den Augen hin und her, als würde sie ein Tennismatch beobachten. Nimet und Sibel mussten dann doch lachen, plötzlich war die Anspannung weg, und Sibel hätte auch nicht gewagt, noch einmal nachzuhaken, was Cayenne mit Liebe denn wohl meinte. Da aber setzte Nimet unerwartet ein: »Gott ist Liebe.«

»Also so meinte ich das eigentlich nicht, ich meinte so richtig Liebe, mit Küssen und so, da ist mir Gott zu weit weg. Oder hast du etwa 'ne Direktverbindung?« Cayenne kraulte Bailey am Ohr und grinste Nimet erwartungsvoll an. Doch diesmal lachte Nimet nicht, im Gegenteil, ihre Miene versteinerte, als sie erwiderte: »Wer diese Liebe nicht kennt, der hat keine Ahnung, wovon ich spreche. Es gibt Dinge, die kann man nicht mit Worten erklären, die muss man fühlen. Ich wünsche euch, dass ihr das irgendwann einmal in eurem Leben spürt. Möge Allah euch rechtleiten!«

Sie fühlte sich gut in dieser neuen Rolle der Moralpredigerin, auch wenn ihr selbst die Worte, die gerade aus ihrem Mund kamen, fremd waren. Aber sie fühlten sich richtig an. Es hatte einen tieferen Sinn, den sie selbst noch nicht ganz begriffen hatte, und dennoch: Es war etwas, woran sie glaubte, sie konnte es förmlich spüren, diese Kraft der Liebe, die Kraft Allahs.

Sibel konnte jetzt doch nicht mehr an sich halten. Sie stand auf, ging zur Vitrine und zeigte mit spitzem Finger auf die Atatürk-Bronze, die glänzend auf einem marmornen Sockel hinter der Glasscheibe stand.

»Das ist es, woran wir glauben. Wir glauben an die Freiheit, an die Demokratie. Dein Vater und ich sind froh, dass wir euch in Deutschland zur Schule schicken können. Jeder kann von mir aus an Allah glauben, das muss jeder für sich entscheiden, aber es ist nicht deine Aufgabe, den Menschen vorzuschreiben, woran sie glauben sollen. Amin.«

»Wer nicht an Allah glaubt, der ist für immer verloren, Mama! Warum weißt du das nicht, du bist doch Muslim! Siehst du nicht, was auf der Welt passiert? Sie töten unschuldige Frauen und Kinder, Palästina ist die Hölle auf Erden, jeden Tag werden Muslime getötet, nur weil sie Muslime sind. Es ist ein Kampf gegen alle, siehst du das nicht?!«

Nimet hatte sich richtig in Rage geredet. Cayenne und Sibel blickten einander ratlos an. Solche Sätze hatten sie von Nimet noch nie gehört. Cayenne kannte ähnliche Tiraden zwar aus der Schule, wo unter den muslimischen Schülern der Hass auf Israel weitverbreitet war und es regelmäßig zu Auseinandersetzungen kam, wenn das Thema Holocaust behandelt wurde. Dann stand eigentlich immer irgendjemand auf und fragte, wo denn bitteschön die Beweise dafür wären, dass Millionen von Menschen von Nazis getötet worden waren. Noch schlimmer war es, als etliche Redakteure der französischen Zeitschrift Charlie Hebdo von zwei islamistischen Terroristen abgeschlachtet wurden; da geisterten kurz darauf gefälschte Bilder von israelischen Eliteeinheiten durch die Handys der Schüler, die in den Redaktionsräumen von Charlie Hebdo das Massaker anrichteten. Die Botschaft: Es war der israelische Geheimdienst Mossad, er will dem Islam schaden. Damals war es Nimet gewesen, die sich vor die Klasse gestellt und einen »Aufstand der Anständigen« gefordert hatte. Genützt hatte es nichts: Am Ende erstellte die Klasse ein Plakat mit der Aufschrift »Je suis Mohammed«, um zu zeigen, dass der Anschlag in ihren Augen in erster Linie ein weiterer Angriff auf den Islam war. Nur Cayenne hatte gewagt, die Frage zu stellen, ob es nicht angebrachter wäre, der toten Opfer zu gedenken. Die Klasse aber war dafür gewesen, eine Pinnwand zu erstellen, an der Forderungen gegen die »Islamophobie« aufgelistet wurden; ganz am Rand durfte Cayenne dann noch den Satz unterbringen: »Wir bedauern die Opfer des Anschlags und teilen den Hinterbliebenen unser Beileid mit.«

Was war denn bloß aus ihrer Freundin geworden, ihrer Nimet??? »Mensch, Nimet«, sagte Cayenne, »du klingst schon wie Nour! Fehlt jetzt nur noch, dass du dir einen Schleier überwirfst und beim Reden wichtig mit den Händen fuchtelst – am besten so, dass dein Gewand sich rauschend hin und her bewegt wie ein Kostüm!« Cayenne versuchte erneut, die Situation mit einem Grinsen zu entschärfen. »Glaubst du nicht auch, dass diese Sorayas und Aminas oder wie sie alle auch heißen mögen, sich einfach nur gern verkleiden und ein bisschen Prinzessin spielen wollen mit ihren Tüchern und dem ganzen Glitzerkram? Ich finde das voll okay, aber deshalb muss man ja nicht gleich vom Boden abheben!«

»Ach, das ist deine Cousine, Cayenne? Das Mädchen mit dem Schleier?«, wollte Sibel wissen.

»Ja, ist ihre Cousine, Mama, und meine Freundin! Und wenn du nicht so voller Vorurteile wärest, dann würde ich sie dir sogar vorstellen. Aber so kannste das vergessen, ich lass mir von dir nicht vorschreiben, mit wem ich befreundet sein darf – die Zeiten sind vorbei!«

Sibel stand auf, räumte den Tisch ab und sagte nur knapp: »Ich will dir gar nichts vorschreiben, ich will nur, dass du ein gutes Leben hast, ein besseres als ich. Wollt ihr nicht langsam los? Ist schon spät. Cayenne, ich mach dir ein

Bett in Nimets Zimmer.« Dann brachte sie die Teller in die Küche, nahm Bailey auf den Arm und setzte sich vor den Fernseher.

»Du bist echt scheiße zu deiner Mutter«, kritisierte Cayenne Nimets Ausbrüche, als Sibel außer Hörweite war. »Meine Alte würde mich vor die Tür setzen, wenn ich so reden würde!«

»Deine Mutter ist ja auch kein Psycho!«

»Na, da sei dir mal nicht so sicher! Letzte Woche hat sie einfach meine Lieblings-T-Shirts weggeworfen, nur weil kleine Mottenlöcher drin waren! Seitdem riecht nicht nur mein Kleiderschrank, sondern die ganze Bude nach Lavendel. Und manchmal steht sie sonntags früh um acht mit 'ner Zahnbürste am Herd!«

»Na und? Ist doch nicht krank, wenn man sich früh die Zähne putzt, du Spasst.«

»Nee – aber wenn man damit den Backofen putzt, dann weiß ich nicht, wer von unseren Müttern mehr Psycho ist!« Bei diesen Worten stand Cayenne auf, zog ihre Freundin am Ärmel und sagte: »Komm, jetzt lass mal gehen. Du musst dich ja noch umziehen und schminken.«

»Nee, ich geh so.«

»O Mann, ey, wenn wir heute nicht reingelassen werden, dann ist es wenigstens nicht meine Schuld. Aber egal, komm, wir gehen. Kannst ja wenigstens ein bisschen Lippenstift auftragen.«

Cayenne zog ihr Schminketui aus der Tasche und legte Nimet einen Hauch Rosa auf. In dem Moment vibrierte Nimets Handy. Es war schon nach zehn, und Nimet hatte ganz vergessen, dass Saed ihr oft um diese Uhrzeit schrieb. Ihr

Herz klopfte schneller, sie musste sich eine Ausrede einfallen lassen. Saed würde sich fragen, was sie um diese Uhrzeit noch Dringendes zu tun hatte, denn zu so später Stunde war sie sonst immer zu Hause gewesen und hatte Zeit für ihn gehabt.

In den letzten Tagen waren seine Nachrichten persönlicher geworden, er wollte immer mehr von ihr und ihrer Familie wissen. Und sie hatte ihm alles Mögliche erzählt, auch, dass sie abends immer zu Hause sei, weil sie es so sinnlos fände, wie andere Jugendliche herumzuziehen. Es gefiel ihr, in die Rolle der sittsamen Muslimin zu schlüpfen, und je öfter sie es tat, desto mehr wurde sie eins mit dieser anderen Nimet, deren Sätze ständig mit Insallah begannen oder endeten. Sie hatte sogar angefangen, den Koran zu lesen, den man ihr vor Monaten in der Fußgängerzone der Wilmersdorfer Straße in die Hand gedrückt hatte. Und trotzdem war da immer noch ein kleiner Konflikt in ihr, wenn sie morgens in den Spiegel sah und wusste, dass das Mädchen, das sie da skeptisch musterte, nicht wirklich die Nimet war, die Saed kannte, sondern immer noch das unsichere Mädchen, das keine richtige Vorstellung davon hatte, wohin die Reise gehen sollte.

Saed
Hast du Zeit?

Nimet las die WhatsApp-Nachricht, und anhand der zwei blauen Häkchen am unteren Rand der Message konnte Saed erkennen, dass sie sie gelesen hatte. Jetzt durfte sie nicht lange mit einer Antwort zögern, das würde ihn nur misstrauisch machen. Cayenne hatte sich schon die Schuhe angezogen, sie stand an der Tür und wurde immer ungeduldiger.

»Schreib deinem Traumprinzen, du hast jetzt keine Zeit«, forderte sie.

»Das ist keine gute Ausrede!«

»Dann schreib, du bist krank.«

»Und was hab ich?«

»Boah, Nimet, soll ich dir jetzt etwa auch noch sagen, wie krank du bist?? Schreib: schwere Grippe, dicker Kopf und tschüss!«

Nimet schrieb, zögerte kurz und schickte die Nachricht dann ab.

Saed
O, du meine Schöne, ich küsse deine Augen und dein samtweiches braunes Haar. Möge Allah dich bald wieder gesund werden lassen. Amin.

Nimets Herz schlug jetzt noch heftiger. Er küsste sie. Und nicht nur das, er wusste, dass sie braune Haare hatte. Woher wusste er das, fragte sie sich im nächsten Moment. Sie hatte ihm doch nie ein Bild von sich geschickt!

»Komisch. Er weiß, welche Haarfarbe ich habe«, dachte sie laut vor sich hin.

»Von wem redest du?«

»Von Saed, dem Mann, mit dem ich seit ein paar Wochen chatte.«

»Wie, du hast ihm noch kein Foto von dir geschickt?«

»Nein.«

»Wie sieht er denn aus?«

»Keine Ahnung, ich hab ihn noch nie gesehen.«

Cayenne musste laut lachen, sie konnte es einfach nicht fassen, dass ihre eigentlich sonst so kluge Freundin seit Wochen mit jemandem chattete, von dem sie nicht einmal wusste, ob er eine Schönheit oder ein hässliches Monster war. Aber wenigstens zog Nimet sich jetzt endlich die Schuhe an.

Gemeinsam verließen sie das Haus und machten sich mit der U-Bahn auf den Weg zum Club. Die Nacht war angenehm warm, und überall waren junge Menschen unterwegs. Cayenne hakte sich bei Nimet unter, die immer wieder auf Saeds letzte Nachricht starrte, und stellte ihre Freundin zur Rede:

»Du hast dich in einen Unbekannten verliebt, stimmt's?«

»Er ist nicht so fremd, wie du denkst. Mit Saed ist das was ganz anderes, Cayenne, das kennst du nicht, Saed und ich sind uns sehr nah.«

»Aber du hast ihn doch noch nie gesehen!«

»Ich wusste, du würdest das nicht verstehen.«

»Doch, doch, ich hab schon verstanden. Du bist eine Träumerin und denkst jetzt, da wartet ein türkischer Robert Pattinson auf dich in Anatolien, aber am Ende ist es ein Gollum.«

»Du hast wohl noch nie versucht, mit dem Herzen zu sehen? Unser Körper ist nur eine Hülle, was zählt, ist die Schönheit der Seele, die nicht jeder gleich sieht, die ist kostbar und einzigartig. Wir haben einander erkannt – möge Gott dir auch so eine Erfahrung schenken.«

Cayenne merkte, dass es jetzt unangebracht war, sich weiter über Nimets Naivität lustig zu machen. Es schien ihrer Freundin ernst zu sein. In den letzten Wochen hatte sie sich verändert. Man sah sie nur noch selten, und auch wenn

Cayenne sie anrief, antwortete Nimet häufig nicht. Das war neu.

»Liebt er dich auch?«

»Er hat es noch nicht direkt gesagt, aber ich spüre es. Wir chatten jede Nacht. Manchmal sogar bis frühmorgens.«

Cayenne wollte lieber das Thema wechseln – was Nimet über diese Beziehung sagte, war ihr ein bisschen unheimlich. Aber es widerstrebte ihr, die Freundin jetzt weiter in die Enge zu treiben. Gegen Liebe gab es nun einmal kein Argument, keine Medizin, keinen guten Rat – und Nimet war verliebt, daran konnte kein Zweifel bestehen.

»Na, das ist doch schön, er wird es dir bestimmt bald sagen. Ich freue mich schon darauf, ihn kennenzulernen«, und damit beendete Cayenne dieses Thema, denn es war ihr unangenehm, Nimet etwas vorzumachen. Das würde auf Dauer doch nicht gutgehen. Und solange Nimet in Berlin war und dieser Saed irgendwo in Anatolien, war alles gut, vielleicht würde das Ganze ja ebenso schnell zu Ende gehen, wie es begonnen hatte. Denn wie sollte bei dieser Distanz, ohne echten Kontakt eine wirkliche Beziehung entstehen? Cayenne konnte sich das nicht vorstellen. Für sie war es jetzt wichtig, Nimet wieder in das alte gemeinsame Leben zurückzuholen – abhängen, Jungs anflirten, lästern und lachen, irgendwann würde Nimet schon den nächsten Typen gut finden und Saed Geschichte sein.

Nimets Verwandlung

»Wie machen wir das heute?«, fragte Cayenne.

»Was?«

»Also, wenn ich mit 'nem Typen quatsche und der nervt mich, dann kratz ich mich am Kopf, und du kommst und holst mich da raus, okay?«

»Okay, aber such dir nicht wieder so'n Proll-Mehmet aus, die verstehen das nicht, wenn man keinen Bock hat, mit ihnen zu quatschen, ich hab heute keine Lust auf Stress, tamam?«

»Tamam!«

Diesmal gab es kein Sich-warm-trinken wie sonst, wenn die beiden Freundinnen sich in die Berliner Nacht stürzten. Diesmal war alles ein bisschen anders, weniger aufgekratzt, weniger laut, fast ein bisschen so, als würden die beiden zu einem Schulausflug aufbrechen.

Cayenne konnte ja nicht ahnen, dass Nimet sich auf diese Party akribisch vorbereitet hatte. Es war nicht ihr Outfit oder das Make-up, mit dem sie sich intensiv befasst hatte, nein, es waren die Gebote und Verbote im Islam. Sie hatte einige Tage zuvor das Internet durchforstet. War Musik erlaubt? Nur bestimmte Musik oder gar keine? Tanzen? Gab es muslimisch erlaubtes Tanzen? Es gab offensichtlich ziemlich viel, was sich für ein muslimisches Mädchen nicht gehörte – Nimet war beeindruckt. Aber sie wollte es schon selbst erfahren, was so falsch daran war, »feiern« zu gehen. Fast alle Jungs aus ihrer Schule fanden es unzüchtig, wenn Mädchen auf Partys gingen, wie oft sagten ihre Mitschülerinnen ihr, dass sie von Glück sagen könnte, dass sie weder Vater noch ältere Brüder habe, die ihr den Spaß verbieten konnten. Andere hatten sie aber auch immer wieder darauf aufmerksam gemacht, dass es *haram* sei, wenn ein Mädchen allein oder mit Freundinnen in die Disko ging. Und selbst dort wurde sie immer wieder von arabischen oder türkischen Jungs angemacht, was sie als muslimisches Mädchen dort zu suchen habe.

Waren diese Männer alle verrückt? War es falsch, seiner Tochter oder Schwester jede Party zu verbieten? Das waren so Fragen, die Nimet derzeit umtrieben. Früher hatte sie nie darüber nachgedacht, sie hatte einfach Spaß haben wollen. Was aber war der Preis für diesen Spaß? Klar, es gab Typen, für die ein Mädchen schon eine Schlampe war, wenn es sich nicht an keusche Kleidervorschriften hielt. Aber solche Typen waren Nimet egal. Was aber war mit Männern wie Saed, vernünftigen, aufgeschlossenen Muslimen, die sich nicht reizen ließen von den Konturen eines knackigen Pos in engen Jeans? Das war zumindest das Bild, das sie von Saed hatte – einer, der jeder sexuellen Verlockung standhielt, weil er an die wahre Liebe glaubte. Es war etwas so Kostbares, einen solchen Mann zu kennen, es beruhigte sie, dass es Menschen wie ihn oder Nour gab, Menschen, denen es nicht darum ging, *the sexiest man or woman alive* zu sein. Nimet war diesen ewigen Konkurrenzkampf, der unter den Mädchen in der Schule herrschte, ohnehin total leid. Sie wusste, dass sie da gar nicht mithalten konnte. Sie wusste auch, wie es war, wenn man als die mit den dicken Pferdeschenkeln verlacht wurde, manchmal sogar von Leuten, die man seine Freunde nannte. War es also wirklich falsch, wenn ein Vater seiner Tochter enge Hosen verbot, war er dann ein Spielverderber? Oder war er nur besorgt um das Ansehen seiner Tochter?

Sie selbst trug keine engen Klamotten mehr, sie achtete inzwischen auch darauf, dass ihre Oberteile über den Hintern gingen. Es war niemandem aufgefallen, und sie fand es angenehm, wenn ihr Körper, in dem sie sich ohnehin nicht so hundertprozentig wohl fühlte, nicht wahrgenommen wurde. Aber sie wollte nicht unter Druck eine fromme Muslimin werden, sie wollte sich *überzeugen* lassen. Und dazu gehörte auch, nicht von heute auf morgen alles, was sie bisher gutgeheißen hatte, einfach wegzuwerfen, sondern sie musste herausfinden, was ihr wichtig war. Und deshalb hatte sie mit Cayenne tanzen gehen wollen, auch weil es ihr doch eigentlich immer die größte Freude bereitet hatte.

Die Tanzfläche war so voll, dass man gerade noch mit den Knien wippen konnte und trotzdem ständig Körperkontakt mit fremden Leuten hatte. Schwarze Mädchen in weißen Minikleidern und High Heels stöckelten an den beiden Freundinnen vorbei. Cayenne prustete vor Lachen und schrie Nimet gegen die dröhnenden Lautsprecher ins Ohr: »Na, da will aber jemand auffallen!«

Nimet tanzte ausgelassener als Cayenne gehofft hatte, nach dem etwas missglückten Start in die Nacht hatte sie mit allem gerechnet, nur nicht mit einer Nimet, die bei den ersten R'n'B Bässen wieder voll aufblühte und ganz die alte war. Nimet beobachtete beim Tanzen die anderen um sich herum, sie sah die jungen Männer, die in leuchtend weißen Hemden vor vollen Wodkagläsern an der Bar standen, sich gegenseitig zuprosteten und auf die Mädchen zeigten, die sich lasziv auf der Tanzfläche aalten, sie sah Frauen, die schon Mütter sein konnten, küssend und grapschend mit Männern herummachen, und sie sah Momo, Mitglied einer stadtweit gefürchteten arabischen Großfamilie, wie er eine zarte Blondine auf den Schultern Richtung Toilette abschleppte.

Nimet stieß Cayenne mit dem Ellenbogen an und deutete auf Momo, der mit dem kichernden Mädchen gerade dicht an ihnen vorbeilief. Doch Cayenne winkte nur müde ab und tanzte einfach weiter, wie ein Derwisch drehte sie sich um die eigene Achse und schien ihr Umfeld gar nicht wahrzunehmen. Genau das war es, was Nimet an Cayenne so mochte, man konnte mit ihr wunderbar tanzen gehen. Das Rumgeflirte war eher Nebensache, noch nie hatten sie sich ernsthaft mit einem Jungen verabredet, den sie in der Disko kennengelernt hatten. »Diskobekanntschaften sind Scheißbekanntschaften«, war Cayennes Spruch, und damit lag sie immer richtig.

Aber Nimet war jetzt doch neugierig geworden, sie schlich Momo hinterher, der mit der Frau auf der Damentoilette verschwand. Und wenn er vorhatte, das Mädchen dort zu vergewaltigen? Sollte sie hinterhergehen oder doch lieber draußen bleiben? Vielleicht das Personal auf die beiden aufmerksam machen? Sie war unsicher. Wie konnte er so selbstverständlich auf die Frauentoilette gehen, ohne dass sich irgendjemand daran störte? Sie ging in den Toilettenraum und hörte, wie Momo das Mädchen aufforderte, sich die Hose runterzuziehen, er dämpfte dabei nicht einmal seine Stimme. Die Abgeschleppte kicherte zwar nicht mehr, schien aber auch keinen Widerstand zu leisten.

Konnte es wirklich sein, dass ein junges Mädchen es hier einfach auf der Toilette mit einem Typen trieb, noch dazu mit einem, der bekannt dafür war, dass er Frauen als bloße Serienobjekte seiner Triebe behandelte? Nimet stand wie angewurzelt da, sie konnte nicht fassen, was hier geschah. Andere Mädchen liefen rein und raus und lachten höchstens über das Paar, das gerade unüberhörbar einen Geschlechtsakt vollzog, der nach nur einer Minute beendet war. Momo stieß die Tür auf, knöpfte sich die Hose zu, sah Nimet kurz durchdringend in die Augen, wusch sich die Hände und verschwand. Kurz darauf kam das Mädchen aus dem Klo, die Schminke war zerlaufen, die vorher so perfekt frisierten Haare hingen ihr strähnig ins Gesicht. Ohne sich die Hände zu waschen, verließ sie schweigend den Raum. Ein Ekelschauer lief Nimet den Rücken hinunter.

Ihr Handy vibrierte. Saed. Er wollte wissen, wie es ihr ging, und mit einem Mal fühlte sich Nimet ganz schlecht. Warum war sie hier? Was hatte sie zu suchen an Orten, an denen Menschen so würdelos waren? Minutenlang seifte sie sich die Hände ein und hielt sie unter laufendes Wasser. Sie blickte in den Spiegel und das, was sie sah, gefiel ihr eigentlich ganz gut. Sie war fast ungeschminkt und wirkte zwar kindlicher als sonst, aber sie fühlte sich so erwachsen, den anderen hier im Club so überlegen, dass sie sich angrinste und dachte: Gut, dass du noch mal hier warst, Nimet Kaya, das wird das absolut letzte Mal gewesen sein!

Saed
Egal wie spät es ist, mein Augenstern, bitte schreib mir, wie es dir geht.

Die Tanzfläche war noch voller geworden, in alle Richtungen drängten sich schwitzende Körper aneinander. Von Cayenne keine Spur. Da, wo Nimet sie zuletzt gesehen hatte, stand jetzt ein Pulk grölender Männer, die einen Junggesellenabschied feierten und alle rosafarbene T-Shirts mit der Aufschrift »Bin lesbisch und geil« trugen.

Wenn hier nicht der Seytan zugegen ist, wo dann?, dachte Nimet. Sie blickte in Gesichter von Menschen, die im Rausch des Alkohols wie Fratzen auf sie wirkten, sie sah alle diese schönen Frauen, von denen jede auf ihre Art ihre »besten« Körperteile zur Schau stellte – Ahnungslose in Nimets Augen, die auf ihren Stöckelschuhen nur Ware eines Fleischmarkts waren, ohne Seele, ohne Ehre. Es war erstaunlich, wie anders das jetzt alles auf sie wirkte, früher, solange sie selbst ein Teil dieses Treibens gewesen war, war sie dafür blind gewesen.

Sie hielt immer noch ihr Handy in der Hand und spürte die Stärke, die die Verbindung zu Saed ihr gab. Bestimmt wäre er stolz auf sie, wenn er jetzt ihre Gedanken lesen könnte, er würde sie in den Arm nehmen und ihr erklären, warum ihr Herz auf dem richtigen Weg war, mit klaren Sätzen und schönen Formulierungen, wie er es immer tat, und mit einer Stimme, die sie so sehr beruhigte. Inmitten des Trubels schloss sie die Augen und betete: Allah, ich danke dir für dieses große Geschenk.

Auch wenn sie schon ganz unruhig war – sie wollte Saed jetzt nicht antworten. Erst wollte sie nach Hause, sich unter die Dusche stellen, den Dreck abwaschen, den sie gesehen hatte, dann würde sie ihm schreiben und mit ihm gemeinsam das Morgengebet verrichten. Wie ein kleines Kind freute sie sich darauf.

Als sie die Augen wieder öffnete, sah sie Cayenne, die schräg gegenüber an der Bar stand und hektisch in alle Richtungen nach Nimet Ausschau hielt, vor ihr ein Typ mit Hipster-Vollbart und James-Dean-Tolle. Als Cayenne Nimet erblickte, grinste sie erleichtert und fing an, sich auffällig am Kopf zu kratzen. Aber Nimet winkte ihr nur zu, drehte sich um und verschwand in der Menge.

Grün und anschmiegsam lag der Koran mit den goldenen Lettern in Nimets Hand, als sie am nächsten Morgen in dem kleinen Buchladen mit den schmalen, bis zur Decke reichenden Regalen stand, an dem sie schon unzählige Male auf ihrem Weg zur U-Bahn vorbeigelaufen war, den sie aber noch nie betreten hatte. Früher hatte sie um diesen Laden, der sich Muslimische Buchhandlung e.V. nannte, lieber einen Bogen gemacht, weil vor dessen Eingang immer auffällig viele Männer mit langen Bärten standen. Die hatten sie abgeschreckt. Aber dann sah sie doch auch Frauen hineingehen, Frauen mit langen Schleiern und Kinderwagen, die vor der Tür bleiben mussten. Ihnen machten die Männer zuvorkommend Platz, manche verließen sogar den Laden, damit die Frauen sich ungeniert umschauen konnten. Echte Gentlemen, dachte Nimet. Und so traute sie sich endlich, an diesem Tag den Buchladen zu betreten.

Sie empfand es immer noch als berauschend, die eigenen Vorurteile gegenüber Muslimen überwunden zu haben. Hier im Laden war sie die einzige Frau ohne Kopftuch, aber niemand machte sie dafür blöd an oder gab ihr das Gefühl, am falschen Ort zu sein. Nur sie selbst verspürte den Wunsch, lieber weniger aufzufallen. Vielleicht sollte sie künftig doch lieber ein Kopftuch anziehen.

Nimet schlug das Buch auf, das sie in den Händen hielt, eine deutsche Ausgabe des Korans. Der Buchhändler, der sie zunächst auf Arabisch ansprach, erkannte an ihrem Gesichtsausdruck, dass sie ihn nicht verstand und fuhr in auffällig gutem Deutsch fort: »Das ist schon eine gute Übersetzung, die Sie sich da herausgesucht haben, aber noch besser wäre es, wenn Sie Arabisch könnten. Können Sie ein bisschen Arabisch?« Seine Stimme klang jünger als Nimet erwartet hatte. Aus seinem fast asketisch wirkenden Gesicht leuchteten blaue Augen, mit denen er sie eindringlich musterte. Nimet schüttelte den Kopf und merkte, wie sie rot wurde. Und als hätte der ältere Herr das genau registriert, senkte er jetzt den Blick und zog aus einem Regal weitere Koranexemplare, die er ihr wortlos gab. Dann ging er wieder an seinen Schreibtisch, an dem er zuvor, ganz in eine Lektüre versunken, gesessen hatte. Auch Nimet schlug eine beliebige Seite auf und fing an zu lesen:

Ist (nicht) über den Menschen eine Spanne der endlosen Zeit gekommen, in der er nichts Nennenswertes ist?
Wir haben den Menschen ja aus einem Samentropfen, einem Gemisch erschaffen, (um) ihn zu prüfen. Und so haben Wir ihn mit Gehör und Augenlicht versehen.
Wir haben ihn ja den (rechten) Weg geleitet, ob er nun dankbar oder undankbar sein mag.
Wir haben ja für die Ungläubigen Ketten und Fesseln und eine Feuerglut bereitet.
Gewiß, die Frommen trinken aus einem Becher, dessen Beimischung Kampfer ist, aus einer Quelle, aus der Allahs Diener trinken, die sie sprudelnd hervorströmen lassen. Sie erfüllen das Gelübde und fürchten einen Tag, dessen Übel

sich wie im Flug ausbreitet, und sie geben – obwohl man sie liebt – Speise zu essen einem Armen, einer Waisen und einem Gefangenen:
»Wir speisen euch nur um Allahs Angesicht willen. Wir wollen von euch weder Belohnung noch Dank. Wir fürchten ja von unserem Herrn einen Tag, der düster blicken läßt, einen unheilvollen.«
So bewahrt sie Allah vor dem Übel jenes Tages und wird ihnen strahlendes Glück und Freude darbieten.
Und ihnen vergelten, daß sie standhaft gewesen sind, mit einem Garten und mit Seide, worin sie sich auf überdachten Liegen lehnen, und worin sie weder (heiße) Sonne noch bittere Kälte wahrnehmen werden.
Nahe über ihnen sind seine Schatten, und seine Früchte sind ihnen (zum Pflücken) sehr gefügig gemacht.
Herumgereicht werden ihnen Gefäße aus Silber und Trinkschalen, die (wie) aus Glas sind, Gläser aus Silber, die sie im rechten Maß bemessen.
Und zu trinken gegeben wird ihnen darin ein Becher, dessen Beimischung Ingwer ist, aus einer Quelle darin, die Salsabīl genannt wird. Und unter ihnen gehen ewig junge Knaben umher. Wenn du sie siehst, hältst du sie für ausgestreute Perlen.
Und wenn du dort hinsiehst, wirst du Wonne und ein großes Reich sehen. Auf ihnen werden grüne Gewänder aus Seidenbrokat sein und schwerer Brokat, und geschmückt werden sie sein mit Armreifen aus Silber. Und zu trinken wird ihr Herr ihnen ein reines Getränk geben. Dies ist ja der Lohn für euch, und euer Bemühen wird gedankt sein.
Gewiß, Wir sind es, die Wir dir den Qur'ān offenbart, ja offenbart haben. So sei standhaft in Bezug auf das Urteil deines

Herrn, und gehorche von ihnen keinem Sündhaften oder sehr Undankbaren.
Und gedenke des Namens deines Herrn morgens und abends, und in (einem Teil) der Nacht, da wirf dich vor Ihm nieder und preise Ihn lange Zeit zur Nacht. Diese da lieben ja das schnell Eintreffende und lassen hinter sich einen schwer lastenden Tag.
Wir doch haben sie erschaffen und ihren Körperbau vollendet. Und wenn Wir wollen, tauschen Wir sie durch andere ihresgleichen aus.
Gewiß, dies ist eine Erinnerung; wer nun will, nimmt (so diesen) einen Weg zu seinem Herrn.
Und ihr könnt nicht(s) wollen, außer daß Allah (es) will. Gewiß, Allah ist Allwissend und Allweise. Er läßt, wen Er will, in Seine Barmherzigkeit eingehen. Und die Ungerechten, für sie hat Er schmerzhafte Strafe bereitet.

Nimet war betört vom Zauber der Verse. Wie hatten ihre Eltern ihr alle diese wunderbaren Worte des Glaubens vorenthalten können?! Warum nannten sie sich Muslime und hatten noch nie im Leben dieses wunderschöne Buch in der Hand gehalten? Während sie, noch ganz in Gedanken versunken, sich zu erinnern versuchte, ob ihr irgendjemand irgendwann einmal irgendetwas von Allah erzählt hatte, war der alte Buchhändler leise hinter sie getreten. Er beobachtete sie eine Weile, bis er sanft, um sie nicht zu erschrecken, sagte: »Sure 76, Al Insan – Der Mensch. Mein liebes Kind, wenn du das verstanden hast, hast du das Leben verstanden. Das im Diesseits und das im Jenseits.«

Es schwang so viel Weisheit mit in dem, was der Mann sagte, und auch in dem, was sie gelesen hatte, dass Nimet den Koran entschlossen zuschlug, ihr Portemonnaie aus der Tasche zog und dem Buchhändler einen 50-Euro-Schein reichte.

»Ich hab auch welche, die günstiger sind. In Kunstleder«, meinte er daraufhin.

»Vielen Dank, aber es soll für immer sein, und dann soll es schon das Beste sein.«

Der alte Mann nickte verständnisvoll, drückte Nimet noch einige Heftchen in die Hand und verabschiedete sich von ihr, indem er die Hand an seine Brust legte und sich leicht vor ihr verbeugte.

Nimet schlug den Koran sorgsam in das rote Kopftuch ein, das sie jetzt immer bei sich trug, um jederzeit an jedem Ort ihr Gebet verrichten zu können, und kam erst zur zweiten Stunde in den Unterricht. Sie konnte sich die Verspätung erlauben, sie hatte bei Frau Schultz, einer jungen Referendarin, die immer nur so viel tat wie unbedingt nötig, einen Stein im Brett. In den letzten Wochen hatte ihre Lieblingsschülerin bemerkenswerte Leader-Qualitäten entwickelt, wenn ihr ein Thema am Herzen lag, konnte sie zur kämpfenden Löwin mutieren. Als Kämpferin für die Rechte von Flüchtlingen war Nimet in der Schule eine moralische Instanz geworden, an der man nicht vorbeikam, wenn man sich in Flüchtlingsfragen engagieren wollte. Nimet genoss diese neue Position und empfand die Anerkennung, die ihr von vielen Lehrern und Schülern entgegengebracht wurde, als einen gerechten Lohn, den Allah ihr zuteilwerden ließ. Ihre neue Frömmigkeit hatte Früchte getragen, und auch dafür dankte sie, neben vielen anderen Dingen, täglich ihrem Herrn.

Frau Schultz bewunderte die Durchsetzungsstärke ihrer

Schülerin, und Nimet wusste das, deswegen waren beide auch zu einer stillschweigenden Übereinkunft gekommen: Nimet durfte auch während der Stunde den Klassenraum verlassen, um ihr Gebet zu verrichten.

Aufgrund des großen Flüchtlingsstroms hatte man in der letzten Lehrerkonferenz spontan vereinbart, eine Projektwoche zu veranstalten, in der die Schüler sich intensiv mit dem Thema auseinandersetzen sollten. Nimet hatte sich für die Charity-Gruppe eingetragen und vorgeschlagen, möglichst viel Geld und Sachspenden für die Menschen einzusammeln, die vor dem LaGeSo auf ihre Erstaufnahme warteten.

Als sie den Klassenraum betrat, schien ihre Gruppe sich schon fast wieder aufgelöst zu haben. Während alle anderen noch heftig diskutierten, Thesenpapiere entwarfen und Präsentationen vorbereiteten, waren fünf der sieben Schüler aus ihrer Gruppe in die Mensa entschwunden, und die übrigen zwei saßen kippelnd auf ihren Stühlen und tippten hektisch auf ihren Smartphones herum. Frau Schultz hatte sich geduldig hinter ihrem Pult verschanzt und korrigierte die letzten Klassenarbeiten, in denen ihre Schüler zu der Frage Stellung nehmen sollten: Warum brauchen wir (k)einen Kapitalismus?

Nimet baute sich vor dem Tisch ihrer zwei Mitstreiterinnen auf, die immer noch wie gebannt auf ihre Smartphones starrten und nicht einmal aufblickten. Sie wartete einen Moment und ließ dann plötzlich ihre Faust so heftig auf die Tischplatte niedersausen, dass die zwei erschrocken zusammenzuckten und endlich hochschauten.

»Ich gebe euch genau fünf Minuten, dann will ich euch

unten bei den anderen in der Mensa sehen! Wir gehen gleich zusammen los zur Erstaufnahmestelle für Flüchtlinge. Wer nicht mitkommt, fliegt raus aus der AG!«, schnauzte sie die beiden in einem Ton an, als hätte sie eine Offiziersausbildung an einer Militärakademie durchlaufen. Frau Schultz, die das Ganze beobachtet hatte, nickte Nimet anerkennend zu. Sie war es auch gewesen, die Nimet ermutigt hatte, gemeinsam mit ihren muslimischen Freundinnen Nour, Amina und Soraya eine Info-Wand über die »Gräueltaten Israels« aufzuhängen – mit Bildern von zerbombten Häusern, weinenden Menschen und einer blutverschmierten Fahne Israels. Nur die Fotos der toten Kinder, die Nour beigesteuert hatte, wurden gleich am ersten Tag von der Schuldirektorin persönlich entfernt. Für Nimet war das ein Zeichen, wie gleichgültig den meisten Menschen das Schicksal muslimischer Kinder war, und ihre Abneigung gegen ein Land, das seit Jahrzehnten zwar die Erinnerung an den Holocaust hochhielt, aber mit keiner Silbe das Abschlachten der Palästinenser erwähnte, wuchs – ein solches Land, so dachte sie immer öfter, konnte dann doch nicht ihre Heimat sein.

Nour und Amina waren gekommen, um Nimets Charity-Projekt zu unterstützen. Frau Schultz war begeistert und hatte die beiden überschwänglich begrüßt: »Der Islam ist eine Religion der Nächstenliebe, das sollte endlich mal in den Köpfen der Menschen ankommen!« Traditionell erzogene muslimische Mädchen und Frauen, die sich für das Gemeinwohl einsetzten, waren an Berliner Schulen jederzeit sehr willkommen, auch wenn es sich um schulfremde Personen handelte. Nur Cayenne fand es nicht richtig, dass ihre Cousine hier mitmischte. Sie ging ihr bewusst aus dem

Weg und schloss sich der Gruppe »Leben im Exil. Flucht zu Zeiten des Nationalsozialismus« an. Dabei hätte sie viel lieber mit Nimet Geld für Flüchtlinge gesammelt, doch solange Nour dabei war, verzichtete sie darauf. Und Nimet war ihr in letzter Zeit auch auffällig aus dem Weg gegangen. Als Cayenne sie dann vor der Mädchentoilette zur Rede stellte, wirkte sie nervös.

»Ich bin den Typen im Club dann doch noch mit Allahs Hilfe losgeworden«, Cayenne grinste, als sie das sagte, und sah Nimet ins Gesicht, in der Hoffnung, die Freundin mit diesem ironischen Spruch von ihrem schlechten Gewissen befreien zu können, das vermutlich der Grund war für Nimets Ausweichen. Als Nimet nicht antwortete, sondern verstockt auf den Boden blickte, setzte Cayenne nach. »Keine Angst, Mann, ich hau dich deswegen nicht, zumindest nicht in der Schule. Später vielleicht, hinten am Sportplatz, da kann dir keiner helfen.« Sie kicherte albern und legte den Arm um die Freundin, die aber wich hektisch zurück, sah Cayenne für einen kurzen Moment in die Augen, senkte dann wieder ihren Blick und nuschelte: »Bilde dir bloß nicht ein, dass ich deinetwegen ein schlechtes Gewissen habe – ich fand einfach nur den Ort so beschissen. Kein Ort, an dem man sich aufhalten sollte. Da ist der Seytan zugegen. Darüber solltest auch du mal nachdenken, nicht meinetwegen, sondern um deiner selbst willen.«

Damit drehte sie sich um und ging. Cayenne war sprachlos, folgte Nimet aber und sah, wie die Freundin in der Mensa auf einen Tisch zusteuerte, an dem Nour saß, die ihrer Cousine aus der Ferne zunickte. Als Nimet sich schließlich doch noch einmal umdrehte, war von Cayenne nichts mehr zu sehen. Nimet hoffte, dass ihre Worte ihre Freundin nicht unberührt gelassen hatten, Cayenne war schließlich nicht blöd, sie musste doch merken, dass sie beide jetzt eine Lebensetappe erreicht hatten, in der kein Platz mehr war für irgendwelche blöden Mädchen-Nummern. Jetzt sollte man sich dranmachen, das Leben richtig zu gestalten, und richtig, das hieß, seine Zeit nicht mehr in nervigen Chats mit uninteressanten Typen oder in der Kosmetikabteilung des KaDeWe zu vergeuden oder sich stundenlang bunte Ornamente auf die langen Kunstnägel zu malen! Für solche Sachen wollte sie, Nimet, keine einzige der kostbaren Stunden mehr hergeben, die der Herr ihr schenkte. Sie wollte das Richtige tun, das war doch auch ganz einfach – sie würde mit Nour und vier Spendendosen durch die Stadt ziehen und Geld einsammeln für »unsere Brüder und Schwestern im Krieg«, wie Nour es ausdrückte.

Saed
Wisst, dass ihr die Hoffnung dieser Umma seid, denn aus euren Händen kommen die Bewacher der Glaubenslehre und Beschützer der Erde und Würde, ihr gehört zu uns und wir zu euch. Du meine Träne in einsamen kalten Nächten, wie gern würde ich mit meinen Blicken dein Antlitz berühren, du musst nur bei mir sein, dein Herzschlag in meiner Nähe und ich wäre der glücklichste Mann auf Erden. Nimet – Gottesgeschenk.

Das hatte Saed Nimet gestern Nacht geschrieben. Wie sollte sie bei seiner poetischen Sprachmächtigkeit nur mithalten? Klar, sie kannte einige schöne Überlieferungen des Propheten, und anstatt sich die neuesten Styling-Tipps aus dem Netz zu ziehen, verbrachte sie jetzt oft Stunden damit, muslimische Gedichte und Texte über die Liebe von anderen Facebook-Seiten zu kopieren. Aber bei Saed war alles echt, er musste sich keine fremden Vorlagen besorgen, er hatte diese Magie in seinen Worten, die nur einer haben kann, der Schönheit in seinem Herzen trägt. Sie bebte jedes Mal innerlich, wenn sie seine Zeilen las, und fühlte sich im selben Moment so unzulänglich, nicht gut genug für jemanden wie ihn. Sie würde noch viel lernen müssen, das war ihr bewusst, und es fiel ihr oft schwer, den Koran, dieses unendlich heilige, einzigartige Buch, zu lesen und zu verinnerlichen. Es war gut, dass es Nour und die anderen Frauen gab, die sie regelmäßig in die Moschee und den kleinen Schleiermodenladen mitnahmen.

Auf einer der letzten Sitzungen, als es um die Vorzüge der Ehe ging und eine zarte Tunesierin darüber sprach, welche Sinnlichkeit eine Frau in den Armen ihres Gatten erwartete und welche Schande all diese körperlichen Gelüste über einen Menschen bringen könnten, wenn er nicht den heiligen Bund der Ehe vor Allah schließt, da konnte sie nicht anders, als von Dilara zu erzählen und von Baran, der am Ende, da waren sich alle anwesenden Frauen einig, ja auch nur ein Mann war, der nicht anders konnte, als seine Gelüste zu »entladen«, wie die Tunesierin es in schlechtem Deutsch immer wieder betonte.

Es tat so gut, endlich im Kreise Gleichgesinnter über Erotik zu sprechen, ganz ohne Tabus, alle Fragen waren erlaubt, und es erstaunte Nimet zutiefst, wie sinnenfreudig ihre Religion doch war. Das hatte sie vorher nicht einmal geahnt. Woher auch? Sibel wäre nicht im Traum auf die Idee gekommen, ihren Töchtern zu sagen, dass es ihre Pflicht vor Gott sei, den Mann zu befriedigen und dass sie auch selbst ein Recht darauf hätten, von diesem einen Mann »überall und ohne Hemmungen, in gegenseitigem Einvernehmen, berührt zu werden«. Ein Satz, der sich Nimet sofort eingeprägt hatte, weil er in so krassem Gegensatz zu dem stand, was sie von ihrer Mutter immer hörte: »Männer haben ihr Hirn in der Hose, deshalb müssen wir Frauen immer leiden.«

Eigentlich hatte Nimet sich vorgenommen, nicht so viel von ihrer Familie zu erzählen, die Vorstellung, jemand aus ihrem neuen Bekanntenkreis könnte erfahren, wie rückständig und unwissend ihre Eltern waren, machte sie unruhig, sie wollte doch um jeden Preis eine gute Muslimin sein, die nichts auf ihren Glauben kommen ließ. Hinzu kam die Befürchtung, dass man ihr den Kontakt zu diesen »Ungläubigen« übelnehmen könnte, denn Nimets Eltern würden garantiert nie ein gottgefälliges Leben anstreben, zumindest nicht jetzt, und diese Uneinsichtigkeit ihrer Familie würde sie, Nimet, auf kurz oder lang vor die Wahl stellen, sich zu entscheiden, für oder gegen die eigenen Eltern. Nour hatte sich schon vor langer Zeit gegen ihre eigene Familie entschieden, die Besuche und Kontakte, die sie noch ab und zu bei ihren deutschen nichtmuslimischen Verwandten aufrechterhielt, dienten eigentlich nur einem: der Bekehrung anderer, endlich den »rechten Weg« einzuschlagen.

»Meine Schwester lebt in Sünde«, platzte es nun doch auf der Sitzung aus Nimet heraus. Ein Raunen ging daraufhin durch die Gruppe, die in einem Kreis auf dem Teppich im Laden Platz genommen hatte.

»Das ist *haram*, Schwester, das ist eine große Sünde«, meinte die Tunesierin, »du musst deiner Schwester helfen.«

Nour sah Nimet streng an: »Warum hast du mir nichts

gesagt? Ich kenne doch Dilara, sie ist kein schlechtes Mädchen, sie ist allerdings sehr naiv. Möge Allah ihr den rechten Weg weisen.«

Ein gemeinsam gesprochenes »Amin« füllte den Raum, und für einen Moment bereute Nimet, dieses Geheimnis ausgeplaudert und ihre Schwester damit bloßgestellt zu haben. Nour ließ jetzt nicht mehr locker, sie wollte es genau wissen: »Ich dachte, Baran und Dilara sind nur befreundet, ich dachte, sie haben noch nichts miteinander. Bist du dir sicher, Nimet?«

Nimet erkannte blitzartig, dass sich mit Nours Frage ein Ausweg auftat und, ohne zu zögern, antwortete sie: »Nein, genau weiß ich es nicht. Ich hoffe, dass sie noch nichts mit Baran hatte, Gott behüte. Aber ich möchte ihr gern helfen, denn die beiden lieben einander und wollen zusammen sein.«

»Mein Mann kann sie vermählen«, bot die Tunesierin an.

Der letzte Geburtstag

Es war ein verregneter Nachmittag, Dilara war gerade dabei, ihrer Mutter in der Küche die Haare zu färben, als Nimet mit Nour zur Tür hereinkam. Nimet rümpfte die Nase, es stank mal wieder nach Katzenurin, heute durchwoben von dem ätzenden Geruch des Färbemittels. Aus dem Radio ertönten türkische Schlager, mal sang Dilara, mal Sibel mit. Immerhin, halbwegs erträgliche Stimmung, stellte Nimet erleichtert fest.

Sibel, die sich einen blauen Müllbeutel als Schutz übergezogen hatte, begrüßte Nour überaus herzlich und setzte sich dann wieder auf den Plastikklappstuhl, um Dilara weiterwerkeln zu lassen. Nour nahm wie selbstverständlich am Esstisch Platz, als ginge sie seit Jahren in dieser Familie ein und aus, und plapperte munter drauf los, von ihrem eigenen letzten missglückten Haarfärbeversuch, bei dem ihre Haare rot statt braun geworden waren, und streute dann den heißen Tipp von einem Coiffeur-Geschäft namens »Esmeralda« in die Runde, in dem man schon für zwölf Euro einen guten Schnitt bekam, inklusive Augenbrauen-Trimmen.

»Ich mach das mit einem Faden, aber ich kann das nur bei anderen, nicht bei mir selbst«, meinte Sibel.

»Komisch«, fiel Nour ein, »ich kann das auch nur bei anderen.«

»Ach, du kannst das? Maşallah, meine Töchter haben das nie gelernt, ich hab's ihnen immer wieder gezeigt, weil man damit doch auch Geld verdienen kann! Meine Nachbarin macht das für zehn Euro, schwarz, kein schlechtes Geld.«

»Ja klar, Mama, ich mach jetzt Abitur, um dann bei türkischen Muttis Augenbrauen zu zupfen. Das war schon immer mein Traumberuf!«, ätzte Nimet.

»Siehst du, Nour – so heißt du doch, oder? So ist das mit den Kindern! Die denken, das Geld fällt vom Himmel und ihnen direkt in den Schoß«, wandte Sibel sich, Einverständnis erheischend, an Nour. Die nickte lächelnd und trat an den Herd, um sich und den anderen aus einer großen Kanne Tee einzugießen.

»Hey, pass doch auf, ich dachte, du kannst wenigstens Haare färben!« Sibel stieß Dilara mit dem Ellenbogen an und zeigte auf ihre Schläfe, an der ein fingerdicker Tropfen Haarfarbe sich gerade seinen Weg abwärts bahnte. Dilara zog verärgert die Augenbrauen hoch und wischte ihrer Mutter mit einem Tuch den Tropfen aus dem Gesicht. Sibel zwinkerte Nimet und Nour zu und fing plötzlich an, das türkische Lied mitzuträllern, das gerade im Radio lief:

Vazgeçtim ...
Gözlerinden,
Vazgeçtim ...
Sözlerinden

Bir ah de yeter.
Sessizce, kimsesizce,
Gönderdim dudaklarımı
Öpme al yeter.

Hiç tanımaz tenim ellerini,
Bilmez yüreğim bilmez yüreğini
Ah bu koku, bu ten, bu dokunuş
Ah bu delilik sarsar bedenimi
Yok olmak zamanıdır şimdi.

»Was singt sie da«, wollte Nour wissen, »klingt voll schön?!«

»Ich habe abgelassen von deinen Augen und von deinen Worten«, übersetzte Nimet, »es reicht, wenn du nur einmal seufzest. Still und allein habe ich dir meine Lippen geschickt, du musst sie nicht küssen, es reicht, wenn du sie nimmst. Meine Haut kennt die Berührung deiner Hände nicht, mein Herz weiß nichts von deinem. Oh, dieser Duft, diese Haut, diese Berührung, oh, diese Verrücktheit, umschlinge mich, es ist Zeit, sich in nichts aufzulösen.«

»Und wer singt das?«

Sibel, deren Stimme gerade in der letzten Strophe gekippt war und die jetzt in den Spiegel schaute, den Dilara ihr hinhielt, um gleich darauf herzlich über sich selbst zu lachen, sagte: »Das ist Sezen Aksu, mein Kind, die größte und schönste Diva der Türkei. Wenn sie nicht weiß, was Liebe ist, dann weiß es keiner.«

»Die hat doch alle ihre Ehemänner überlebt. Wie viele waren es gleich noch?«, warf Dilara spöttisch ein.

Sibel winkte genervt ab, sie wollte nichts Schlechtes über ihr Idol zulassen: »Na und? Nur weil sie eine Frau ist, zählt man ihre Männer! Guck dir doch mal die Männer an, heiraten Frauen, die im Alter ihrer Töchter sind, und niemand meckert darüber!«

»Jede Frau braucht einen Führer«, kam es jetzt von Nours Platz am Küchentisch, »ohne Führer ist ein Haus kein Haus.«

Nimet hoffte, sie hätte sich verhört. Sibel schaute irritiert zu Nour hinüber und dann zu Dilara: »Bu kiz kafayi tam yemis, insallah kardesinin beynine daha tam girmemis«, meinte sie zu ihrer Ältesten, was so viel heißt wie: Das Mädchen hat doch eine Vollklatsche, hoffentlich hat sie das Hirn deiner Schwester noch nicht verseucht! Zu Nour gewandt sagte sie in sanftem Ton: »Weißt du, mein Kind, egal wie schön es am Anfang ist, am Ende bekommst du den Stock.«

»Mama, hör auf!«, warnte Nimet.

Aber Nour fühlte sich provoziert: »Nicht alle Männer schlagen ihre Frauen, ein rechtschaffener Muslim schlägt seine Frau nicht, er ermahnt sie.«

»Ich rede nicht vom Hauen«, stellte Sibel klar und brach erneut in ein Gelächter aus, so laut, dass man es bestimmt bis nach draußen hören konnte.

Nour war gekränkt, bemühte sich aber, sich nichts davon anmerken zu lassen. Demütig und ungewöhnlich still stand sie auf, sammelte die leeren Teegläser ein und machte den Abwasch. Nimet schämte sich für ihre Familie, schließlich war Nour kein schlechter Mensch. Klar, einige ihrer Ansichten waren ganz schön krass, manchmal aber auch einfach nur komisch. Neulich zum Beispiel, da hatte sie vor den Frauen im Schleiermodenladen gesagt, das Hauptproblem deutscher Männer sei doch, dass sie Angst vor ihren Frauen hätten; sie schwöre, dass sie regelmäßig von ihren Frauen geschlagen würden, man berichte in den Medien nur deshalb nicht darüber, weil es eine Schande sei, auf die man nicht noch aufmerksam machen wolle. »Warum, was denkt ihr, wird dieses Land von einer Frau regiert? Habt ihr euch schon mal gefragt, was eigentlich mit ihrem Mann ist? Angela Merkel ist selbst ein Mann, die Welt steht Kopf, möge Allah uns den rechten Weg weisen«, hatte Nour im Laden allen Ernstes gesagt. Das waren so Momente, in denen auch Nimet Nour nicht ernst nehmen konnte. Und dennoch: Es war eine Respektlosigkeit von ihrer Mutter und Dilara, einen Gast auszulachen, auch ihr gegenüber, denn sie hatte Nour überredet mitzukommen.

Sibel sah, wie dunkle Wolken auf der Stirn ihrer Tochter aufzogen, stand auf, ging zu Nour und nahm ihre Hand: »Nicht böse sein. War nur Spaß.«

Beim Blick auf den Küchentresen sah Nimet die bereitgestellte Tiefkühltorte und erinnerte sich daran, dass ihre Mutter heute Geburtstag hatte. Eigentlich wurden Geburtstage im Hause Kaya gar nicht mehr gefeiert. Nimet konnte sich nicht genau erinnern, wann es aufgehört hatte mit den Geburtstagsessen, zu denen früher Freunde und Familienmitglieder eingeladen worden waren und bis spät in die Nacht schwarzer Tee auf dem Herd geköchelt hatte. Vielleicht im Winter 2008, als Sibels Vater starb.

Nimet war damals noch ein kleines Mädchen gewesen, das zum ersten Mal miterlebt hatte, wie es ist, wenn man einen geliebten Menschen verliert. Ihr Großvater hatte die Familie in Berlin besucht, und alle waren zusammengekommen, um seinen Geburtstag zu feiern. Am nächsten Tag war er tot. Ein Herzinfarkt. Und das Fotoalbum mit den fröhlichen Kinderfotos von Dilara und Nimet, das Sibel ihrem Vater am Tag zuvor geschenkt hatte, wurde zu einem Trauerbuch. Es stand seither in Sibels Vitrine gleich neben Atatürk und den eingestaubten Babyschuhen. Wer es aufschlug, konnte die schmerzverzerrten Gesichter weinender Menschen betrachten, die um einen mit der türkischen

Fahne bedeckten Holzsarg standen. Am Kopfende des Sarges Sibel, die den Sarg umarmt, ihr Mund ist zu einem Schrei verzogen, die Augen sind zusammengekniffen. Als Kind hatte Nimet die ganze Dimension eines solchen Abschieds noch nicht begriffen, sie hatte doch noch am Abend zuvor auf dem Schoß ihres Großvaters gesessen und »Heidi« geguckt. Tod war für sie ein Abschied auf unbestimmte Zeit mit der Gewissheit, sich irgendwann wiederzusehen. Ein Ende gab es in ihrer Vorstellungswelt noch nicht. Erst Jahre später machten ihr diese Fotos Angst, und sie hatte ihre Mutter, bisher erfolglos, darum gebeten, das Fotoalbum doch in einem Schrank zu verwahren, irgendwo, wo man es nicht jeden Tag sehen und an den Tod denken musste.

Tod war das Stichwort für eine Frage, bei der sie sich von ihrem Glauben nicht wirklich überzeugt fühlte. Alle gläubigen Muslime um sie herum, die Menschen in der Gemeinde, Nour und die anderen Frauen wie auch Saed, sie alle waren so überzeugt vom Paradies, von der Nichtigkeit des Diesseits im Vergleich zu dem, was alle guten Muslime im Jenseits erwartete. Sie selbst aber zweifelte manchmal und schämte sich dafür. Daran musste sie noch arbeiten, denn schließlich war die denkbare Alternative, dass am Ende, nach dem Ableben, nichts als eine Handvoll schlechter Humus von einem Menschenleben blieb, keine wirkliche Option. Eine solche Vorstellung war Nimet unerträglich.

»Du feierst ja wieder! Warum?«, fragte sie ihre Mutter und zeigte auf die Torte.

»Die Ärzte haben gesagt, ich solle mir etwas gönnen, nicht immer nur trauern. Und weißt du was, Nimet? Sie haben recht. Sterben werden wir sowieso alle, aber bis dahin kann man wählen, ob man gut oder schlecht leben will.«

Bei den letzten Worten riss sie sich den Müllsack vom Oberkörper und ging, nur mit einer Unterhose und einem BH bekleidet, ins Badezimmer, um sich die Haare zu waschen. Dilara folgte ihr mit einem Glas Tee und ihrem Handy in der Hand, das vor ein paar Minuten angefangen hatte, ständig zu vibrieren. Unerwarteterweise war es Nour, die Sibel spontan beipflichtete: »Genau, Tante Sibel, man soll richtig leben, ein gutes Leben führen, so sehe ich das auch. Wir sollen ja auch hier noch etwas Spaß haben und nicht alles fürs Paradies aufheben.«

Dilara und Sibel blieben auf ihrem Weg ins Bad erstaunt stehen und warfen sich fragende Blicke zu – sie waren nicht sicher, ob Nour das jetzt ernst meinte oder ob sie sie falsch verstanden hatten, denn an eins glaubte Sibel ganz gewiss nicht: dass es ein Leben nach dem Tod gab.

Während Nour schon anfing, den Abwasch zu machen, der noch vom Frühstück im Becken stand, dachte Nimet darüber nach, dass Nour doch ein so liebevoller Mensch war, sie hatte, trotz der Eitelkeit, die immer wieder durchschimmerte, etwas sehr Bodenständiges, Menschliches, fast Zärtliches an sich, wenn sie sich so selbstverständlich in der doch ziemlich komplizierten Familie Kaya bewegte. Mit Nour hatte sie schon einige Male nächtelang über den Tod gesprochen, was zwar ihre Zweifel nicht gänzlich ausgeräumt, sie am Ende aber doch irgendwie beruhigt hatte. Sie war froh, jemanden zu kennen, der so angstfrei war, das gab auch ihr selbst Kraft.

»Was wünschst du dir denn eigentlich zum Geburtstag?«, fragte Nimet ihre Mutter, die jetzt umständlich mit ihrem

Oberkörper über dem Wannenrand hing, während Dilara ihr das Haar wusch.

»Ich wünsche mir, dass meine Töchter ein anständiges Leben führen.«

»Bravo, Tante Sibel«, rief Nour aus der Küche, »das ist doch auch das Wichtigste!«

Da war er wieder, dieser belehrende, besserwisserische Unterton, wenn Nour sich zur Erzieherin der Nation aufspielte und so redete, als müsse sie Kinder loben, die gerade den ersten eigenen Schritt gewagt hatten. Sibel war dieser Ton nicht entgangen, sie sah einen kurzen Moment zu Nour hinüber, die den Abwasch akkurat erledigt hatte und jetzt damit beschäftigt war, die Küchenfliesen zu wienern und Bailey vom Tresen zu scheuchen. Sibel, die gerade wieder in die Küche kam, holte tief Luft, sah Nimet in die Augen und seufzte, in der Hoffnung, ihre Tochter würde jetzt ähnlich denken wie sie. Und Nimet wusste, was Sibel dachte. Sie wusste auch, dass ihre Mutter es zutiefst missbilligte, dass ausgerechnet ihre Tochter mit einer supergläubigen Konvertitin abhing, zu der Sibel nur deshalb so nett war, weil sie fürchtete, sonst ihre Tochter zu verlieren. Und dieses Wissen machte Nimet wütend. Ihre Mutter kapierte doch gar nichts – sie würde niemals verstehen, was sie bewegte und warum Allah ihr so wichtig war. Und vor allem würde Sibel eins nicht: Saed als Mann ihrer Tochter akzeptieren. Bei der letzten Auseinandersetzung mit Dilara, die ihre Mutter nicht auf eine Hochzeit begleitet hatte, weil Baran es ihr verboten hatte, hatte Sibel empört ausgerufen: »Lieber einen ungläubigen Deutschen als einen Muslim! Amin.«

Dilara hatte es fertiggebracht, die ganze Zeit während der

Haarwasch-Aktion eine Hand an ihrem Handy zu haben; jetzt blickte sie kurz auf, sah zornig zu ihrer Mutter und sagte: »Was soll das denn heißen?? Sind wir dir nicht anständig genug? Sollen wir so rumpoppen wie die Tochter von deiner Freundin, wie heißt sie noch gleich?«

»Ferda!«, assistierte Nimet. »Das ist doch die mit dem Nasenpiercing in ihrem hässlichen Adlerzinken. Ich hab sie letztens in der U-Bahn gesehen mit so einem schmierigen Deutschen, so einem Hipster-Verschnitt mit Jutetasche und ungewaschenem Bart.«

Sibel ließ sich von den Attacken ihrer Töchter nicht aus der Ruhe bringen. Ferda war die Tochter einer alten Bekannten. Ein Mädchen, das zwar nicht den besten Ruf, aber ein abgeschlossenes Volkswirtschaftsstudium vorzuweisen hatte und allein deswegen schon eine Überlegenheit ausstrahlte, die ihren Töchtern missfiel, das wusste Sibel. Sie hatte in den letzten Jahren immer wieder versucht, den Kontakt zwischen Dilara, Nimet und Ferda herzustellen, aber bis auf zwei kurze Tee-Nachmittage war nichts weiter daraus geworden.

Sibel kannte die Schwächen ihrer Kinder und hatte keine Hemmungen sie direkt anzusprechen: »Ihr seid ja nur neidisch!«

»Na klar, wir sind neidisch auf so eine. Ich krieg gleich die Krise«, keilte Dilara zurück. »Nimet, sag doch auch was! Oder glaubst du etwa auch, dass wir schlechte Mädchen sind?« Dilara hatte Tränen in den Augen.

Nimet sah das und schwieg. Ihre Schwester wurde immer häufiger zur Heulsuse, allerdings war ihr schon die ganze Zeit aufgefallen, dass Dilara gute Laune nur vortäuschte. Sie hatte schon bedrückt gewirkt, als Nour und sie zur Tür hereingekommen waren. Und dann ständig dieses vibrierende Handy! Baran natürlich, wer sonst? Nimet wollte sich auf diese Auseinandersetzung gar nicht erst einlassen. Dilara hatte überreagiert – vermutlich, weil Baran ihr oft genug mit dem Spruch von den schlechten Mädchen in den Ohren lag. Außerdem war es Nimet peinlich, in Gegenwart von Nour solche Familienauseinandersetzungen offenbar werden zu lassen. Erleichtert sah sie, wie Dilara jetzt schweigend in ihr Zimmer ging.

Anstandshalber blieben Nimet und Nour noch eine Weile bei Sibel in der Küche, aßen ein Stück vom Geburtstagskuchen und versuchten, die Stimmung mit Anekdoten aus ihrem »Flüchtlingsprojekt« aufzuheitern.

»Wir haben gestern zwei junge Iraker ins Krankenhaus begleitet. Der eine hatte wohl einen Leistenbruch. Auf jeden Fall musste Nour mit ihm ins Behandlungszimmer, weil sie Arabisch spricht. Der Arzt bat sie, ihrem *Mann* doch beim Ausziehen zu helfen.«

»Ja, das war ein ziemlicher Idiot«, fiel Nour ihr lachend ins Wort. »Ich hatte ihm doch gesagt, dass wir vom Flüchtlingsheim kommen, aber der hat das nicht kapiert.«

»Und?«, wollte Sibel wissen. »Hast du ihm geholfen?«

»Natürlich nicht! Ich zieh doch nicht einem fremden Mann die Hose aus!«

»Du hättest ja die Augen dabei schließen können.«

Selbst Nimet meinte jetzt: »Als gute Muslimin musst du einem Bruder in Not doch helfen!«

Als Nimet und Sibel dann auch noch lachten, wurde Nour rot.

»Ich hab mich geweigert«, sagte sie störrisch, »und dann sagt dieser Arzt, ich glaube, es war ein Türke, er sah nicht aus wie ein Deutscher, dann sagt der doch echt zu mir: Du bist doch seine Frau, warum hilfst du deinem Mann nicht?«

»Siehst du«, kam es sarkastisch von Sibel, »so schnell ist man verheiratet! Sah er denn wenigstens gut aus?«

»Also hässlich war der nicht«, antwortete Nimet an Nours Stelle.

»Seit wann interessiert dich das Äußere? Deinen Traumprinzen hast du doch auch noch nicht gesehen und bist trotzdem über beide Ohren verliebt!«

Nimet, die eben noch gekichert hatte, wurde schlagartig still. Sibel horchte auf, fragte aber nicht weiter nach. Dass ihre Mutter jetzt erfuhr, was sie eigentlich nicht wissen sollte, war gerade Nimets geringstes Problem, ihr war es egal, wie Sibel zu ihrer Beziehung zu Saed stehen mochte. Vielmehr überlegte sie krampfhaft, wann sie Nour je davon erzählt haben könnte, dass sie noch nie ein Bild von Saed gesehen hatte. So sehr sie sich auch den Kopf zermarterte, sie konnte sich nicht daran erinnern. Aber woher wusste Nour dann davon? Cayenne wusste es, Dilara mittlerweile auch, aber die beiden hätten Nour ganz sicher nichts gesagt, denn beide trauten ihr nicht über den Weg. Sie solle vorsichtiger im Umgang mit dieser Frau sein, hatte Dilara immer wieder gewarnt. Und Cayenne hegte eine geradezu abgrundtiefe Abneigung gegen ihre Cousine.

Nimet sah Nour streng an. »Woher weißt du das?«

Nour versuchte, unbekümmert zu wirken: »Was?«

»Woher, verdammt noch mal, weißt du, dass ich ihn noch nie gesehen habe? Spionierst du mich aus? Hast du heimlich meine Nachrichten gelesen? Gestern, als ich auf dem Klo war und dir meine Tasche gegeben habe? Bist du da etwa an mein Handy gegangen? Gib's zu!«

Nour schwieg und überlegte fieberhaft, was sie jetzt antworten sollte. Ihr war bewusst, dass sie ein Wort zu viel gesagt hatte, aber mit einer so direkten Attacke von Nimet hatte sie nicht gerechnet, so scharf hatte Nimet sie noch nie angegriffen. Aber Nour wäre nicht Nour, wenn ihr nicht auch in einer solchen Situation die passende Ausrede einfallen würde: »Jetzt heb mal nicht ab! Wenn du ein Foto von ihm gehabt hättest, dann hättest du es mir bestimmt längst gezeigt! Und außerdem: Bevor ich mich an deinem Handy vergreife, sollen mir die Hände abgehackt werden, das schwöre ich auf alles, was mir heilig ist. Es enttäuscht mich, dass du so von mir denkst, Schwester. Das hätte ich nicht von dir gedacht.« Mit Tränen in den Augen schluckte Nour das letzte Stück Kuchen hinunter. Die bedrückte Stimmung am Tisch ließ sie innerlich aufatmen, sie hatte es doch tatsächlich geschafft, Nimet ein schlechtes Gewissen zu machen.

Nimets Handy klingelte, ein Nasheed-Gesang ertönte. Sibel, die gerade noch gehofft hatte, vielleicht doch mit ihrer Tochter über den Unbekannten reden zu können, in den sie offensichtlich verliebt war, sagte nichts. Sie sah, wie Nimet jetzt angespannt auf ihr Display starrte und spürte, dass ihre Tochter abgetaucht war in ihre eigene Welt.

»Na, dein unbekannter Prinz?«, grinste sie Nimet an. Doch die beachtete ihre Mutter gar nicht.

Saed
Geliebte. Ich habe heute einen großen Schmerz und eine große Freude. Allah hat meinen Bruder Abu Talha al-Almani zu sich geholt, möge Allah seine Sünden vergeben und seine Heldentaten preisen. Amin.

Geliebte. Sprich ein Gebet für meinen Bruder, dein Herz ist rein, du bist ein Engel.

Nimet drückte Nour das Handy zum Lesen der Nachricht in die Hand und forderte sie auf: »Lass uns beten gehen!«

Nour las laut: »Abu Talha al-Almani, das ist doch Desso Dogg, Denis Cuspert! O Mann, jetzt haben sie ihn doch erwischt, diese Judenschweine!«

»Wer ist tot?«, mischte sich Sibel beunruhigt ein. »Was redet ihr da? Nimet, was ist passiert?«

Sibel trat an Nour heran, die hastig auf ihrer Facebook-Seite die Nachrichten zum Tod des Islamisten durchstöberte. Als Sibel das Foto von Denis Cuspert sah, meinte sie abfällig: »Ist das nicht dieser furchtbare Islamist aus Berlin? Gut, dass dieses Arschloch tot ist! Ich werde auch beten und Gott dafür danken!«

Nimet riss Nour das Handy aus der Hand, warf ihrer Mutter einen giftigen Blick zu, spuckte auf den Boden und sagte zu Nour: »Komm, wir gehen, auf diesem Haus ruht kein Segen!«

Bevor Nour mit Nimet verschwand, drehte sie sich noch einmal um: »Tante Sibel, das ist nicht recht, was du sagst. Warum glaubst du dieser Propaganda in den Medien? Hast du nicht gemerkt, dass die die ganze Zeit versuchen, nur den Islam zu zerstören, sie sind die Feinde der Muslime. Du musst endlich die Augen aufmachen!«

»Verschwinde, du Teufel, du hast meiner Tochter das Gehirn gewaschen! Verschwinde – sonst bring ich dich um!«

Sibel hielt schon ein Küchenmesser in der Hand, und ihre zornige Entschlossenheit jagte Nour Angst ein. Noch bevor Sibel den letzten Satz ihrer wüsten Drohung zu Ende gesprochen hatte, zerrte Nimet ihre Freundin aus der Küche. Die Haustür schlug zu. Sibel sank auf dem Küchentisch zusammen, vor sich noch die brennenden Kerzen im Kuchen.

Es sollte erst einmal der letzte Geburtstag sein, den sie mit ihrer Tochter verbrachte.

Ich bin auf Gottes Mission

Nimets Verabredungen mit Nour beschränkten sich schon lange nicht mehr auf die regelmäßigen Treffen in der Gemeinde. Inzwischen nahm Nour sie fast überall mit hin. Nimet war ihre Trophäe, ihr Zögling und gleichzeitig ihr Hauptgewinn, die heiß ersehnte goldene Stufe ins Paradies.

Die Osterferien standen an, Nimet hatte ihren mittleren Schulabschluss schon so gut wie sicher. Vielleicht nicht mit dem besten Notendurchschnitt, vor allem wegen Mathe, aber für eine Ausbildung in einem Pflegeberuf würde es reichen, da wurde ohnehin händeringend nach Personal gesucht. Saed hatte ihr zugeraten, vielleicht Arzthelferin oder Kinderkrankenschwester zu werden, sie mit ihrem guten Herzen und ihrer sanften Art würde eine gottgefällige Aufgabe darin finden, andere Menschen zu heilen, hatte er gemeint. Das hatte Nimet überzeugt, auch wenn vor einem Jahr noch Kosmetikerin oder Visagistin ganz oben auf ihrer Berufswunschliste gestanden hatten. Aber sie war inzwischen eine andere geworden. Der ständige Austausch mit Saed hatte sie erwachsen werden lassen. Wenn sie Fotos von früher und alte Facebook- und Tumblr-Einträge durchsah – damals hatte sie die Haare noch offen getragen und immer ihre perfekt manikürten langen Fingernägel in die Kamera gehalten –, fand sie das alles nur noch entsetzlich peinlich.

»Kommst du mit ins Krankenhaus? Ich gehe Zarah besuchen«, fragte Nour.

»Wer ist Zarah? Die kenn ich doch gar nicht«, wandte Nimet ein.

»Im Angesicht von Krankheit und Tod ist es egal, ob man jemanden kennt oder nicht. Es geht darum, Allah um Gnade für die Kranke und für uns selbst zu bitten. Hast du das immer noch nicht verstanden? Jedes Gebet, das du für einen anderen Menschen sprichst, ist gleichzeitig eins für deine Seele – du musst noch viel lernen, liebe Schwester.«

Die Gemeinde, in die Nour sie diesmal schleppte, war in Moabit und lag versteckt in einem heruntergekommenen Hinterhof. Die Fenster der Erdgeschosswohnung waren von innen zugeklebt. Nimet war irritiert, als sie die Kamera bemerkte, die an der zweiten Hofeinfahrt angebracht war und offensichtlich jeden aufnahm, der sich näherte.

»Wieso ist hier eine Kamera? Ist das nicht *haram* – all die Frauen, die so gefilmt werden?«

Nimet hatte bemerkt, dass Nour sich ihren Schleier noch strenger als sonst zurechtgezupft hatte. Ihr Gesicht, von dem eigentlich nur die Augen, Nase und der Ansatz ihres Mundes zu sehen waren, stach jetzt kalkweiß aus dem braunen Stoff hervor. Nour überlegte einen Moment, räusperte sich und sagte dann: »Möge Allah das verzeihen, aber bei den Feinden, die wir haben, bleibt uns keine Wahl. Du siehst ja, wir werden überall bedroht und verfolgt. Nichts gegen deine Mutter, sie ist kein schlechter Mensch, aber auch sie glaubt, was die Lügenpresse erzählt. Stell dir nur vor, hierher käme jemand, um einen Brandsatz zu zünden! Wie viele Moscheen müssen noch brennen, damit die Welt endlich aufwacht! Möge Allah, der Allmächtige, uns beschützen. Amin.«

Dicke Regentropfen plätscherten durch die undichte Dachrinne auf den Hof, zu Nimets Füßen hatte sich bereits eine tiefe Pfütze gebildet, in der Nour mit ihrer langen Kutte stand. Sie merkte gar nicht, dass der Saum ihres Gewandes sich längst mit dem dreckigen Wasser vollgesogen hatte. Es ist schon seltsam, dachte Nimet, alle ziehen immer überall die Schuhe aus, dabei sind ihre Rocksäume oft voller Bakterien, und die landen dann überall.

Schon häufiger hatte Nimet Zweifel an der hygienischen Wirksamkeit muslimischer Reinigungsrituale gehabt. Ihr war nicht entgangen, dass viele Gemeindemitglieder, besonders an heißen Tagen, doch sehr penetrante Gerüche verbreiteten. Rosenwasser und rituelle Waschungen allein reichten eben nicht, um den Körper bei hohen Temperaturen ausreichend zu reinigen und zu belüften. Besonders die synthetischen Blumendüfte, die im hauseigenen Moschee-Shop verkauft wurden, waren für Nimets Nase eine regelrechte Folter. Süß und klebrig hingen sie bei den gemeinsamen Gebeten in der Luft, manchmal so extrem, dass Nimet sich das rote Tuch vor die Nase zog, das sie als Kopftuchersatz nutzte. Wenn sie dann ganz langsam atmete, blieben auch ihre Kopfschmerzen aus oder setzten zumindest später ein als sonst. Aber sie traute sich nicht, diese Belästigung einmal anzusprechen, das wäre einfach nicht richtig gewesen, denn auch die Frauen mit den bedrängenden Körperdüften waren immer so freundlich zu ihr, und kleine Macken hatte schließlich jeder. Auch vor Allah wäre es nicht richtig gewesen, ihre Brüder und Schwestern deswegen zu verurteilen.

»Zarah hat einen Tumor im Kopf«, erzählte Nour.

»O Gott!«

»Ja, o Gott ist schon richtig, aber nicht so, wie du denkst. Natürlich ist es Allahs Wille, deshalb ist es auch wichtig, Zarah gut zuzureden. Allahs Wege sind unergründlich, er prüft jeden irgendwann.«

»Hast du denn keine Angst davor?«

»Ich habe nur vor Allah Angst, aber es ist nicht so eine Angst, wie du sie meinst. Ich habe Respekt vor seinen Geboten, und ich will ihn nicht enttäuschen.«

Als Nour, gefolgt von Nimet, die Erdgeschosswohnung im Quergebäude des Hinterhofes betrat, kam ihnen eine schlanke Frau im schwarzen Niqab entgegen, der nur einen kleinen Ausschnitt ihres Gesichts frei ließ, und zeigte mit einem Finger auf Nimet, wobei sie Nour etwas auf Arabisch fragte. Nour fasste die Frau beruhigend am Arm und sagte auf Deutsch, damit auch Nimet es verstand: »Keine Sorge, Melissa, sie gehört zu mir.« Als Melissa immer noch misstrauisch guckte, nahm Nour sie beiseite und flüsterte ihr etwas ins Ohr. Zu gern hätte Nimet gewusst, was es war, denn als Melissa sich wieder zu ihr wandte, schien sie wie ausgewechselt. Sie nahm Nimets Hand und sagte: »Willkommen, Schwester Nimet. Wir haben gerade ein Seminar, willst du nicht dazukommen?«

Und ohne eine Antwort abzuwarten, zog Melissa sie mit sich in einen hinteren Raum und wies ihr einen Platz auf dem Boden inmitten einer Gruppe verschleierter Frauen und kleiner Mädchen zu, von denen nur eins unverschleiert war. Die Kleine stellte sofort Augenkontakt zu Nimet her, krabbelte dann auf sie zu und setzte sich ganz selbstverständlich auf Nimets Schoß, so als würden sie sich schon lange kennen. Nimet fühlte sich – nicht zum ersten Mal – von einer solchen Geste der Zuneigung geradezu überwältigt. Es weckte Sehnsüchte in ihr nach Can, ihrem kleinen Stiefbruder. Manchmal hatte sie jetzt freitags keine Zeit mehr, ihn und Ali zu sehen, die Nähe zu Nour forderte Tribut.

Inmitten all der verschleierten Frauen fühlte sie sich unbehaglich in ihren Jeans, geradezu nackt, so ohne Kopftuch, zu dem sie sich immer noch nicht durchgerungen hatte. Klar, beim Beten oder in der Moschee trug sie eins, aber das reichte nicht. Sie dachte an ein Kopftuch, das man immer trägt. In letzter Zeit hatte sie ständig über diese Frage nachgedacht. Es gab eigentlich nur einen Grund, der sie davon abhielt: die Angst vor den Reaktionen ihrer Mutter und ihrer Schwester. Dabei ärgerte es sie, dass sie so abhängig war von den Befindlichkeiten anderer! Jetzt wäre es schön gewesen, so richtig dazuzugehören! Sie wollte nicht immer die Neue sein, die noch nicht ganz sicher war, denn eigentlich wusste sie doch genau, was richtig war. Und so, wie sie heute hier saß, war es nicht richtig.

Das Gemurmel der Frauen verstummte, als Schwester Melissa den Lautsprecher hochdrehte und einen mahnenden Blick in die Runde warf. Alle starrten jetzt andächtig auf einen Computerbildschirm, auf dem ein bärtiger Mann zu sehen war, der mit lauter Stimme verkündete: »Für uns ist die Frau normalerweise eine Perle, deshalb ist es wichtig, dass wir mit unseren Schwestern, mit unseren Frauen, mit unseren Töchtern richtig umgehen, aber jetzt reden wir über die Fehler der Frauen.

Die Frau, die Fehler macht, kann deine Mutter sein, deine Frau, deine Tochter oder deine Nichte, also bist du verantwortlich, das gilt für uns alle.

Die Welt ist schön, aber die Welt ist ein Gefängnis, wenn du nicht Allah folgst.

Ich war gerade in einem Dönerladen, und da war im hinteren Raum eine Shisha-Bar, und ich bin da reingegangen und habe die Jugendlichen gesehen, wie sie da sitzen und ihre Shisha-Pfeife genießen. Möge Allah sie rechtleiten, wie kann so etwas sein, das ist unser aller Verantwortung.«

Nimet musste still in sich hineinkichern, denn sie erinnerte sich an die vielen Abende, an denen sie mit Cayenne in solchen Shisha-Kneipen abgehangen hatte, wo sie jedes Mal eine Strichliste führten, von wie vielen arabischen und türkischen Männern sie an diesem Abend wohl angesprochen werden würden. Das war eine Art Wettbewerb zwischen ihnen beiden gewesen. Wenn ein Typ auf ihren Tisch zukam und seinen meist billigen Anmachspruch aufsagte, strahlten sie um die Wette, um als Erwählte einen Punkt zu erhalten. Die Sprüche der Männer waren fast immer von bewundernswerter Einfallslosigkeit: »Hex, isch kenn disch doch von irgendwo, aber isch weiss nisch mehr genau von wo ...« Für Cayenne waren solche Typen ausnahmslos »Schwachmaten«, die es zwar schafften, kurzfristig ihren Bauch einzuziehen, nicht aber ein »ch« auszusprechen. Allerdings, das musste man ihnen lassen, waren sie Weltmeister im Machen von unbeholfenen Komplimenten: »Wallah, isch hab noch nie so krasse Augen gesehen!« Wenn dann eine von ihnen beiden einen Punkt erhalten hatte, beachteten sie den Schwachmaten nicht mehr weiter, sondern guckten einander an und kicherten so lange, bis der Betroffene mit hochrotem Kopf das Weite suchte.

Jetzt aber saß Nimet unter lauter Menschen, die ein solches Benehmen niemals gutheißen würden. Ein Glück, dachte Nimet, dass sie nichts wirklich wissen konnten von ihrem alten Leben, was würde man sonst wohl von ihr halten? Und sie musste zugeben, sich von fremden Männern anquatschen zu lassen, war eigentlich schon der erste Schritt zur Sünde – auch wenn sie gar nicht vorgehabt hatte, mit irgendeinem der Shisha-Besucher etwas anzufangen. Aber was wäre denn gewesen, wenn einer sie trotzdem angefasst hätte, wäre sie dann nicht selbst schuld gewesen? Sie sah sich in der Runde um. Hatten alle diese Frauen, von denen einige mit besonders schönen Augen gesegnet waren – und auf die konzentrierte man den Blick, wenn Busen, Hüfte oder Po unter dem Schleier verschwanden –, nicht die große Macht der Schönheit auf ihrer Seite? Dagegen war sie doch früher wie eine Reklametafel herumgelaufen, der nur noch der Spruch fehlte: Nimm mich!

Ja, ihr Denken und ihr Blick auf die Welt hatten sich verändert. Früher fand sie es schlimm, dass Frauen nach islamischem Recht, zumindest in Saudi Arabien, bei einer Vergewaltigung mehrere männliche Zeugen aufrufen mussten, damit sie überhaupt jemanden anklagen konnten. Sie war geradezu empört gewesen, als sie das aus dem Referat einer Mitschülerin zum Thema »Menschenrechte in der arabischen Welt« erfuhr. Viele in ihrer Klasse hatten sich darüber aufgeregt, manche Schüler wurden bei der anschließenden Diskussion fast rassistisch, sprachen von »diesen Leuten, die nicht in unser Land passen« und gehen sollten, wenn sie sich nicht fügten. Nimet hatte das damals durchaus als nachvollziehbar empfunden. Da hatte sie ja auch noch nichts gewusst über den Islam und wie gut es einer Frau gehen konnte, wenn sie von einem, hamdulillah, aufrichtigen Muslim geliebt wurde. Heute war eine Frau auch in ihren Augen oft selbst schuld, wenn sie vergewaltigt wurde – denn wer sich nicht aufreizend kleidete oder bewegte, hatte schließlich auch nichts zu befürchten. Wenn alle sich daran halten würden, sähe die Welt ein bisschen besser aus.

»Niemand hat sich darum gekümmert, niemand hat mit dem Bruder gesprochen, der die Dönerbude betreibt«, fuhr die Lautsprecherstimme fort. »Ich habe gefragt, ob sie beten, und sie haben gesagt: Ja, am Freitag. Möge Gott sie rechtleiten, sie beten nur am Freitag. Subhanallah, nur Freitag, und sie sagen, sie sind Muslime.

Wir dürfen uns nicht nur um die Leute kümmern, die in die Moschee kommen. Hamdulillah, die kommen sowieso in die Moschee, aber was ist mit den Brüdern und Schwestern, die auf der Straße sind?

Jeder von uns muss sich darum kümmern, jeder von uns trägt dafür Verantwortung, wir sind die Umma, eine Gemeinschaft.

Jeder von uns Gläubigen hat Ruhe, wir haben die Ruhe gefunden, aber die anderen, die haben keine Ruhe. Deshalb rauchen sie oder machen andere Sachen, die *haram* sind.«

Wie recht er doch hat, dachte Nimet, auch sie hatte sich vor Monaten schon das Rauchen abgewöhnt. Nur ganz selten teilte sie abends mit Dilara noch eine Zigarette, aber eigentlich konnte sie darauf verzichten. Ihre früheren Versuche, sich das Rauchen abzugewöhnen, waren immer gescheitert. Aber seit sie mit Nour zusammen war, hatte sich der Verzicht quasi von selbst ergeben, denn bei Nour waren Zigaretten tabu. Keine der Frauen rauchte in Nours Gesellschaft. Welch schöne Religion der Islam doch war, der selbst eine Sucht einfach verschwinden ließ – das konnte nur die

Kraft der Liebe zu Allah sein. Saed sprach immer wieder davon, wie sehr er Allah liebte, wie grenzen- und bedingungslos seine Liebe war. Erst gestern hatte er ihr eine Nachricht dazu geschickt.

Saed

Liebe ist wie Kraft, man sieht die Wirkung, aber erklären kann man sie nicht. Wenn man Liebe erklären würde, dann wäre Allah begrenzt, und das ist er nicht, also wird Liebe niemals eine Definition bekommen, denn Allah selbst ist die Liebe.

Manchmal wurde Nimet fast eifersüchtig auf seine Liebe zu Allah. Bestimmt war das nicht richtig, sie arbeitete daran. Ob Saed auch eine Frau je so lieben konnte, wie er Allah liebte?

Irgendwie hatte sie ein bisschen den Anschluss beim Zuhören verpasst, der Bärtige auf dem Bildschirm war inzwischen schon viel weiter bei dem Thema »Frauen« gekommen. Oder war er jetzt bei den Männern?

»Wir müssen unsere Frauen richtig führen, mit ihnen richtig umgehen, Frauen, Schwestern, Mütter und so weiter.

Unser Prophet hat nie eine Frau geschlagen. Er hat elf Frauen gehabt, er hat nie eine Frau geschlagen. Er hatte nur mit unserer Mutter Aischa Unstimmigkeiten, sie rief ihren Vater zur Vermittlung, und der schlug sie dann. Und Aischa versteckte sich hinter Mohammed, und dann war alles in Ordnung.

Es gibt so viele Anweisungen im Islam für Frauen, so viele, das zeigt, wie viel sie wert sind. Bei uns ist die Frau so viel wert!

Wenn bei den Chinesen ein Mann stirbt, dann muss seine Frau auch sterben, subhanallah, es ist unglaublich, aber die Wahrheit.

Oder damals, die Frau bei den Juden, wenn die Frau ihre Tage hat, darf sie nicht mit denen essen, sie muss extra essen, wie ein Hund. Und auch wenn sie ihre Periode hat, wenn ihr Vater stirbt, dann darf die Frau bei den Juden nicht erben, warum? Weil sie ihre Periode hat.

Der Islam hat das alles geändert, er hat die Frau von diesen Dingen befreit, und jetzt kommen sie und sagen, der Islam ist schlecht. Subhanallah.

Unsere Frauen haben vergessen, dass es eine Frau war, die als Erste an Allah glaubte, und auch die erste Selbstmord-Attentäterin war eine Frau, eine Mudschaheddina, damals in Zypern. Am Anfang und am Ende sind es immer die Frauen.

Aber die Frauen sind trotzdem unzufrieden, sagen, es gibt keine Gerechtigkeit zwischen Männern und Frauen, aber die vergessen auch, unsere edelsten Frauen haben alles getan, damit ihre Söhne den Islam lernen, sie haben gestrickt, damit die Söhne den Koran studieren, damit sie einen guten Charakter lernen.

Es gibt manche Schwestern, die sagen: Warum hat Allah mich nicht als Mann erschaffen, dann könnte ich allein zur Hadsch fahren, ich dürfte allein zum Totengebet, aber sie vergisst, alles, was für ihren Mann bestimmt ist, ist auch für sie bestimmt. Eine Frau wird belohnt, wenn sie zu Hause allein betet oder wenn sie im Harem betet, dann wird sie sogar noch mehr belohnt.

Egal was ihr Mann Gutes tut, sie bekommt es für das Paradies mit angerechnet.

Jemand befragte den Propheten über die Rechte seiner Frau, und er antwortete: Du sollst ihr zu essen geben, wenn du isst, sie kleiden, wenn du dich kleidest. Du sollst nicht ihr Gesicht schlagen und sie nicht beschimpfen und sie bei Streitigkeiten nicht meiden.

Der Mann steht in Verantwortung für die Frau, er sorgt für sie. Und dann gibt es Frauen, die sagen: Wir haben keine Rechte. Subhanallah, Allah hat euch die meisten Rechte gegeben, die ein Mensch haben kann.«

Der monotone Vortrag langweilte Nimet, so sehr sie sich auch bemühte, ihre anfängliche Begeisterung war verflogen. Sie kannte das meiste, was hier gesagt wurde, eigentlich schon, denn sie hatte einen besseren Lehrer: Saed. Gerade als sie überlegte, wie sie diskret verschwinden könnte, vibrierte ihr Handy. Ihre Augen leuchteten, als sie sah, dass es Saed war. Sie hatte erst am Abend mit einer Nachricht von ihm gerechnet. Er sei tagsüber auf dem Weg nach Syrien, hatte er sie wissen lassen, er wolle dort junge Männer unterrichten. Nimet hatte ihm ihre Sorgen mitgeteilt, schließlich herrschte Krieg in dem Land, und außerdem war dort der IS auf dem Vormarsch. Doch Saed hatte sie beruhigt: »Ich bin ein aufrichtiger Muslim, hamdulillah, glaub nicht alles, was man dir in Deutschland über den IS erzählt. Er kämpft für unseren Glauben, vor ihm brauchen wir uns nicht zu fürchten. Nur Ungläubige fürchten sich«, hatte er ihr gesagt.

Nour, die vor einigen Sekunden neben Nimet Platz genommen hatte, blickte auf das Handydisplay in Nimets Hand, nickte ihr verständnisvoll zu und flüsterte ihr ins Ohr: »Geh nur, da vorn ist die Küche, da kannst du in Ruhe mit deinem Prinzen kommunizieren.«

Saed

Liebste Nimet, ich habe hier eine Adresse für dich, dort kannst du einen Schnellkurs machen. Sie bringen dir dort Krankenpflege bei. Ich weiß nicht, wie du dazu stehst, aber ich will dich bald bei mir haben. Vielleicht willst du es ja auch, ich bete jeden Tag zu Allah, dass es so ist.

Saeds Wunsch ließ Nimets Herz schneller schlagen. Sie war so aufgeregt, dass sie nicht einmal bemerkte, dass ein weinendes Kleinkind ihr gerade um die Füße kroch, selbst ihre Knie waren weich geworden. Saed hatte sogar vorgesorgt, für sie einen Schnellkurs herausgesucht, und das alles, weil er es ohne sie nicht mehr aushielt, weil er sie liebte!

Nimet

Liebster, ich bin gerade mit den Frauen in der Gemeinde. Wie geht es dir? Wo bist du?

Saed

Ich bin auf Gottes Mission, ich helfe den Armen, das ist meine Aufgabe. Ich habe nicht viel Zeit, die Verbindung hier ist schlecht. Ich möchte deine Stimme hören, heute Nacht? Und ich habe einen Imam, der kann deine Schwester und Baran heute Nacht verheiraten, Inschallah.

Nimet

Das wäre phantastisch! Du hast es nicht vergessen!

Saed

Wie könnte ich! Dein Problem ist mein Problem, deine Schwester ist auch meine Schwester.

Nimet
Du bist zu gut.

Saed
Es gibt keinen Mann, der zu gut für dich wäre.

Und dann war die Verbindung unterbrochen. Wo mochte er jetzt sein, wer war wohl bei ihm? Was machte er gerade? Auch wenn Nimet nicht im Geringsten an seiner Aufrichtigkeit und Treue zweifelte, ließ diese Unwissenheit sie nie richtig zur Ruhe kommen. Ständig waren ihre Gedanken bei ihm, bei jedem Bissen, den sie aß, dachte sie an Saed – wie schön es doch wäre, das Brot mit ihm zu teilen. Und wenn sie nun sterben würde, bevor sie mit ihm vereint war? Was, wenn er doch vielleicht eine andere Frau traf? Er war schließlich ein Mann, der sich zwar in vielem von anderen Männern unterschied, aber auch er würde Bedürfnisse haben. Und die Syrerinnen waren hübsch, das wusste Nimet, sie sah sie immer in den Flüchtlingsunterkünften, schöne junge Mädchen mit großen schwarzen Augen, alles gläubige Schwestern. Während sie noch ganz in Gedanken versunken am blickdicht verklebten Fenster stand und auf ihr Handy starrte, trat Nour heran und nahm sie in den Arm.

»Schwester, du hast Kummer, lass uns schnell zu Zarah gehen, sie wartet bestimmt schon auf uns. Sie ist gleich gegenüber im Krankenhaus. Danach können wir ins Frauencafé gehen und in Ruhe reden.«

Ein beißender Geruch lag in der Luft, als Nour und Nimet das Zimmer betraten: Palliativmedizin. Sechs Frauen standen bereits um Zahras Krankenbett, Nimet war überrascht über diesen hohen Besucherandrang. Erst nachdem Nour eine kleine Schneise zwischen den umstehenden Frauen gebahnt hatte, erkannte Nimet, in welcher Abteilung sie hier war. Zarah würde bald sterben. Auf dem Bett lag fast bewegungslos ein massiger Körper, nur eine Hand und der Kopf schienen Zarah noch zu gehorchen, die jetzt bemerkt hatte, dass neue Besucher gekommen waren. Sie schaute Nimet an und fragte: »Wer bist du?«

Ein Schauder lief Nimet den Rücken hinunter. Was suchte sie hier? Und was sollte sie einem Menschen erzählen, den sie gar nicht kannte und der in den letzten Zügen seines Lebens lag? Etwa, dass sie Nimet Kaya war, die Freundin einer Freundin, die mal eben zu Besuch gekommen war, um für Zarah, für sich selbst, für unser aller Seelenheil zu beten? Die Luft im Raum war stickig, Nimet fühlte sich förmlich bedrängt von der Körperwärme der anderen Frauen; mit einem Schlag wurde ihr schlecht, und sie war so unendlich dankbar, als Nour sich jetzt dazwischen drängte und für sie antwortete: »Salem aleikum, Schwestern, das ist Nimet, eine Schwester, auch sie will für dich beten, Zarah. Wie fühlst du dich heute?«

»Na ja, geht so«, antwortete die Kranke mit schwacher Stimme. »Kann ich bitte etwas Wasser haben?«

Nour nahm den Plastikbecher, der mit einem Strohhalm auf dem Medizinschränkchen neben dem Kopfende des Bettes stand, und hielt Zarah den Strohhalm in den Mund. Es dauerte eine Weile, bis die kranke Frau es schaffte, einen Schluck zu sich zu nehmen.

Hätte Nimet geahnt, was sie hier erwartete, hätte sie sich eine Ausrede einfallen lassen, um nicht mitzukommen. Dass sie jetzt in der ersten Reihe unmittelbar vor Zarah stand, machte alles nur noch schlimmer. Den anderen Frauen schien der Anblick der Todkranken wenig auszumachen, sie plapperten und scherzten, als wären sie bei einer guten alten Freundin zu Besuch, die einen Schnupfen hatte. Dabei hatte Zarah einen Tumor, der sich bereits in ihrem ganzen Körper ausgebreitet hatte, die Schmerzen mussten unerträglich sein.

Alle Besucherinnen waren Mitglieder einer kleinen Gemeinde, in der Nimet gerade noch eine Fortbildung in Sachen korrekte Verhaltensregeln für Muslime besucht hatte – keine Einzige, das erfuhr sie später, war eine nahe Bekannte oder Verwandte der Sterbenden. Sie waren gekommen, weil Zarah Muslimin war. Die Frauen klapperten die Abteilung der Palliativmedizin regelmäßig nach sterbenden Muslimen ab oder nach solchen Menschen, die vielleicht auf der letzten Strecke ihres Lebens noch zum Islam konvertieren wollten. Saed hatte ihr neulich erklärt, dass das irdische Leben immer auch eine Art Wettkampf um die besten Plätze im Paradies ist. Jedes Bittgebet für einen Toten, jede Schnellkonvertierung eines verirrt geglaubten Menschen erhöht die Chancen auf noch größeres Seelenheil, auf die vergoldeten Armaturen, das größere Haus, die besseren Speisen, den schöneren Mann und vieles mehr, was einem für das Leben in der Ewigkeit versprochen wurde.

Nimet fand das geschmacklos. Natürlich hatte auch sie in letzter Zeit häufiger über dieses viel besprochene Paradies nachgedacht. Und die Vorstellung, nach dem Tod ein besseres Leben zu führen als das, was sie jetzt hatte, war verlockend, das musste sie zugeben. Sie wollte an all das glauben, an manchen Tagen fiel ihr das auch leicht, an anderen sehr schwer. Wenn sie darüber mit Nour sprach, hatte die, wie immer, die richtige Antwort parat: Es sei doch völlig normal zu zweifeln, niemand sei vollkommen und alles eine große Prüfung. Aber fremden Menschen so auf die Pelle zu rücken, während sie schon im Sterben lagen, nur um Punkte für das Paradies zu sammeln, das wäre Nimet nicht im Traum eingefallen. Sie wollte nur noch weg aus diesem makabren Todeszimmer.

Da entdeckte sie im hinteren Winkel des Raumes, direkt vor der Heizung, eine junge Frau, die auf dem Boden kauerte, die Arme hatte sie um ihre angewinkelten Beine geschlungen, den Kopf auf die Knie gepresst, und sie weinte leise. Niemand schien sich um sie zu kümmern. Nimet wies mit dem Kopf in die Richtung der weinenden Frau und sah Nour fragend an.

»Ist die Schwester«, flüsterte Nour Nimet ins Ohr. »Keine von uns. Geh ruhig hin, und tröste sie.«

Nimet war sich nicht sicher, was Nour meinte, als sie sagte, »keine von uns«. Keine aus der Gemeinde? Oder keine Muslimin? Aber die junge Frau, die mit ihren vom Weinen roten Augen zu Nimet aufblickte, als die sich neben sie hinhockte, trug doch einen kleinen silbernen Koranahänger an ihrem geschwollenen Hals. Als Nimet ihre Hand nahm, nickte sie dankbar, und Nimet selbst war erstaunt, wie selbstverständlich sie sich einfach dieser Fremden genähert hatte. Sie fühlte sich so stark wie selten, und eine besondere Art der Zufriedenheit breitete sich in ihr aus, es war die Gewissheit, das Richtige zu tun. Zum ersten Mal war sie es, die einer verlorenen Seele von der Schönheit

Gottes erzählte. Sie kam in einen richtigen Redefluss, als sie der Weinenden Trost zusprach und hörte erst auf, als Nour ihr sachte auf die Schulter klopfte: »Zeit zu gehen, wir wollen heute zusammen mit den Frauen beten.«

Mit strengem Blick wandte Nour sich dann an die Schwester der Sterbenden und fügte emotionslos hinzu: »Und du solltest nicht so viel weinen, Zarah geht zu Gott, hamdulillah, was kann es Schöneres geben? Freu dich für deine Schwester, und wage es nicht noch einmal, ein Foto von ihr zu machen, das ist *haram* oder – damit du es besser verstehst – nichts Gutes. Möge Allah sich deiner erbarmen, du weißt, wo du uns findest, wir sind da, wenn du uns brauchst.«

Nimet fühlte sich unangenehm berührt von Nours Ton. Zahras Schwester ging es schlecht genug, man musste nicht noch nachtreten, das war herzlos. Saed hatte ihr vor Wochen gesagt, dass es falsch sei, einen Ungläubigen grundlos herablassend zu behandeln, das schade dem Islam. Damals hatte sich Nimet über ihren Mathelehrer aufgeregt, der ihre schlechten Leistungen mit dem Spruch kommentiert hatte: »Mach deine Noten lieber nicht von Gott abhängig. Du siehst doch, man kann sich nicht immer auf ihn verlassen.« Die schlechten Noten waren das Ergebnis etlicher versäumter Mathestunden, deren Ausfall sie in ihrer Entschuldigung mit dem Ramadan begründet hatte, der Muslimen besondere Regeln auferlege, denen sie in der Gemeinde nachgekommen sei. Natürlich hatte sie damit auch provozieren wollen, schließlich hätte sie einfach eine Krankmeldung abgeben können, aber nein, das wollte sie nicht. Sie trug ihren Glauben wie ein Schmuckstück demonstrativ vor sich her, oft mit einer großen Überheblichkeit, die sich auch in ihren Äußerungen über andere ausdrückte. Das Wort »Ungläubige« gehörte mittlerweile zu ihrem Standardwortschatz.

Und trotzdem wäre es ihr nie in den Sinn gekommen, einen trauernden Menschen schlecht zu behandeln, aber vielleicht war sie einfach zu weich, vielleicht hatte Nour recht, wenn sie so unmissverständlich und harsch auftrat. Nour war so gefestigt in ihrem Glauben, das machte sie stark und unverletzlich. Nimet wollte in vielem nicht so sein wie Nour, aber um ihre Glaubensüberzeugung beneidete sie die Freundin. Sie wollte noch intensiver glauben, sie wollte allen zeigen, dass sie sich nicht schämte, Muslimin zu sein, im Gegenteil, sie wollte stark und stolz sein. Noch in dieser Woche würde sie ein Kopftuch anlegen, es war das einzig Richtige. Gut, dass sie sich mit dieser Entscheidung so viel Zeit gelassen hatte, denn jetzt war sie aus vollem Herzen überzeugt – allein der Gedanke daran bereitete ihr schon eine große Freude.

Allah hat ihn dir geschickt!

»Ich möchte es jetzt endlich ändern!«, sagte Nimet plötzlich zu Nour, als sie sich auf den Heimweg machten.

»Was?«

»Ich will nicht mehr ohne Kopftuch sein!«

»Red doch nicht vom Kopftuch! Einen Schleier musst du anlegen! Diese schrecklichen Alien-Weiber, diese türkischen Tussis, die sich ein Kilo Haarspangen auf den Kopf kleben. Wusstest du, dass sie in die Hölle kommen werden? Allah sieht, wer verlogen ist und wer ehrlich! Ich kenne einen wunderbaren Laden, alles was man dort kauft, kommt unseren Brüdern und Schwestern in Syrien zugute, shoppen für einen guten Zweck. Ich schenke dir deinen ersten Schleier, mein Engel.«

»Ich hab heute keine Zeit zum Shoppen, muss zu Hause noch was erledigen.«

»Ist ein Internetladen, ich schick dir nachher den Link. Oder guck einfach auf meine Facebook-Seite, da steht die Adresse. Die haben sogar Abayas für kleine Jungs und Mini-Schleier-Sets für Mädchen! Voll süß!«

Nimet kicherte bei dem Gedanken, dem kleinen Can so eine Kinder-Abaya zu bestellen, und gleichzeitig wusste sie, wie absurd es war. Nour war da radikaler, sie war ihr in Sachen religiöser Tugenden um einiges voraus, aber Nimet verspürte mehr und mehr Lust, diesen Vorsprung einzuholen.

Ihr Handy vibrierte. Saed schickte ein Foto. Ein kleines Mädchen, lächelnd mit weißem Kopftuch, im Hintergrund ein strahlend blauer Endloshimmel und in den Händen des Mädchens eine weiße Taube, darunter der Slogan »Free Syria«.

Dann vibrierte es erneut, noch ein Foto, diesmal ein größerer Bildausschnitt, das Mädchen war nicht allein. Rechts die Konturen einer schwarz verschleierten Frau, man sah nur einen Teil von ihr, über ihrer Schulter hing eine Kalaschnikow, links vom Mädchen stand ein junger, gutaussehender Mann mit dunklem Bart und blauen Augen. Er trug Militärkleidung und hielt ebenfalls eine Kalaschnikow in der Hand.

»Zeig mal! Ist er das?«, wollte Nour wissen.

»Nein, nein. Also, das heißt, eigentlich weiß ich es nicht, aber ich glaube nicht. Denn wer soll denn die Frau da sein?«

Nimet spürte, wie sie von einer Wuthitze überschwemmt wurde bei dem Gedanken, Saed könnte doch eine andere haben. Da ploppte schon eine weitere Nachricht auf ihr Handy.

Saed

Das war ein guter Freund von mir. Er hat Frau und Kind zurückgelassen, die Amerikaner haben ihn abgeschossen, als er gerade dabei war, etwas zu essen an Menschen auszuteilen.

Nimet

Möge er mit Allahs Segen das Paradies betreten. Man ist so hilflos gegen diese Ungerechtigkeit. Ich werde für ihn beten. Mein Geliebter, du hast eine schwere Zeit, möge Allah dir beistehen.

Saed
Wir sind nicht hilflos, jeder trägt eine Mitschuld, jeder kann etwas tun.

Nimet
Was?

Saed
Versuch, auf alles Westliche zu verzichten, kauf nicht mehr bei ihnen ein, hör nicht mehr ihre Musik, schau nicht mehr ihre Nachrichten. Sie wollen uns vernichten, Nimet, sie wollen unseren schönen Glauben, unseren Stolz zerstören – siehst du das nicht?!

Nimet
Ich tue doch nichts Falsches!

Saed:
Doch! Unbewusst. Ich will dich darauf aufmerksam machen: Du hast erst gestern geschrieben, dass du vor dem Fernseher sitzt und Cola trinkst. Das ist falsch. Fernsehen ist falsch, Cola trinken sowieso. Aber ich will dich nicht weiter damit stressen. Jeder muss für sich selbst entscheiden, ob er Dschihad macht oder nicht.

Nimet war verunsichert. Er klang so gleichgültig, so genervt von ihrer Unwissenheit. Warum hatte sie nicht längst auf Nour gehört? Die hatte es ihr immer wieder gesagt: Geh nicht zu Lidl, das gehört Juden, kauf nicht diese Schuhe, die werden von Zionisten produziert, iss nichts vom deutschen Bäcker, der verwendet Schweineschmalz, und vor allem:

Achte auf die Produkte, die du kaufst, denn überall lauern die Kreuzzügler, die Feinde des Islam, die auf der ganzen Welt gegen unseren schönen Glauben kämpfen.

Nimet fühlte sich so dumm, so schuldig.

Nimet

Es tut mir aufrichtig leid, Saed, ich werde das alles nie wieder machen, das verspreche ich.

Saed

Ich weiß, mein Engel, du bist ein guter Mensch, aber du musst noch viel lernen, bevor du eine Mutter wirst. Ich bin für dich da. Und bitte richte Schwester Nour meine Grüße aus und meinen Dank, ich habe das Gefühl, sie kümmert sich gut um dich.

»War das Bruder Saed?«, wollte Nour wissen.

»Er meldet sich immer im richtigen Augenblick, es ist wie Zauberei!«, strahlte Nimet sie an.

»Nein, mein Kind, es ist Allah!«

Nimet war noch ganz in Gedanken versunken, sie lächelte Nour fast geistesabwesend an, in ihrem Gesicht lag eine tiefe Zufriedenheit.

»Was hast du gerade gesagt, Nour?«

»Es ist nicht Zauberei, es ist Allah. Allah hat ihn dir geschickt, du weißt gar nicht, was für ein Geschenk das ist, sonst würdest du nicht solchen Quatsch reden.«

Nimets Handy klingelte – Sibel. Nimet zögerte kurz, drückte den Anruf dann weg und schaltete das Handy aus.

»Meine Mutter nervt schon wieder. Sie will einfach nicht verstehen, dass es Wichtigeres gibt als Schule.«

»Die Unwissenheit ist die größte Strafe. Möge Allah deiner Mutter die Augen öffnen, sie ist ein so guter Mensch.«

»Was meintest du vorhin, als du sagtest, ich wüsste gar nicht, welch ein Geschenk Saed ist?«

»Na, schau dich doch mal um! Sieh dir die Männer an!«

Sie liefen gerade an einer Bushaltestelle vorbei, eine Gruppe Teenager alberte dort herum, Jungen und Mädchen, die wohl Schulschluss hatten und einander mit Laub bewarfen. Daneben stand ein Pärchen mit Kinderwagen, beide rauchten und blickten stumpf in die Gegend.

»Es gibt doch kaum noch vernünftige Männer. Du kannst die beste Muslimin der Welt sein, aber wenn du keinen vernünftigen Mann findest, dann kommst du selbst auch nicht zur Ruhe. Und das ist es doch, was wir Frauen wollen: Ruhe und Frieden.«

»Was stimmt denn nicht mit den Männern, Nour?«

»Ach, sie sind einfach keine Männer mehr. Sie kümmern sich um Kinder, verdienen kein Geld, und wenn einer ihre Frau anmacht, dann sind sie die Ersten, die weglaufen.« Beide mussten bei dem letzten Satz lachen.

»Aber die, von denen du redest, das sind doch mehr die deutschen Männer, die Jungs in meiner Schule sind anders, mehr Macho, da darf kein anderer die Freundin angucken!«

»Nimet, du verstehst immer noch nicht! Die Jungs an deiner Schule haben alle kein Iman, sonst hätten sie keine Freundin, sondern eine Frau an ihrer Seite. Es ist ehrlos und eine große Sünde, eine Freundin zu haben.«

»Dann lebe ich jetzt in Sünde?«

»Ach, du bist manchmal ein richtiges Dummerchen! Nein, du lebst nicht in Sünde, denn du bist hier, und er ist dort.« Und dabei streckte Nour den Arm weit aus und zeigte mit spitzem Zeigefinger Richtung Süden.

Da klingelte ihr Handy, sie kramte es aus der Tasche und hielt Nimet das Display hin: »Deine Mutter! Woher hat sie meine Nummer? Von Cayenne?«

»Nicht rangehen«, bat Nimet, »sie wird nur wieder nerven. In letzter Zeit stresst sogar mein Vater. Ali und Sibel sind sonst nie einer Meinung, aber beide sind sich plötzlich einig, dass sie besser als ich wissen, was gut für mich ist. Ali ruft sonst nie an, jetzt meldet er sich auf einmal fast jeden zweiten Tag und fragt mich, wie es in der Schule läuft.«

»Sie haben Angst.«

»Wovor denn? Dass ich Saed heirate und eine glückliche Familie gründe?«

»Nein, vor Allah. Weil sie wissen, dass sie mit ihrem Unglauben in Sünde leben, und du erinnerst sie jeden Tag daran. Aber sie sind zu schwach, um das zu ändern. Ich bete für deine Familie, dass sie es eines Tages auch erkennen.«

»Du bist so klug, Nour, ich wäre nie darauf gekommen. Aber es stimmt, sie haben Angst, weil sie es sich bequem gemacht haben, weil sie vergessen wollen, dass es ein Leben nach dem Tod gibt. Vielleicht glauben sie es auch nicht. Und ich muss jedes Mal gegen diese Unwissenheit kämpfen!«

»Du denkst falsch. Du musst dich nicht vor deiner Familie verantworten, nicht einmal vor deinem Mann, niemand darf dir in dein Leben reinreden, solange du Gott gehorchst und tust, was Er für dich bestimmt hat. Manchmal muss man sich dabei von seiner Familie verabschieden.«

»Du meinst, ich soll gehen?«

»In einer Hadith heißt es, wenn die Frau ihre fünf Pflichten erfüllt, ihre Vulva schützt und ihrem Mann gehorcht, dann darf sie das Paradies betreten – durch welche Tür sie möchte. Das bedeutet, dass du nur einem Mann gehorchen musst, der auch ein treuergebener Diener Gottes ist.«

»So wie Saed!«

»Ja, so wie Bruder Saed. Ich kenne ihn nicht, aber ich sehe, dass er einen guten Einfluss auf dich hat.«

»Komisch, genauso etwas hat er auch über dich geschrieben. Ich bin so glücklich, dich zu kennen, Nour. Alles ist so schön, und ich fühle so einen Frieden in mir. Ich weiß, dass ich nichts Falsches mache, ich rauche nicht, ich trinke nicht, ich treffe keine Typen, ich interessiere mich nur für meinen Glauben. Wenn meine Eltern das nicht akzeptieren wollen, dann habe ich keine Schuld.«

»Ja, mein Engel. Ich finde übrigens, blau würde dir besonders gut stehen.«

»Was?«

»Am besten fängst du mit etwas Farbigem an, später kannst du dann immer noch ein schwarzes Kopftuch tragen. Aber zum Start würde ich ein bisschen modisch experimentieren, du wirst sehen, es macht Spaß! Und du wirst dich gleich besser fühlen, wie eine richtige Frau.«

Als Nimet am nächsten Morgen nach Hause kam, war Sibel bereits zur Arbeit gegangen. Wie so oft in den letzten Wochen hatte Nimet bei Nour auf dem Sofa geschlafen, Amina war dazugekommen, und sie hatten sich bis spät in die Nacht unterhalten, über die Liebe im Islam, über die Rolle und Pflichten des muslimischen Mannes und über die Geschichten, die ihnen von anderen Frauen zu Ohren gekommen waren: wie Männer sich oft nicht an die Regeln halten wollten und ihre Frauen dann die Aufgabe hatten, den

Iman immer wieder einzufordern, manchmal mit Hilfe eines Imam. Es waren solche spannenden Abende, die Nimet all den Kummer vergessen ließen, den sie sonst mit der Schule und ihrer Mutter hatte. Und es war ihre Vorbereitung auf ein Leben mit Saed, denn er hatte es selbst gesagt, sie müsse noch viel lernen, um eine gute Mutter zu werden. Aber dass sie eine werden würde, und zwar die Mutter seiner Kinder, das stand für sie außer Frage.

Während Nimet noch im Flur ihrem Liebsten Nachrichten schickte, klingelte ihr Handy immer wieder, immer war es Sibel. Doch Nimet hatte keine Lust, mit ihr zu telefonieren, bestimmt würde es nur darum gehen, wo sie die Nacht verbracht hatte. Ihre Mutter wurde in letzter Zeit richtig kontrollwütig, selbst beim Beten zu Hause fühlte Nimet sich nicht mehr unbeobachtet. Sibel war jetzt viel mehr zu Hause, sie hatte ihren Schichtplan in der Bäckerei geändert und konnte so zweimal in der Woche schon ab 14 Uhr zu Hause sein. Nimet war überzeugt, dass das alles nur geschah, um sie besser im Auge behalten zu können. Sibel wollte den Weg ihrer Tochter, den Weg einer richtigen Muslimin, nicht akzeptieren. Auch wenn Nimet sich damit abgefunden hatte, dass ihre Entscheidung zu Hause keine Anerkennung fand, so wollte sie doch die Ablehnung und Kritik an ihrem Gott nicht hinnehmen.

Als sie die Tür zu ihrem Zimmer öffnete, saß Dilara geschminkt und zurechtgemacht auf ihrem Bett.

»Mann, da bist du ja endlich, Nimet. Mama macht sich voll Sorgen, du kannst doch wenigstens mal anrufen und sagen, dass du nicht kommst! Dann ist doch alles okay!«

»Ich muss mich vor niemandem rechtfertigen, nur vor Allah.«

»Jetzt komm mal runter von deinem Allah. Wann skypen wir mit deinem Freund?«

»In einer halben Stunde hab ich ihm gesagt. Wo ist Baran?«

»Der muss gleich kommen.«

»Ich hoffe, du bereust das alles nicht noch am Ende.«

»Er heiratet mich, was soll ich da bereuen? Dann ist es endlich offiziell und dieser ganze Stress vorbei.«

»Er ist kein guter Mann, Dilara!«

»Du wirst sehen, er wird sich ändern. Alle Männer ändern sich, wenn sie verheiratet sind. Dann wird er erkennen, dass ich seine Familie bin. Ich werde ihn mir schon erziehen. Mama sagt, eine Frau macht den Mann.«

»Ganz toll! Das hat sie selbst ja besonders gut hinbekommen! Oder vielleicht wollte sie ja, dass Papa so ist, wie er jetzt ist.«

Es klingelte. Dilara sprang aufgeregt zur Tür, und Nimet kramte den Zettel aus der Tasche, auf dem sie die Skype-Adresse notiert hatte, die Saed ihr beim letzten Telefonat gegeben hatte. Es war ein langer arabischer Männername mit mehreren Sonderzeichen. Sie hatte schon mehrfach versucht, sich den Namen einzuprägen, denn Saed hatte sie gebeten, den Namen auswendig zu lernen und den Zettel dann zu vernichten. Aber ihr Hirn konnte ihn sich einfach nicht merken. Und wieder fühlte sie sich ungenügend und schlecht.

»Ist Baran«, sagte Dilara, als sie zurückkam. »Er kommt gleich. Ich wollte dir aber schnell noch erzählen, dass ich gestern im Center Cayenne getroffen hab.«

»Ja und?«

»Findest du es nicht ein bisschen fies, Schwesterherz, wie

du mit ihr umgehst? Immerhin war sie deine zweite Hälfte, ihr wart doch mal so was wie siamesische Zwillinge, und jetzt guckst du sie nicht mal mehr mit dem Arsch an! Ich mag sie voll.«

»Dann triff du dich doch mit ihr!«

»Nein, jetzt mal ohne Quatsch: Ich hab das nie verstanden, gab's Streit zwischen euch, oder was?«

»Was hat sie denn gesagt? Hat sie etwa behauptet, dass wir Stress hatten?«

»Sie hat nur gesagt, dass sie dich sehr vermisst, und ich hatte echt das Gefühl, sie weint gleich los.«

Nimet musste schlucken. Sie hatte nicht geahnt, welche Erinnerungen und Gefühle das bei ihr auslösen konnte, dass Cayenne sie vermisste. Viel besser wäre es gewesen zu hören, dass Cayenne beleidigt, sauer oder – noch besser – dass es ihr scheißegal war, dass sie mit Nimet innerlich abgeschlossen hatte. Aber Dilara hatte recht, sie waren so viele Jahre wie siamesische Zwillinge gewesen, und die kann man nicht einfach so voneinander trennen. Plötzlich waren sie wieder da, die Bilder von ihren gemeinsamen Abenden, Cayennes helles Lachen, ihr Talent, aus jeder unangenehmen Situation etwas Komisches zu machen, ihre ungehemmte Art, sich am Leben zu erfreuen. Aber all das war Vergangenheit, auch wenn es noch gar nicht so lange zurücklag, dass sie zusammen vor dem Spiegel gestanden und einen ganzen Nachmittag lang nichts anderes getan hatten, als Klamotten anzuprobieren und dabei, laut aufgedreht, Musik zu hören. Das alles passte jetzt einfach nicht mehr in ihr Leben, und doch musste Nimet sich eingestehen, dass sie Cayenne vermisste, aber entweder Cayenne und ihr altes Leben oder Saed und die Zukunft!

»Du hast ja recht, Dilara, vielleicht ruf ich sie mal wieder an. Aber ich hab echt wenig Zeit, ich will noch diesen Erste-Hilfe-Kurs machen. Aber dann kann ich sie ja mal wieder treffen.«

Nimet log, und sie wusste das, aber alles andere hätte Dilara nur noch zu mehr Nachfragen angeregt. Nimet aber wollte das Thema schnell beenden, denn es belastete sie, und Zweifel an ihrem neuen, reinen Leben konnte sie jetzt gar nicht gebrauchen. Cayenne war ein gutes Mädchen, aber eine Muslimin zu werden, davon war sie Lichtjahre entfernt. Ihre Freundschaft hatte unter solchen Bedingungen keine Zukunft. Vielleicht würden sie ja irgendwann einmal wieder zueinanderfinden, inschallah.

»Willst du deinen Führerschein machen, oder was?« Nimet guckte ihre Schwester fragend an. »Na, wozu brauchst du denn sonst diesen Erste-Hilfe-Kurs?«

In diesem Moment kam Baran ins Zimmer, er hatte einen Blumenstrauß in der Hand, trug ein weißes Hemd und strahlte übers ganze Gesicht. Nimet war erleichtert, als Dilara sich von ihr abwandte, um ihrem Freund kreischend um den Hals zu fallen, und für einen kurzen Moment hatte sie den Eindruck, ein junges glückliches Paar vor sich zu haben.

»Komm, jetzt übertreib mal nicht!«, wehrte Baran Dilara ab. »Beruhig dich mal, ist nur eine Imamehe, keine Traumhochzeit.«

Da war er wieder, dieser unsensible Ton, den Nimet an diesem Baran so hasste. Ihre Schwester ließ sich nichts anmerken, nahm die Blumen und setzte sich still auf die Bettkante. Ihre Augen, die eben noch gestrahlt hatten, wanderten unruhig durchs Zimmer. Alle schwiegen, bis Nimet sagte: »So, dann wollen wir mal gucken, ob ich ihn erreiche.«

Bevor sie sich an ihren Computer setzte, zog sie zwei Tücher aus dem Schrank und band sowohl sich wie ihrer Schwester daraus ein Kopftuch. Als Baran zu kichern anfing, warf Nimet ihm einen Blick zu, der ihn sofort verstummen ließ.

»An deiner Stelle würde ich jetzt besser nicht lachen! Oder willst du den Seytan mit in euren Ehebund holen? Und außerdem, komisch ist das hier nicht, sondern eher tragisch, denn wenn du ein Mann wärst, der zu seiner Frau steht, dann müssten wir jetzt nicht diese heimliche Nikah machen!«

Baran wurde rot und erwiderte nichts. Nimet war in den letzten Monaten so verändert, er traute sich einfach nicht mehr, ihr plump zu antworten, so wie er es früher immer getan hatte. In seinen Augen war sie jetzt eine Rechtgeleitete, eine Anständige, die wusste, wie man betet und welche Sure wann gesprochen werden musste. Das meinte auch seine Mutter, und ihm selbst imponierte das. Es gab sogar Momente, in denen er Dilara vorhielt, warum sie sich nicht mehr für ihre Religion interessierte. Baran war Muslim, zwar ging er nicht jeden Freitag in die Moschee, aber die Religion war in seiner Familie wichtig, wichtiger noch als das Türkischsein. Deshalb wollte er auch diese verbotene Beziehung zu Dilara vor Gott legitimieren. In seinem Hirn hatte sich die Überzeugung festgesetzt, dass es nicht nur entscheidend war, einen BMW zu fahren, sondern auch beizeiten dafür zu sorgen, bei Allah im Paradies einen Platz zu bekommen.

Ein Surren, dann ein Klingeln, und plötzlich erschien das

Gesicht eines Mannes mit Bart auf dem Bildschirm, es war ein schöner Mann, breitschultrig, mit langen schwarzen Haaren und dichten Augenbrauen. Während Nimet noch sein Gesicht studierte, die schmale Nase, die hohen Wangenknochen, wischte der junge Mann mit der Hand vor der Kameralinse herum, stand auf und sprach etwas auf Arabisch mit einer zweiten Person, die im Raum war und von der man nur den unteren Teil des Körpers sah.

Nimet zögerte einen Moment, hauchte dann aber zaghaft ins Mikrophon: »Saed, bist du es?« Ihre Stimme brach bei der letzten Silbe, vor Aufregung hatte sie ganz feuchte Hände, und ihr Herz schlug bis zum Hals. Noch nie hatte sie ihn gesehen, aber sie hatte das sichere Gefühl, dass er es war. Plötzlich war das Bild weg. Jetzt hörte sie nur noch die Stimmen zweier Arabisch sprechenden Männer. Das eine war Saeds Stimme, das konnte Nimet jetzt deutlich erkennen, denn er sprach die kehligen r-Laute so auffallend weich, ganz anders als andere Männer, denen sie bisher zugehört hatte.

»Die Kacke funktioniert wohl nicht, was?«, mischte Baran sich ein.

Dilara rammte ihm den Ellbogen in die Seite: »Sei mal still, du Opfer, die können uns doch hören!«

»Ja und?«

»Mann, das ist ein Hoča, da kannst du doch nicht Kacke sagen, Alter, dann will der unsere Nikah bestimmt nicht mehr machen.«

»Wieso? Ich dachte, der ist Araber, der kann doch gar kein Deutsch.«

Nimet ertrug das Geplänkel der beiden im Hintergrund nicht mehr, sie drehte sich um und zischte sie an: »Jetzt seid endlich still, sonst könnt ihr das hier alleine machen!«

Gerade als sie noch weiter meckern wollte, wurde sie von Saeds Stimme unterbrochen, die jetzt aus dem knarzenden Lautsprecher ertönte: »Meine Morgensonne, seid ihr alle da? Wir können euch nicht sehen.«

»Ja, wir sind alle da, wir können euch auch nicht sehen.«

Nimet konnte hören, wie Baran und Dilara hinter ihrem Rücken tuschelten, und irgendwie war ihr Saeds Begrüßung nun doch etwas peinlich, »meine Morgensonne« war einfach zu intim. Sie würde Saed bitten, das in Zukunft nur noch zu sagen, wenn sie allein waren. Bestimmt würde er ihre Einstellung gut finden, sie war eben ein anständiges Mädchen. Zu viele Ohren könnten auch Neid empfinden, und Neid war schädlich.

Ganz plötzlich gab es wieder ein Bild: Ein weniger schöner Mann mittleren Alters mit Brille, Turban und einem hennagefärbten roten Bart saß jetzt so dicht vor der Webcam, dass man von Saed nur noch die Schulter sehen konnte. Nimet ärgerte sich, traute sich aber nicht, ihn zu bitten, sich ein Stück weg zu setzen. Schließlich wäre es für eine Frau nicht schicklich, dem Hoča vorzuschreiben, wie er sitzen sollte.

Saed fragte nach den Brautgaben, Baran und Dilara guckten einander fragend an.

»Er verspricht, ihr die Wohnung einzurichten«, sprang Nimet ein, »er kann es ja noch mal sagen, ich schreibe es dann auf, und er unterschreibt es.«

»Wenn er einen Ring hat oder anderen Schmuck, reicht das schon, soll ja nur eine Geste sein.«

Dilara zog den goldenen Ring vom Finger, den Baran ihr zu ihrem Beziehungsjubiläum geschenkt hatte, und drückte ihn dem jungen Mann in die Hand. Danach ging alles ganz schnell, der Hoča sprach ein Gebet und einige Suren, die Baran und Dilara nicht verstanden, dann forderte Saed sie auf: »Gemäß der Shari'a muss die Frau sagen: zawajtuka nafsi a'lal mah'ril ma'luum. Daraufhin sagt der Mann: Qabiltuz zawaj.«

Er ließ sie es mehrfach nachsprechen, bis es so klang, wie Saed es ihnen vorsprach. Dann wandte er sich an Nimet: »Du musst jetzt dafür sorgen, dass sie die Hochzeitsnacht richtig vollziehen, damit die Ehe mit Gottes Segen beginnen kann. Du weißt, was zu tun ist, wir haben darüber letzte Woche gesprochen. Wenn du dazu noch Fragen hast, dann schick mir eine WhatsApp. Ich hoffe, wir sehen uns bald, mein Engel. Ich muss jetzt gehen. Bis später.«

Bevor Nimet noch etwas erwidern konnte, hatte Saed aufgelegt – einfach so, schnell und ohne noch einmal in die Kamera zu blicken.

»War das jetzt Saed?«, fragte Dilara.

»Wer ist Saed? Kenn ich ihn?«, wollte Baran wissen.

»Ja, das heißt: nein, also ja, es war Saed, und nein, du kennst ihn nicht, er lebt in der Türkei.«

»Ich dachte in Syrien?« Dilara war verwirrt.

»Er arbeitet in Syrien.«

Nimet war traurig, fast zu traurig um das frisch vermählte Paar jetzt in muslimischen Eheritualen zu unterweisen, aber es war ihre Pflicht, und sie wollte nicht versagen. Sie versuchte sich einzureden, dass es eigentlich keinen Grund gab, traurig zu sein. Immerhin nannte er sie mit jedem Atemzug »Morgenstern«, »Herzblatt«, »Engel«. Und was hätte er jetzt auch noch mit ihr besprechen sollen, wo sie doch so oft miteinander Nachrichten austauschten und jeden dritten Abend telefonierten. Außerdem waren andere Menschen dabei, sie hätten also ohnehin nicht frei reden können. Doch trotz dieser ganzen Argumente, die sie in ihrem Kopf wägte, blieb ein herber Nachgeschmack. Er hatte ihr ja nicht einmal in die Augen geschaut, fast so, als wäre sie ihm egal! Doch diesen Gedanken wischte sie schnell beiseite, das konnte nur der Teufel sein, der da versuchte, sich in ihrem Kopf einzunisten, nein, nein, nein, dachte sie, das kann gar nicht sein. Saed liebte sie, mit einer so reinen und aufrichtigen Liebe, wie sie es nie zuvor gesehen oder gehört hatte. Es war falsch, dem Teufel Gehör zu schenken. Sie nahm ihr Gebetbuch aus dem Regal und setzte sich Baran und Dilara gegenüber, die wie zwei kleine erwartungsvolle Kinder auf ihrem Bett hockten.

»Ich lese euch jetzt etwas vor, wenn ihr dazu Fragen habt, könnt ihr mich gern unterbrechen. Die Gebete gebe ich euch mit, dann könnt ihr sie ablesen.

Ein Hadith besagt: Nimm deine Braut in der Nacht zu ihrem neuen Zuhause. Wenn die Braut den Raum betritt, dann wird dem Bräutigam empfohlen, ihr die Schuhe auszuziehen, ihre Füße (in einem Waschbecken) zu waschen und dann das Wasser im Raum zu streuen.

Danach soll er die rituelle Gebetswaschung (Wudhu') vollziehen und ein Sunna-Gebet, bestehend aus zwei Ra'akat verrichten und folgendes Du'a rezitieren: O Allah! Segne mich mit deiner Warmherzigkeit, deiner Liebe und deiner Annahme von mir. Und mache mich froh mit ihr und bring uns gemeinsam in die beste Form der Vereinigung und in absolute Übereinstimmung. Wahrlich, du liebst die erlaubten Dinge und lehnst die unerlaubten Dinge ab.

Allahummar zuqni ilfahaa wa wuddaha wa riz"aaha bi; warz"ini biha, wa-ajma' baynana bi ah'sane ijtimaa'in wa anasi i-tilafin; fa innaka tuh'ibbul h'alaala wa tukrihul h'araam.

Danach sollte er seine Ehefrau auffordern, die rituelle Gebetswaschung (Wudhu') zu vollziehen und ein Sunna-Gebet, bestehend aus zwei Ra'akat zu verrichten.

Wenn beide bereit sind, zu Bett zu gehen, dann soll der Bräutigam seine Hand auf die Stirn seiner Braut legen und folgendes Bittgebet (Du'a) in Richtung Qiblah (Ka'aba) rezitieren: O Allah! Ich nahm sie als dein Vertrauen und ich habe sie durch deine Worte mir gegenüber erlaubt. Wenn du (swt) mir ein Kind von ihr verordnet hast, so segne ihn / sie und mache ihn / sie zu einem / einer Frommen aus dem Kreis der Anhänger der Ahlulbayt (a.); und lass nicht zu, dass der Satan ein Teil von ihm / ihr ist.

Allahumma bi amaanatika akhadhtuha wa bi kalimaatika is-tah'laltuha. Fa in qaz"ayta li minha waladan, faj-'alhu mubaarakan taqiyyan min Shi'ati Aal-i Muh'ammad (s'al-lal-laahu a'layhi wa aalihi wa sallam) wa laa taj-'al lish Shayt'aani fihi shirkan wa laa naseeba.

Wir haben zuverlässige Hadith (Überlieferungen), welche zeigen, an welchen Zeiten es gut ist, Geschlechtsverkehr zu haben:

1. *Sonntagnacht.*
2. *Montagnacht.*
3. *Mittwochnacht.*
4. *Donnerstagmittag.*
5. *Donnerstagnacht.*
6. *Freitagabend.*
7. *Wann immer die Frau will.*

Es ist für einen Mann Pflicht, alle vier Monate Geschlechtsverkehr mit seiner Frau zu haben. Dies zählt zu den ehelichen Rechten der Frau. Diese Verpflichtung bleibt bestehen, es sei denn es gibt eine Entschuldigung, oder die Frau verzichtet darauf.«

Baran lachte jetzt laut los, er hatte schon die ganze Zeit, während Nimet vorlas, immer wieder sein Lachen unterdrücken müssen, jetzt aber platzte es aus ihm heraus: »Sag mal, Nimet, glaubst du diesen Scheiß wirklich?«

Nimet schlug das Buch zu, wandte sich von den beiden ab und befahl ihnen, das Zimmer sofort zu verlassen. Dilara legte ihr Kopftuch ab und zog Baran, der immer noch lachte, mit sich aus dem Zimmer.

Nimet nahm ihren Gebetsteppich aus der Schublade und betete für das Gelingen der neuen Ehe und für ihre Schwester, dass diese Ehe sie glücklich machen, ihr einen Kindersegen bescheren möge und dass Dilara und Baran zu treu dienenden Muslimen werden würden. Sie bat Allah um all das, um was sie nun schon seit Monaten bat, doch bisher schien sich an der Unwissenheit der Menschen um sie herum nichts geändert zu haben. Eigentlich gehörte sie schon lange nicht mehr in diese Wohnung. Diese Welt war nicht mehr ihre.

Sibels Traum

Es war nicht blau, wie von Nour empfohlen, sondern weiß – das Kopftuch, das Nimet am nächsten Morgen trug. Noch in der Nacht hatte sie es aus ihrem alten Sommerkleid herausgeschnitten, das einst ein knöchellanges trägerloses Kleid aus einem leicht fallenden Viskosestoff gewesen war, der ihren Körper bei jedem Schritt kunstvoll umschmeichelt und ihr die Blicke vieler Leute eingetragen hatte. Das Kleid war ein Geschenk ihrer Mutter und noch vor zwei Jahren Nimets Sommer-Lieblingskleid gewesen, jetzt war es ihr erstes Kopftuch und für Sibel eine offene Provokation. Doch entgegen Nimets Erwartungen ließ die sich zu keinem Kommentar hinreißen, als ihre Tochter damit am Frühstückstisch erschien – zumindest zunächst nicht. Stattdessen fragte sie höflich: »Möchtest du Tee, mein Schatz?«

»Nein, ich faste.«

»Aber wir haben doch gar nicht Ramadan!«

In diesem Moment kam Dilara verschlafen aus ihrem Zimmer geschlurft, sie war erst gegen fünf nach Hause gekommen. Auch bei ihr hatte Sibel längst aufgegeben, kritisch nachzufragen, sie war mittlerweile schon froh, wenn ihre Töchter nachts überhaupt noch nach Hause kamen. Es war einfach zum Verzweifeln, was sie auch tat, ob sie streng war oder locker ließ, die Dinge schienen ihren Lauf zu nehmen, ohne dass sie Einfluss darauf hatte. Und dieser Lauf, ob es nun Dilaras Beziehung zu Baran war oder Nimets Hinwendung zu einem in Sibels Augen mittelalterlichen Islamverständnis, gefiel ihr nicht.

»Ich faste, weil ich mir von Allah etwas wünsche, und dafür muss ich auch bereit sein, etwas zu opfern.«

»Darf man fragen, was du dir wünschst?«, wollte Sibel wissen.

»Also, ich hätte ja kein Problem damit, es dir zu sagen, aber vielleicht wäre es Dilara nicht recht.«

Dilara hatte sich gerade mit einem Glas Tee an den Tisch gesetzt und warf ihrer Schwester einen giftigen Blick zu.

»Weißt du, Mama«, sagte Nimet, »lass mal, du würdest es sowieso nicht verstehen. Aber wenn du es unbedingt wissen willst, dann frag Dilara. Ich muss jetzt gehen, ich komme sonst zu spät zu dem Frauenseminar in unserer Moschee.«

Sibel schluckte ihren Zorn hinunter. Diese kühle schnippische Art ihrer Tochter machte sie verrückt, es schien überhaupt kein Herankommen mehr an Nimet zu geben. Nichts war geblieben von dem aufgeweckten Mädchen, mit dem sie am Wochenende Seifenopern geguckt, Börek gemacht und sich über den neusten Tratsch aus dem Viertel ausgetauscht hatte oder über Jungs, von denen Nimet ihr immer berichtet hatte, wenn mal wieder einer um ihre Aufmerksamkeit gebuhlt hatte. Ihre Tochter hatte ihr den Krieg erklärt.

»Sieht übrigens scheiße aus«, rief sie Nimet nach. Beide Töchter sahen ihre Mutter erschrocken an. »Ja, du hast schon richtig gehört, dein Kopftuch sieht scheiße aus«, setzte Sibel nach.

»Danke!«, erwiderte Nimet knapp, drehte sich um und knallte die Haustür hinter sich zu.

»Das hättest du dir jetzt sparen können, Mama. Sie ist doch so schon ganz verrückt.« Dilara schaute Sibel durchdringend und ein bisschen traurig an.

»Ja, genau, sie ist total verrückt geworden, dieses Mädchen ist verrückt, sie braucht einen Therapeuten.«

»Kann ja sein, Mama, aber so wie du es machst, ist es falsch, es macht alles nur noch schlimmer.«

»Und du? Warum redest du nicht mit ihr, ihr seid doch sonst immer so vertraut miteinander, ihr habt doch immer gegen mich zusammengehalten! Warum kannst du sie nicht zu einem Arzt oder Psychologen bringen?« Und bei diesen Worten fegte Sibel urplötzlich mit einer heftigen Armbewegung die Pfanne mit den Rühreiern vom Tisch, kauerte sich auf den Küchenboden und fing hemmungslos zu weinen an. Bailey kam tröstend angeschnurrt. Dilara aber war erschrocken. Das letzte Mal, als sie ihre Mutter so gesehen hatte, war beim Tod ihrer Großmutter gewesen. Und auch jetzt klang Sibels Wehklagen wie der Schmerz eines Menschen, der jemanden verloren hat. Sie scheuchte Bailey weg, hockte sich zu ihrer Mutter, nahm sie in den Arm und stimmte in das Weinen ein. Sie wollte nicht zulassen, dass alles auseinanderbrach, sie nahm sich innerlich vor, alles in ihrer Macht Stehende zu tun, um Nimet und Sibel wieder miteinander zu versöhnen.

»Mann, Mama, lass sie doch ihren Glauben leben, soll sie doch eine Heilige werden! Wir werden damit schon fertig, wir sind doch eine Familie, wir schaffen das!«

Sibel wischte sich mit dem Ärmel ihres Pullovers die Tränen aus dem Gesicht, nahm ihre große Tochter wie ein kleines Kind in den Arm, küsste sie auf die Wange und streichelte ihr Haar.

»Weißt du, Dilara, ihr seid doch mein Fleisch und Blut, ihr seid doch meine Kinder! Wenn ich dich anschaue, dann sehe ich meine kleine Dilara, wie sie als Fünfjährige vor mir steht und sich eine ganze Dose Niveacreme ins Gesicht geschmiert hat oder meine kleine Nimet, wie sie jeden Tag mit neuen blauen Flecken aus dem Kindergarten kommt, weil sie unbedingt immer überall hochklettern wollte.«

Dilara hatte aufgehört zu schluchzen und lächelte ihre Mutter an: »Mama, es tut mir so leid, dass wir dir immer Kummer bereiten, ich möchte nicht, dass du so unglücklich bist!«

»Ich bin doch keine schlechte Mutter, oder? Dilara, sag mir, bin ich eine schlechte Mutter?«

»Nein, du bist die beste Mutter, die man haben kann. Nimet sieht das genauso, sie ist zwar gerade voll scheiße drauf, aber eigentlich meint sie es nicht so. Ich weiß das, ich kenne sie doch. Alles wird wieder gut, Mama.«

»Ich habe Angst, dass sie geht.« Sibel flüsterte jetzt fast.

»Wohin denn?«

»Ich weiß nicht, aber ich habe letzte Nacht so schlecht geträumt. Von meiner Mutter. Sie hat ein Haus gebaut, in unserem alten Dorf in der Türkei. Alles ist schön und voller Blumen, und da ist ein Bett, nur ein Bett, es ist für Nimet, sagt meine Mutter. Und als ich hingehe, sehe ich, dass das Bett kein Bett ist, sondern ein Sarg. Aber es ist nicht Nimet, die darin liegt, es ist ein junger Mann, eingewickelt in ein Leichentuch! Ich will näher herangehen, um zu sehen, wer es ist, da fasst mich meine Mutter von hinten an die Schulter, sie will mir etwas sagen, aber ich verstehe es nicht. Und dann bin ich aufgewacht.«

»Vielleicht solltest du dir Schlaftabletten verschreiben lassen, dann schläft man besser und träumt nicht so viel.«

Der Frauengebetsraum war brechend voll, als Nimet und Nour zur kleinen Gemeinde kamen. Sie mussten an der Türschwelle Platz nehmen. Über ihren Häuptern hingen zwei große Lautsprecher, aus denen die Stimme eines Mannes ertönte.

»Was ist die größte aller Sünden? Die größte aller Sünden ist die Beigesellung Allahs.

Zitat: O mein Sohn, geselle Allah nichts an die Seite, wahrlich (ihm) etwas beizugesellen ist gewiss ein gewaltiges Unrecht.

Der Prophet wurde gefragt: Welche Sünde ist die größte? Er antwortete: Dass du Allah einen Partner beigesellst, obwohl Allah es ist, der dich erschaffen hat.

Wie lautet das Rechtsurteil des Islam über Gesetze, die dem Islam widersprechen?

Wenn man glaubt, dass es erlaubt ist, trotzdem nach ihnen zu handeln, dann gehört das zum großen Kufar. Und solange die Führer der Muslime nicht nach Allahs Buch urteilen und sich nur manches von dem aussuchen, was Allah herabgesandt hat, solange wird Allah Feindschaft und Spaltung zwischen ihnen zulassen.«

Nimet konnte ein Gähnen kaum unterdrücken, sie war müde, sie hatte das Gefühl, das alles nun schon hundertmal gehört zu haben. Am liebsten wäre sie jetzt zu Hause ins Bett unter ihre Decke gekrochen. Aber das wäre falsch. Sie blickte sich um und sah all die Frauen und Kinder, die gebannt dem Vortrag lauschten, doch sie konnte sich heute gar nicht konzentrieren. Der Streit mit Sibel hatte sie aus der Bahn geworfen, es ging ihr nicht gut, auch wenn sie sich das nicht eingestehen wollte. Der Gedanke an ihre Zukunft quälte sie. Dabei war doch eigentlich alles gut: Heute Abend würde sie die letzte Stunde in ihrem Erste-Hilfe-Kurs absolvieren und ihr Zertifikat bekommen. Sie musste sich jetzt einfach nur immer wieder daran erinnern, dass es schließlich ein Leben ohne Abitur und Arbeit gab. Der Moment der Schwäche, der sie überfallen hatte, würde schon wieder vergehen.

Überhaupt, was war denn schon so verlockend an diesem westlichen Leben, das aus dem Menschen ein Wesen machte, das nur von Dingen bestimmt war, das in den ewigen Kreislauf von Produzieren und Konsumieren eingespannt war? Das hatte sie bei einem der letzten Vorträge in der Gemeinde gelernt, und es hatte ihr die Augen geöffnet. Sollte das alles gewesen sein, sollte Allah uns tatsächlich dafür erschaffen haben, dass wir Geld verdienen, es ausgeben und dann neues verdienen? Sollte Er uns zu diesem ewigen Tun bestimmt haben, das darüber hinaus die ganze schöne Erde zerstörte? Nein, das konnte nicht der Sinn des Lebens sein! Mochte sie selbst früher auch von einem eigenen Haus und einem Auto geträumt haben – heute verabscheute sie solche oberflächlichen Bedürfnisse. Menschlichkeit und Wärme, das war es, was man brauchte, um glücklich zu sein. Eine Gemeinschaft, in der man sich aufgehoben fühlte, zu jeder Zeit und in jeder Lebenslage. Wenn sie an die Tage dachte, die sie früher manchmal, in Trübsinn versunken, im Bett verbracht hatte, dann grauste es sie.

Plötzlich legte jemand den Arm um sie, Soraya kniete neben ihr. »Ich weiß, wie schwer es ist, Nimet. Du wirst das überstehen, wirst schon sehen. Deine Mutter wird dich immer lieben, und wer weiß, vielleicht wird sie dich irgendwann auch so akzeptieren, wie du bist.«

Nimet war erschrocken: Woher konnte Soraya ahnen, was in ihr vorging? Nur Nour kannte ihre Konflikte mit Sibel. Dass sie Soraya und Amina darüber ständig auf dem Laufenden hielt, weil sie Nimet noch nicht für so gefestigt erachtete, um alle Prüfungen Allahs zu bestehen, konnte Nimet nicht wissen. Nour war erfahren genug, um zu erkennen, dass Unsicherheit schnell dazu führen konnte, dem Glauben und damit dem richtigen Weg den Rücken zuzukehren; zu verlockend war es, sich wieder in die Arme der Familie fallen zu lassen, die am Ende alles verzeihen und vergessen würde, wenn man nur bereit war, Besserung zu geloben. Aber Allah wollte es offenbar, dass Sibel alles falsch machte, was eine Mutter in einer solchen Situation nur falsch machen konnte, sie war eben schwach. Und das ließ Nour triumphieren: Am Ende würde sie die wichtigere Person in Nimets Leben sein.

»Manchmal muss man gehen, um dann wieder zu seiner Familie zurückzufinden«, flüsterte Soraya Nimet ins Ohr. »Nächste Woche hat meine Oma Geburtstag, und sie hat sich gewünscht, mich wiederzusehen. Ich habe sie seit einem Jahr nicht mehr besucht, nicht einmal dann, als es ihr richtig schlecht ging. Aber Allah hat es so gewollt, er hat sie wieder gesund werden lassen, er hat meine Gebete erhört, und nächste Woche gehe ich zu ihr. Mein Mann sagt, es ist gut so. Sei nicht traurig, Nimet, solange du Allahs Weg folgst, werden dir alle Türen offenstehen, alles ist gut so, wie es ist – hamdulillah.«

»Du hast es leicht, dein Mann ist bei dir«, entgegnete Nimet.

»Und du? Was hält dich hier? Du solltest bei ihm sein!«

»Wie soll das gehen? Wir sind doch nicht verheiratet. Ich habe ihm noch nicht einmal in die Augen sehen können.«

»Nour hat mir ein bisschen von euch erzählt, sie freut sich so über euer Glück. Ihr habt eine so reine Liebe. Siehst du, du hast ihn noch nicht einmal gesehen und weißt dennoch, dass er dein Mann ist, oder?«

»Ja.«

»Danke Gott für dieses große Geschenk. Denn das ist die einzig wahre Liebe, das ist eine Liebe mit Iman, unter Allahs Schutz. Worauf wartest du? Es ist alles perfekt.«

Bei Sorayas letzten Worten versiegte auch die Stimme des Vortragenden aus den Lautsprechern, und in der Frauenloge begann ein munteres Geplapper und Gewusel. Kinder, die eben noch still bei ihren Müttern gesessen hatten, rannten jetzt kreischend und tobend über den Teppich. Und die Frauen machten sich daran, das gemeinsame Abendbrot zuzubereiten.

Nimet war erleichtert, dieses lebendige Treiben tat ihrer Seele gut. Sie raffte sich auf und ging in die Küche, um zu helfen. Sie war jetzt ein Teil dieser wunderbaren Gemeinschaft, fast alle Frauen aus der Küche kannten inzwischen ihren Namen und behandelten sie wie ein Familienmitglied. Es hatte nur wenige Wochen gedauert, von ihrem ersten schüchternen Besuch in der Gemeinde bis heute, aber Nimet fühlte sich, als gehörte sie immer schon dazu.

Das Abendessen sollte etwas Besonderes werden. Nour hatte dafür gesorgt, dass eine Gruppe syrischer Flüchtlingsfrauen mit ihren Kindern eingeladen worden war, und der arabische Fleischer um die Ecke hatte zehn Kilo Hähnchenkeulen gespendet. Die zwei Backöfen liefen auf Hochtouren.

»Das erlebst du in keiner Kirche! Allah sei Dank haben wir heute ein Festmahl für all die armen Menschen«, freute sich Nour.

»Meine Schwester sagt, die Menschen fliehen vor dem IS – unsere Flüchtlinge auch? Sind die vor dem IS geflohen?«, fragte Nimet, die Nour dabei half, das Geflügel zu würzen.

»Deine Schwester sieht leider nur deutsche Nachrichten, das ist das Problem, mein Schatz. Glaubst du wirklich, die Menschen würden Schutz in Allahs Haus suchen, wenn sie vor ihren Brüdern und Schwestern geflohen sind?«

»Ich habe es auch nicht so ganz verstanden. Aber Dilara hat mir ein Hinrichtungsvideo gezeigt, IS-Kämpfer köpfen Menschen! Kann das sein?«

»Ja, ja, um unserem Glauben zu schaden, scheuen sie keine Mühe! Was sagt denn Saed dazu? Hast du mit ihm darüber gesprochen?«

»Nein, das möchte ich auch nicht, er hat schließlich Freunde im Krieg verloren.«

»Siehst du! Glaubst du wirklich, dein Mann – entschuldige, dein Verlobter – würde mit Menschen befreundet sein, die Unrechtes tun?«

»Du hast recht. Mein Kopf ist in letzter Zeit so durcheinander!«

»Dann denk lieber nicht über solche Sachen nach! Und besser auch, du redest mit Dilara gar nicht mehr darüber, bete lieber für sie! Und bring bitte den Sack Kartoffeln dort zum Waschen, unsere Gäste könnten bald kommen.«

Mehr als dreißig Frauen und Kinder kamen, um mit ihnen zu essen. Danach wurde gebetet und gemeinsam aufgeräumt. Nimet sah ein neues Gesicht in der Runde, das junge

Mädchen mit dem grünen Schleier hatte sie den ganzen Abend übersehen. Von hinten sah es aus wie ein Kind, erst als es sich umdrehte, konnte Nimet erkennen, dass es eine blutjunge Frau war.

»Nour, wer ist das?«

»Das ist Yvonne. Sie ist neu bei uns, sie möchte mit den Flüchtlingskindern arbeiten. Süß, oder? Sie sieht selbst noch aus wie ein Kind.«

»Ist sie eine Deutsche?«

Nour rief Yvonne zu sich, stellte sie und Nimet einander vor und bat Nimet, Yvonne dabei zu helfen, sich in der Gemeinde zurechtzufinden.

»Schwester Nour, ich hab noch eine Frage«, sagte Yvonne.

»Du kannst morgen wieder so um drei kommen.«

»Nein, nein, ich wollte etwas ganz anderes wissen. Warum sollen wir diese Menschen in den Koranunterricht holen, sie sind doch Muslime, sie kommen doch aus einem muslimischen Land.«

»Eben, genau deswegen«, antwortete Nour leicht ungeduldig.

»Ja, Yvonne, genau deswegen«, fiel Nimet jetzt ein. »Stell dir vor, du kommst in ein fremdes Land, und da leben nicht nur Muslime, sondern auch andere, Ungläubige. Vorher hast du nur unter Muslimen gelebt, da war es normal, dass man betet und in die Moschee geht, aber plötzlich bist du mit ganz anderen Menschen zusammen, Menschen, die Allah vergessen haben. Wenn du schwach bist, wirst du wie sie. Du hörst auf, an Allah zu denken, irgendwann hörst du vielleicht sogar auf zu glauben. Die Verlockungen des Seytan sind hier groß, man muss die Menschen davor bewahren.«

»Danke, mein Schatz, du hast es so gut erklärt, besser

könnte ich es auch nicht«, sagte Nour. »Yvonne soll jetzt aber bitte nicht denken, sie müsste sich für die Frage schämen. Im Gegenteil, Yvonne, ich bitte dich, stell jede Frage, die du magst, dafür sind wir doch da! Es ist besser, du fragst uns, anstatt dir deine eigenen Gedanken zu machen und am Ende etwas Falsches zu glauben.«

»Hamdulillah, Schwester Nour, du bist für mich wie eine richtige Schwester.«

»Ich *bin* deine richtige Schwester, aber das wirst du, inschallah, noch kapieren, du bist ja noch so jung.«

Während Nour mit Yvonne sprach, hatte sie aus den Augenwinkeln registriert, dass Nimet müde und traurig wirkte. Sie bot ihr ihre Couch an, damit Nimet nicht allein nach Hause gehen musste, doch Nimet hatte das Bedürfnis, allein zu sein. Sie wollte es Saed heute sagen. Er sollte es jetzt wissen, sie würde bald bei ihm sein. Nur wie, darüber hatte sie sich noch keine Gedanken gemacht.

Auf dem Heimweg fuhr ein Auto dicht und langsam neben ihr die sonst leere Straße entlang. Nimet fröstelte. Was, wenn Typen darin waren, die sie ins Auto zerrten, oder wenn es einfach nur einer war, der sie blöd anmachte, weil sie ein Kopftuch trug, so wie es viele andere Frauen aus der Gemeinde bereits erlebt hatten. Sie beschleunigte den Schritt. Das Auto überholte sie, hielt an, und auf der Beifahrerseite erkannte Nimet Cayenne, die mit ihrer Mutter im Auto saß.

»Komm, Nimet, wir fahren dich nach Hause. Du gehst doch nach Hause, oder?«, rief Cayenne ihr durch das heruntergekurbelte Fenster zu.

Nimet nickte schüchtern, es schien ihr nicht angebracht,

das Angebot abzulehnen. Warum auch? Cayenne hatte ihr nichts getan, es gab keinen Streit mit ihr, und auch wenn zwischen ihnen viel Unausgesprochenes war, so würde Cayenne sie bestimmt nicht mit unangenehmen Fragen nerven. Sie überlegte noch einen kurzen Moment, ob irgendetwas in religiöser Hinsicht dagegen sprach einzusteigen, aber ihr fiel nichts ein, es war schließlich kein Mann im Auto. Wie sagte Nour immer? Solange du standhaft bleibst, nutze den Kontakt zu den Kufar, um ihnen zu zeigen, wie schön ein Leben im Einklang mit Allah ist.

Oh, die ihr glaubt, nehmt euch nicht die zu Freunden – unter jenen, denen vor euch die Schrift gegeben ward, und den Ungläubigen –, die mit eurem Glauben Spott und Scherz treiben. Nimet war selbst überrascht, dass sie sich so genau an den Wortlaut dieser Sure über den Umgang mit Ungläubigen erinnerte. Wenn sie so weitermachte, könnte sie etliche Suren bald ganz frei zitieren, und diese Vorstellung erfüllte sie mit Stolz.

»Danke, aber ihr müsst mich nicht bis vor die Tür fahren, ich kann bei euch aussteigen.« Nimet stieg ins Auto.

»So ein Quatsch«, meinte Sabina. »Natürlich fahren wir dich nach Hause, bist doch unsere verschollene Tochter.« Sie sah Nimet durch den Rückspiegel in die Augen und zwinkerte ihr zu, in der Hoffnung, nichts Falsches gesagt zu haben.

»Wieso verschollen? Ich war die ganze Zeit in Berlin.«

Cayenne drehte sich zu ihrer Freundin um und fing an, mit ihr zu plaudern, als ob nichts gewesen wäre.

»Frau Schaller hat mir 'ne fünf in Mathe reingeknallt. Ich muss jetzt vielleicht das Jahr wiederholen.«

»Es gibt Schlimmeres.«

»Hab ich mir auch gedacht, und dann dachte ich, frag doch mal Nimet, wie's um ihre Versetzung steht. Ich meine, das klingt jetzt vielleicht scheiße, aber mit deinen Fehltagen bleibst du vielleicht auch noch ein Jahr länger. Cooler geht's nicht, dachte ich mir.«

»Ich gehe nicht mehr zur Schule.«

»Wie? Du lässt die Schule einfach sausen?«, fragte Sabina entgeistert.

»Ich brauch das alles nicht. Es gibt Wichtigeres.«

Während sie sprach, blickte sie starr aus dem Fenster. Cayenne war ihr noch immer zugewandt, aber Nimet wollte ihre Freundin nicht ansehen, sie fürchtete sich davor, schwach zu werden und sich womöglich auf mehr als diese kurze Autofahrt einzulassen. Und als ob sie es geahnt hätte, kam auch schon das Angebot von Sabina: »Du kannst doch noch auf einen Tee mitkommen, und ich fahr dich danach nach Hause.«

»Oder ich laufe mit dir das Stück, dann können wir noch ein bisschen quatschen«, ergänzte Cayenne.

Ausweglos: Jetzt gab es für Nimet keine glaubwürdige Ausrede mehr. Warum sollte Cayenne sie auch nicht ein Stück begleiten, es wäre eine gute Gelegenheit, ihr etwas über Allahs Botschaft zu erzählen. Wie hatte Nour ihr erklärt? Wenn du in einer unangenehmen Situation bist, denke an Ihn, solange du fest an Ihn glaubst, kann dich nichts und niemand erschüttern. Er ist die Antwort auf alle Fragen.

Nimet atmete zufrieden durch, ein Lächeln breitete sich auf ihrem Gesicht aus. Ohne es zu merken, hatte sie es übernommen, dieses selbstzufriedene Lächeln der Überheblichkeit, das sie anfänglich an Nour so abgestoßen hatte.

»Ja, lass uns laufen!« Und schon stieg Nimet aus und verabschiedete sich von Sabina mit einem: »Möge Gott dich beschützen. Amin«. Dann gingen Cayenne und sie eine Weile schweigend nebeneinander her. Aber irgendwann konnte Cayenne nicht mehr an sich halten.

»Ich weiß, dass du keine Lust mehr hast, mich zu sehen. Aber ich bin nicht böse, echt nicht, ich versteh dich. Mama sagt, das ist so 'ne Phase, die hat jeder mal.«

»Es ist keine Phase, Cayenne, es ist das Richtige.«

»Sorry, ich wollte dich jetzt auch gar nicht irgendwie volllabern, ich wollte dir eigentlich nur sagen, dass ich für dich da bin. Egal wann, kannst dich immer bei mir melden.«

»Du auch. Ich bin auch für dich da, du musst es nur wollen. Ich würde mich sehr freuen, wenn du uns mal in der Gemeinde besuchst.«

»Django hat geheiratet.«

»Wer ist Django?« Jetzt erst sah Nimet, dass Cayenne mit den Tränen kämpfte.

»Mann, weißt du das wirklich nicht mehr? Der Typ, von dem ich dir jeden Tag erzählt habe, hast du das wirklich vergessen?«

»Bitte entschuldige! Ich weiß, dein Angebeteter. Aber Cayenne, vielleicht ist es besser so. Er war eben nicht der Richtige, sonst hätte es mit euch geklappt. Du hast eine andere Vorsehung, vertraue darauf, es wird der Richtige kommen.«

Cayenne musste grinsen: »Weißt du, Nimet, du klingst wie diese Sonntagsansprache, oder wie heißt das noch genau?«

»Das Wort zum Sonntag.«

Beide mussten jetzt lachen. Dann standen sie vor Nimets Haustür, Nimet nahm Cayenne in den Arm, drückte sie ganz fest, gab ihr einen Kuss auf die Wange und ließ sie mit einem »Möge dein Weg gesegnet sein« zurück. Beide ahnten, dass es ein Abschied für eine lange Zeit sein könnte. Vielleicht sogar für immer.

Als Nimet am nächsten Tag in die Gemeinde kam, gab es nur ein Thema unter den Frauen: Rania war nach Syrien gegangen! Die schöne Rania, die jeden Samstag den Frauenkreis im Schleierladen geleitet hatte, war gestern früh zu den Schwiegereltern gefahren, hatte ihre Kinder dort abgeladen und war ihrem Mann nachgereist, der seit Wochen schon verschwunden war.

»Das hätte ich ihr nicht zugetraut! Ich habe mich getäuscht. Schwester Rania hat mehr Iman als ich dachte. Maşallah.« Nour war beeindruckt.

»Maşallah«, pflichteten die umherstehenden Frauen Nour bei, und eine stimmte ein Gebet für Rania und ihren Mann an, die anderen fielen ein und murmelten Koransuren. Nimet verstand nichts und murmelte einfach mit.

Gleich frühmorgens hatte es Hausdurchsuchungen bei Verwandten und Bekannten von Rania gegeben, erzählte man sich in der Gemeinde. Die Frauen nannten das Hausfriedensbruch, weil es Durchsuchungen ohne Erlaubnis waren. Und zimperlich seien die Polizisten dabei nicht gewesen.

»Sie haben Ranias Schwester mit dem Kopf auf den Boden gedrückt, Subhanallah, sie machen, was sie wollen, wir haben keine Rechte!«, empörte sich eine Frau.

»Sie sind mit Hunden durch die ganze Wohnung gegangen und haben Ranias Mutter im Nachthemd mitgenommen, sie sind wie Schweine«, berichtete eine andere.

»Nicht *wie* Schweine«, wurde sie von Nour korrigiert, »sie *sind* Schweine!«

»Weiß jemand, wo Rania ist und wie es ihr geht?«, wollte Nimet wissen.

»Ist doch egal, wo sie ist, alles ist besser, als hier zu sein. Sie ist auf jeden Fall bei Menschen, die Iman haben, kann es etwas Besseres geben als das?« Alle nickten zustimmend.

»Wie ist sie gegangen?«, fragte Nimet ihre Freundin Nour. »Hat sie sich einfach ein Ticket gekauft? Oder was? Wie kommt man nach Syrien?«

Nour zwinkerte ihr grinsend zu: »Du willst wohl zu deinem Liebsten, was?«

»Der ist nicht in Syrien, sondern in der Türkei!« Saed hatte ihr vor einigen Tagen signalisiert, dass er wieder zurück sei von seiner Mission nach Syrien.

»Na, da kann man doch einfach hinfliegen. Syrien ist nicht so einfach, geht aber auch. Wo ein Wille ist, ist ein Weg. Hamdulillah.«

»Ich würde gern eine Weile bei dir wohnen, Nour, geht das?«

»Keine Frage. Schwester. Mein Haus ist dein Haus.«

»Du bist doch die Beste!«

»Amina kann dich später fahren, dann brauchst du deine Sachen nicht schleppen. Aber jetzt müssen wir erst einmal Vorhänge nähen. Kannst du nähen?«

»Geht so. Mit einer Nähmaschine hab ich es zumindest schon mal gemacht. Was für Vorhänge wollt ihr nähen?«

»Für unseren neuen Kindergarten. Inschallah, können wir ihn schon nächste Woche aufmachen. Ich hab dich schon als Hilfskraft eingetragen, ist nicht sicher, ob sie noch jemanden brauchen, aber ich dachte, es kann nicht schaden, wenn du schon mal auf der Liste stehst. Als Minijob.«

Er tötet Menschen

Seit Tagen hatte eine seltsame innere Unruhe von Nimet Besitz ergriffen, sie hatte Mühe, den Gesprächen der Frauen noch zu folgen, wenn sie mit Nour in der Gemeinde war. Ihre Gedanken kreisten um das Für und Wider einer Reise ins Ungewisse. Sollte sie all ihren Mut zusammennehmen und Saed zumindest für die Dauer eines Urlaubs einen Besuch abstatten? Und wenn ja, würde sie ihn dann gleich heiraten müssen? Denn ohne dass sie verheiratet wären, wäre es wohl nicht richtig, mit ihm ein Zimmer zu teilen oder sogar das Bett, das würde er auch gar nicht wollen. Aber er würde auch nichts tun wollen, was sie nicht wollte. Denn in einem war sie sich sicher – wenn es jemanden gab, der Anstand hatte und immer auch an sie dachte, dann war es Saed, deshalb war er ja ihre große Liebe.

Aber selbst wenn sie sich für eine Reise zu ihm entscheiden würde, wie sollte sie das machen? Mit den 350 Euro, die sie von ihren letzten Geburtstagen und den Zuckerfesten zusammengespart hatte, würde sie nicht weit kommen. Er hatte ihr mitgeteilt, er sei in Hatay, das war im tiefsten Süden der Türkei, im Grenzgebiet zu Syrien. Nimet kannte sich dort nicht aus. Sie hatte noch nie von Hatay gehört, bis Saed es erwähnte. Er erzählte in letzter Zeit oft von irgendwelchen Städten, von denen Nimet noch nicht einmal die Namen kannte, mal sprach er von Adana, ein anderes Mal von Iskenderun, dann von Reyhanli, alles Orte im Süd-Osten der Türkei. Aber vielleicht wäre es ja gut, wenn sie dorthin ginge und alles kennenlernte, es wäre in gewisser Weise eine Reise zu ihren eigenen Wurzeln, schließlich kamen ihre Eltern aus der Türkei, zwar aus dem Westen, aber ihre Heimat war dann doch die Türkei in all ihrer Vielfalt.

Der Gedanke, als Erste ihrer Generation ein Land zu erkunden, über das selbst ihre Eltern nicht mehr wussten, als dass die Hauptstadt Ankara war, fühlte sich aufregend an. Erzählen würde sie ihnen nichts von ihren Plänen, sie war sich sicher, das Richtige zu tun, und für das Richtige brauchte es keine Rechtfertigung. Sibel würde ohnehin nicht zustimmen, womöglich würde sie sogar alles tun, um sie daran zu hindern, endlich zu Saed zu fahren. Sie war ja auch erst 17, noch drei Monate bis zu ihrem 18. Geburtstag. Letztes Jahr hatten sie den im »La Femme« am Kottbusser Damm in Kreuzberg gefeiert, einem türkischen Frühstückscafé, von dem Ali immer sagte, dort gebe es die besten Sesamringe der Stadt. War er es nicht gewesen, der sie damals, als sie den Tee auf Deutsch und nicht auf Türkisch bestellte, ermahnt hatte, sie dürfe nicht vergessen, woher sie komme? Nein, sie wollte das nicht vergessen, seit sie Saed kannte schon gar nicht. Und auch wenn Ali kein Verständnis für vieles in ihrem Leben hatte, irgendwann würde er doch stolz auf seine Tochter sein, denn sie würde ihm keine Schande machen.

»Am besten packst du heute, ohne dass deine Mutter etwas merkt«, sagte Nour. »Und bitte, lass niemanden wissen, dass du bei mir bist.«

Nimet gruselte ein bisschen vor Nour, konnte die Gedanken lesen? Sie starrte ihre Freundin verwundert an.

»Was guckst du so, Schätzchen, hast du nicht gesagt, dass du bei mir schlafen willst?«

»Ja, klar, 'tschuldigung, hatte ich grad ganz vergessen.«

»Ist ja schön, dass du so verliebt bist, aber ein bisschen musst du noch bei Verstand bleiben, oder muss ich mir Sorgen um dich machen?«

Sie fasste Nimet bei der Hand und kramte mit der anderen den Wohnungsschlüssel unter ihrem Schleier hervor.

»Im Kühlschrank steht frisches Börek, und ich hab eine supergute neue Haarspülung bei dm gefunden, die musst du mal testen, die macht das Haar wie Seide, Saed steht bestimmt nicht auf gesplisste Haare.«

Sie zupfte Nimet am Kopftuch und fuhr fort: »Ich weiß, du hast gerade viel Stress und dich deswegen ein bisschen gehenlassen. Mir ist das nicht entgangen. Aber vergiss nicht, dass du eine Frau bist und dazu noch eine Verlobte, du musst jederzeit bereit sein.«

»Danke, Nour, ich bin dir so unendlich dankbar.«

Als Nimet zu Hause ankam, war niemand da. In der Küche hatte jemand die Herdplatte angelassen, auf der die köchelnde Teekanne stand, das Wasser war fast ganz verdampft. Nimet setzte sich, goss sich ein kleines Glas ein und griff nach der Schachtel Gauloises, die auf dem Tisch lag. Bailey schlich um ihre Beine, und für einen Moment wurde Nimet traurig. In der Stille der dunklen Küche hörte man nur das Schnurren der Katze und das Ticken der alten Wanduhr, die sie noch aus Kindertagen kannte. Das war ihr Zuhause. Hier war es heute so ruhig und friedlich. Seit fast einer Woche hatte sie mit ihrer Mutter nicht ein Wort gewechselt. Nimet zögerte einen Moment und nahm dann doch eine Zigarette aus der Schachtel. Eigentlich rauchte sie ja nicht mehr. Sie konnte dem fahlen Geschmack von Zigaretten in ihrem Mund nichts mehr abgewinnen, und der Geruch von Zigarettenqualm oder, noch schlimmer, von vollen Aschenbechern war ihr immer stärker zuwider geworden. Jetzt aber tat es plötzlich gut, den Rauch bis in die Lungen zu inhalieren, es war ein Moment der Einkehr. Ungefähr so, vielleicht noch ein bisschen trauriger, musste sich ihre Mutter oft fühlen. Im Gegensatz zu ihr hatte Sibel wirklich wenig, worauf sie sich freuen konnte. Außer Bailey gab es eigentlich niemanden, von dem Nimet hätte sagen können, er oder sie liebt Sibel.

Da vibrierte ihr Handy.

Saed
Mein Morgenstern, ich wollte dich nur kurz wissen lassen, dass ich wieder für einige Tage vielleicht nicht erreichbar bin. Ein wichtiger Einsatz für Menschen. Ich melde mich, sobald ich kann.

Nimet
Ich wohne ab heute bei Nour.

Saed
Das ist eine kluge Entscheidung. Du bist so ein kluges Mädchen. Danke Schwester Nour in meinem Namen dafür. Möge Allah euch beschützen.

Nimet
Möge Allah dich beschützen. Lass mich bitte nicht zu lange auf eine Nachricht warten.

Doch Saed antwortete schon nicht mehr. Ich werde immer gut zu ihm sein, dachte sie, ich werde ihn glücklich machen, denn ich liebe diesen Mann seit dem Moment, als ich das erste Mal seine Stimme hörte. Sie drückte die Zigarette aus, streichelte entgegen ihrer Gewohnheit Bailey noch einige Male über den Rücken und raffte sich dann auf, um ein paar Sachen zusammenzupacken, nur das Nötigste für die Nacht bei Nour. Sie wollte weder ihrer Schwester noch ihrer Mutter über den Weg laufen.

Am nächsten Morgen erwachte sie auf Nours Sofa, ohne eine Nachricht von Saed auf dem Handy zu haben. Auch Sibel hatte nicht angerufen. Nur Dilara hatte ihr ein Foto zukommen lassen, auf dem sie und Baran zu sehen waren in einem türkischen Lokal mit einem festlich gedeckten Tisch, dazu ein Smiley. Sonst nichts. Eine unangenehme Leere breitete sich in ihrem Kopf aus. Dieses dauernde Warten auf Nachrichten von Saed machte sie ganz verrückt und immer handysüchtiger. Sie konnte Nour in der Küche hantieren hören. Nimet las noch einmal die letzten Nachrichten von Saed. Er würde ihr bestimmt bald schreiben, jeden Moment konnte eine Nachricht von ihm kommen, aber am besten dachte sie jetzt erst einmal gar nicht daran, sondern ließ sich von Nour mit einem frisch aufgebrühten schwarzen Tee mit Koriander, Nelken und Zimt verwöhnen. Nour machte den besten Tee, den Nimet je getrunken hatte.

Die Freundin stand in einem fast durchsichtigen Negligée am Herd, ihre langen Haare fielen offen bis auf die Hüfte. Sie war gerade dabei, Eier in eine Pfanne zu schlagen, in der bereits türkische Knoblauchwurst brutzelte. Ein appetitanregender Geruch zog durch die kleine Wohnküche, auf deren Mini-Sofa selbstgehäkelte Kissen akkurat aneinandergereiht waren. Alles blitzte und blinkte vor Sauberkeit, und auf dem schmalen Holztisch stand das Blumengeschirr, das Nour sich einst für ihre Hochzeit angeschafft hatte. Eine Hochzeit, die nie stattgefunden hatte und von der Nimet bis heute nicht wusste, ob es sich um ein Hirngespinst ihrer Freundin oder eine tatsächlich geplante Feier handelte. Vielleicht war jetzt der richtige Zeitpunkt, um danach zu fragen.

»Und? Hat sich deine Mutter schon gemeldet?«, fragte Nour.

»Nein.«

»Du klingst so traurig. Oder vermisst du etwa jetzt schon deine Familie, nach knapp zwölf Stunden?«

Sie rührte in der Pfanne und lachte dabei laut. Wie sie so da stand, ohne ihre übliche Verkleidung, wirkte sie auf Nimet ganz fremd. Noch nie hatte sie Nour so gesehen, fast nackt, dachte sie, und irgendwie war ihr das unangenehm. Sie wagte kaum hinzuschauen, doch Nour schien mit ihrem ungewöhnlich freizügigen Outfit kein Problem zu haben. Das Küchenfenster stand weit offen, und der Vorhang war zur Seite geschlagen – der Nachbar von Gegenüber, der immer Heavy Metal hörte und manchmal seine Freundin vermöbelte, hätte sie jederzeit so sehen können. Aber Nour schien das egal zu sein.

»Wolltest du eigentlich nie heiraten, Nour?«

»Ich war schon mal verheiratet.«

»Wie?«

»Er hat mich verlassen.«

»Du Arme. Davon hast du nie etwas erzählt!«

»Ist ja auch keine Erfolgsgeschichte. Aber immerhin waren wir vor Gott verheiratet, ich habe nicht in Sünde mit ihm gelebt. Und ich bin ihm dankbar, er hat mir die Schönheit des Islam gezeigt, hamdulillah.«

»Du bist seinetwegen konvertiert?«

»Nein, aus eigener Überzeugung. Aber er hat mir danach viel geholfen, es war eine große Liebe.«

Sie nahm sich einen Tee, sank auf den Stuhl nieder und seufzte.

»Was ist passiert?«, hakte Nimet nach.

»Er hat eine andere getroffen. Aber ich will eigentlich nicht darüber reden. Diese Episode in meinem Leben ist Vergangenheit. Ich habe das meiste auch schon vergessen.«

»Die Frauen in der Gemeinde erzählen immer wieder, dass du bei den jungen Männern sehr gefragt bist, sie sagen, Nour hat so viel Iman, sie ist eine so gute Muslimin – obwohl sie eine Deutsche ist. Ich glaube, dass viele dich sofort heiraten würden.«

Nour winkte kichernd ab.

»Ja, ja, das kenn ich alles, die wollen eine dienstbeflissene Sklavin für ihre Söhne, aber dazu habe ich keine Lust. Mir geht es doch gut, ich will nur einen Mann, der mehr drauf hat, als nur freitags in der Moschee zu beten und sich die Unterhosen von Mutti waschen zu lassen. Ich will einen echten Mudschaheddin, einen, der seine Frau wie eine Perle behandelt und bereit ist, für sie zu sterben. Einer der reiten, kämpfen und lieben kann wie unser Prophet, Friede und Gottes Segen sei mit ihm. Ich glaube, du hast Glück, ich glaube, Saed ist so einer!«

»Ich habe heute noch nichts von ihm gehört.«

»Er hat bestimmt wichtige Aufgaben, er wird sich schon melden.«

»Meinst du, er kämpft im Krieg? Ich habe ihn nie so direkt gefragt, aber jetzt mache ich mir Sorgen. Er scheint jetzt öfter in Syrien zu sein.«

Nour lachte schallend, warf mit einer eleganten Kopfbewegung ihre Mähne nach hinten und klopfte Nimet auf die Schulter. »Du Dummerchen! Glaubst du etwa, er ist dort zum Stricken? Na klar kämpft er, was sollte er auch sonst machen.«

»Er sagt, er kümmert sich um hilfsbedürftige Menschen.«

»Stimmt doch auch! Sie brauchen den Schutz unserer Männer, damit sie ihre Religion frei leben können, damit die Juden, Christen und alle anderen Ungläubigen es nicht schaffen, den Islam zu vernichten. Er kämpft für das Gute. Sag bloß, das wusstest du nicht?«

»Willst du damit sagen, dass er dabei auch Menschen tötet?«

»Im Krieg tötet jeder jeden! Wenn dein Liebster nicht gerade Brot an hungernde Kinder verteilt, wird er bestimmt nicht wegrennen, wenn Feinde im Anmarsch sind. Ja, Nimet, er tötet Menschen, Menschen, die es verdient haben zu sterben. Weil Allah ihm den Auftrag gibt. Oder findest du es besser, wenn wir uns von den Zionisten und ihren Speichelleckern abschlachten lassen? Wir sind im Krieg, guten Morgen, Darling!«

»Aber doch nicht wir hier. Wenn, dann die Menschen in Syrien!«

Nour sah Nimet jetzt scharf an. Schon eben hatte sie etwas ungehalten geklungen, jetzt aber konnte Nimet in ihren Augen den Ausdruck blanker Verachtung erkennen. Nour zog mit einer raschen Bewegung ihr Handy vom Ladekabel, tippte auf der Tastatur herum und drückte es dann

Nimet in die Hand. »Drück auf Play und schau es dir genau an!«

Nimet tat, was Nour wollte – und starrte entsetzt auf das Display. Als sie angewidert den Kopf wegdrehte und Nour das Handy entgegenstreckte, schrie Nour: »Du willst es nicht sehen, was?! Du bist zu feige, um es zu sehen! Während dein Mann die Ehre dieser Kinder rettet, fragst du, ob es richtig ist, dass er für die heilige Sache kämpft!«

Nour drückte wieder auf Play und hielt Nimet das Handy mit dem laufenden Video direkt vor die Augen. Es waren lauter weinende, schwerverletzte, sterbende Kinder auf den Bildern zu sehen, die mit ihren zerfetzten Gliedmaßen in Blutlachen lagen, zusammengeschnitten zu einem Video, das endlos wirkte.

Nimet liefen die Tränen übers Gesicht. »Ich schäme mich, ich habe das nicht so gemeint.«

Nour schaltete ihr Handy aus, ging wortlos ins Badezimmer, und als sie nach einigen Minuten voll verschleiert wiederkam, strahlte sie Nimet an, als wäre nichts geschehen.

»Hat doch seine Vorteile, wenn man sich den Männern auf der Straße nicht präsentieren muss, ein Zopf und gut isses.« Nour lachte bei diesen Worten wieder ihr einnehmendes Nour-Lachen, und Nimet war erleichtert. Der Verdacht, sie würde die Ideale ihres Liebsten nicht unterstützen, hatte sie sehr verunsichert. Sie wollte jetzt alles dransetzen, Nour zu zeigen, dass sie begriffen hatte, worum es ging.

Als sie beide kurz darauf das Haus verließen, nahm Nour sie auf der Straße in den Arm und sagte: »Am besten gehst du heute noch mal wieder nach Hause, damit Sibel nicht denkt, du bist verschwunden oder so. Trink einen Tee mit ihr, du wirst dabei nichts verlieren. Und nimm ein paar mehr Sachen von dort mit, damit du länger bei mir bleiben kannst. Außerdem: Du musst allzeit bereit sein, vielleicht braucht dein Liebster dich, und dann kann alles sehr schnell gehen. Aber streite dich bloß nicht mit deiner Mutter! Das macht dich nur traurig. Denk immer daran, dass Allah zu dir steht, egal, was deine Familie sagt, bleibe stark, meine schöne Schwester. Allah allein weiß, was richtig ist. Komm heute Abend ruhig wieder, wirst sehen, sie gewöhnen sich daran, dass du Abstand brauchst.«

Nour sollte recht behalten. Sibel und Dilara saßen vor dem Fernseher, als Nimet die Tür aufschloss. Beide blickten kurz zu ihr hinüber und versanken dann wieder in die türkische Kuppelshow, die gerade lief – eine Sendung, in der Männern wie Frauen, die geschieden, verwitwet oder noch nie verheiratet waren, unter den Augen von Millionen türkischen Fernsehzuschauern Singles vorgestellt wurden, um dann öffentlich das Für und Wider eines weiteren Kennenlernens abzuwägen.

»Hallo! Ich wollte nur schnell noch ein paar Sachen holen!«, rief Nimet zum Wohnzimmer hinüber.

Keine Reaktion. Sibel musste ihre Tochter gehört haben, aber es schien sie nicht sonderlich zu interessieren. Nimet ging in ihr Zimmer, setzte sich aufs Bett und starrte eine Weile auf ihr Handy. Seit 28 Stunden keine Nachricht von Saed! Mittlerweile hatte sie es doch nicht ausgehalten und ihm schon drei kleine Nachrichten zukommen lassen, keine war bisher angekommen. Vermutlich war er in einem Funkloch oder hatte das Handy nicht an, wie auch, wenn man im Kampf war, würde man wohl nicht unbedingt aufs Handy gucken. Saed würde bestimmt alles tun, um zu überleben, schließlich wartete eine junge Frau auf ihn. Auch wenn Nimet jetzt nachts nicht mehr ruhig schlafen konnte, weil die Angst um Saed ihr immer wieder böse Gedanken in den Kopf trieb, am Ende hörte sie auf ihr Bauchgefühl, und da überwog eindeutig die Gewissheit, dass sie bald die Frau eines echten Mudschaheddin sein würde.

Ein zaghaftes Klopfen an der Zimmertür, und dann kam Dilara herein, sie lächelte und setzte sich neben Nimet.

»Musst nicht so nachtragend sein, Schwesterlein, Mama hat es schon voll bereut, dass sie dich so gekränkt hat, wallah, sie hat gestern deswegen ziemlich geweint. Musst also nicht abhauen, sie meint, sie würde dich jetzt nicht mehr so anschreien, sie lässt dich in Ruhe.«

»Ist mir auch egal!«, antwortete Nimet kurz angebunden.

»Deine Schule hat angerufen. Du sollst dein Abgangszeugnis endlich abholen, es schmort da jetzt schon einige Zeit im Büro. Mach das mal, dann hast du was in der Hand.«

»Ja, Klopapier.«

»Nein, Mann, ey, du kannst dann trotzdem irgendwann noch mal weitermachen, wenn du Bock hast. Muss ja nicht jetzt sein, vielleicht später. Baran hat das auch so gemacht, und guck mal, jetzt macht er seinen MSA. Seit ich seine Frau bin, ist er ganz anders geworden.« Sie seufzte und strahlte Nimet dabei an. »Ich finde gut, was du machst. Du bist für mich ein richtiges Vorbild geworden, wallah. Früher dachte ich immer: ach, die kleine Nimet, aber jetzt kommt es mir so vor, als wärst du meine große Schwester. So, die Werbepause ist vorbei, mal gucken ob sie ihn nimmt – komm doch mitgucken, ist voll lustig!«

Nimet schüttelte nur den Kopf. Dilaras Handy vibrierte,

sie schaute auf das Display, kicherte dann und verließ das Zimmer, ohne eine Antwort von Nimet abzuwarten.

Zwei paar Jeans, zwei Pullover, drei T-Shirts, zwei BHs und eine Tüte mit Unterhosen und Socken, das Ladekabel und die 350 Euro. Und den Laptop, aber den ließ sie noch auf dem Schreibtisch stehen, da musste sie gleich noch einige Sachen löschen. Hatte sie an alles gedacht? Nimet stopfte die Sachen in einen Rucksack, ging aus ihrem Zimmer, zog sich im Flur die Schuhe an und wollte gerade ihre Jacke von der Garderobe nehmen, als sie die Hand ihrer Mutter auf der Schulter spürte. Sie drehte sich um und leistete keinen Widerstand, als Sibel sie in die Arme nahm.

»Hier, nimm das, ein bisschen Taschengeld. Ich bin dir nicht böse, versteh mich nicht falsch. Ich bin auch nur ein Mensch, wir alle machen Fehler. Wenn du etwas brauchst, sag mir Bescheid. Ich bin immer für dich da, du bist mein Kind, mein Leben.«

Sie drückte ihrer Tochter 50 Euro in die Hand, nahm sie noch einmal in den Arm und lächelte sie an.

»Mach dir keine Sorgen um mich, Mama.«

»Sag Nour schöne Grüße von uns, sie ist immer herzlich willkommen. Und bitte sag ihr, dass es mir leidtut, wenn ich sie gekränkt haben sollte, es ist nichts Falsches daran, an Allah zu glauben. Alles ist gut, mein Schatz.«

Nimet drückte ihrer Mutter einen Kuss auf die Wange und ging. Sibels Worte hatten sie erleichtert, jetzt musste sich nur noch Saed melden, und dann wäre ihre Welt wieder in Ordnung.

Ein Anruf

Es war ein trüber Novembernachmittag, der graue Himmel passte gut zu Nimets Sehnsucht. Sie machte sich auf den Weg zur Schule, um ihr Abgangszeugnis abzuholen. Dilara hatte vermutlich recht, irgendwann würde sie es vielleicht doch noch brauchen, und Saed hatte ihr schon vor Wochen geraten, alle wichtigen Unterlagen zusammenzusuchen. Für den Fall der Fälle. Sie wollte nur nicht anderen Schülern begegnen, am besten auch keinem Lehrer. Einfach ins Sekretariat und schnell wieder weg. Sie hatte keine Lust, irgendwelche Fragen zu beantworten, und es würde bestimmt Fragen geben, wo sie die ganze Zeit gewesen war, warum sie in den letzten Schulwochen gar nicht mehr gekommen war, nicht einmal zur Abschlussfeier und so weiter. Auch ihr Kopftuch würde für Aufsehen sorgen. Nein, das alles brauchte sie jetzt nicht, was sie jetzt brauchte, war Ruhe und eine Idee, wie es weitergehen könnte. Allah würde ihr den Weg weisen, nur Geduld.

Als sie die Schule betrat, war kaum jemand im Gebäude anzutreffen, sie hatte einen Zeitpunkt erwischt, an dem schon fast alle weg waren, nur noch das Büro war besetzt. Aber nicht einmal die Sekretärin war noch da, stattdessen eine Vertretung, die sie nicht kannte. Ihr Abgangszeugnis lag griffbereit, die Frau ließ sich den Ausweis zeigen, dann musste Nimet unterschreiben, und das war's.

So unspektakulär hatte sich Nimet ihren Abschied von der Schule nicht vorgestellt, sie war zufrieden, dass niemand ihr begegnet war und gleichzeitig kränkte es sie ein bisschen, so wenig beachtet zu werden, schließlich war sie doch eine der lautesten und diskussionsfreudigsten Schülerinnen gewesen. Zumindest hatte ihre Deutschlehrerin das immer wieder betont, und Nimet hatte es als Kompliment empfunden – jetzt war sie ein Niemand, vermutlich würde sich bald schon keiner mehr an sie erinnern. Unter ihren Freundinnen in der Gemeinde würde das nie passieren, das war eben der Unterschied zu dieser kalten deutschen Gesellschaft. Diese Deutschen waren einfach egoistisch und unfreundlich, nie würden sie verstehen, warum es im Leben Wichtigeres gab als gute Noten und einen Beruf, der viel Geld versprach.

Ihr Handy vibrierte, es war Nour.

»Wo bist du?«, wollte sie wissen.

»Schule.«

»Waaaaaas?«

»Hab mein Zeugnis geholt.«

»Ich komme heute erst spät, bin auf einem Seminar mit Yvonne, wollte dich eigentlich mitnehmen. Na ja, das nächste Mal. Warte zu Hause auf mich!«

Nimet beschlich ein Gefühl, als hätten alle sie im Stich gelassen. Aber auf die Frauen in der Gemeinde hatte sie jetzt auch keine Lust. Eigentlich wollte sie nur bei Saed sein, jede Sekunde musste sie an ihn denken. Dabei waren nicht einmal zwei Tage seit ihrem letzten Kontakt vergangen. Jetzt half nur noch eins: essen und fernsehen. Auf dem Weg zu Nour lief sie beim türkischen Supermarkt vorbei, kaufte von den 50 Euro, die ihre Mutter ihr gegeben hatte, Lammrippchen und Bulgur und beim Bäcker zwei große Stücke Torte. Heute Abend würde sie Nour mit einem Festmahl überraschen, und dieser Gedanke stimmte sie gleich fröhlicher. Ach ja, und die Himbeeren mit Sahne durfte sie nicht vergessen, sie wollte Saed doch Himbeereis machen, falls sie ihn besuchen würde. Die konnte sie am besten bei Nour im Kühlschrank einlagern. Zu Hause wäre sie vor Nachfragen nicht sicher.

Bei Nour angekommen zog sie die Vorhänge zu, nahm sich einen Teller voll Börek aus dem Kühlschrank, setzte sich vor den Fernseher und schlief ein. Sie wachte erst wieder auf, als Nour ihr mit dem Finger über die Wange strich.

»Na, meine Schöne, hast eingekauft, aber vergessen, das Fleisch in den Kühlschrank zu packen. Ich hab's gleich in die Pfanne gehauen.«

Auf dem Herd brutzelte es, und als Nimet verschlafen auf die Uhr an der Küchenwand schaute, sah sie, dass es bereits nach Mitternacht war. Sie griff nach ihrem Handy, doch statt einer Nachricht von Saed war da eine von Dilara.

Dilara

Guck mal Nachrichten, Paris, voll schlimm!

»Was ist in Paris passiert?«, fragte Nimet Nour.

»Allah hat sie bestraft, das ist passiert. Beten den Teufel an und wundern sich dann, dass er kommt!«

»Häh?«

»Es gab einen Anschlag, sie wissen zwar noch nichts Genaues, aber jetzt schon hetzen sie wieder gegen uns! Ist das nicht schlimm? Immer, wenn irgendwo auf der Welt etwas Schlimmes passiert, sollen wir es gewesen sein!«

Nimet las die Nachrichten auf ihrem Handy. Ein Anschlag mit vermutlich terroristischem Hintergrund, Tote und Verletzte, Paris im Ausnahmezustand. Nour nahm ihr das Handy aus der Hand, schaltete es aus und gab ihr stattdessen eine Zwiebel zum Schälen.

»Kannst du was für dich behalten?«, fragte sie Nimet in fast flüsterndem Ton, obwohl doch niemand außer ihnen beiden in der Wohnung war.

»Klar!«

»Ich habe heute mit Rania gechattet. Sie ist in Rakka, und es geht ihr gut.«

»Echt? Wie geht es ihrem Mann?«

»Alles gut, sie leben jetzt in einem großen Haus mit Garten, und du solltest mal die Natur dort sehen – diese Berge und dieses saubere Wasser! Sie hat mir Fotos geschickt. Hier, guck mal!«

Nimet sah sich die Bilder auf Nours Handy an: eine schwarz verschleierte Frau mit einem Gewehr über der Schulter, die in die Kamera blickte, nur zwei Augen waren zu erkennen. Dann ein Foto von einem Haus mit Garten, vor der Tür eine dicke weiße Katze und ein Jeep, daneben Ranias Mann mit der kleinen Tochter auf dem Arm, im rosa Kleid mit weißen Schleifen.

»Maşallah! Sie haben es richtig gemacht. Wenn ich einen Mann hätte, ich würde sofort gehen«, sagte Nour.

»Aber in Rakka ist doch Krieg!«

Nour legte den Kopf schief, nahm Nimet das Handy aus der Hand und grinste sie an. »Das bedeutet doch nicht, dass man da nicht gut leben kann! Unsere Männer verteidigen uns schon, Krieg bedeutet ja nicht, dass wir uns einfach abschlachten lassen. Im Gegenteil, wir haben schon viel erreicht in den letzten Monaten, wir haben jetzt ein eigenes Land, niemand kann uns was. Saed wird dir das schon noch erklären. Hat er sich gemeldet?«

Nimet schüttelte den Kopf, und es war unklar, ob es die Zwiebeln waren oder ihr Kummer um Saed, der ihr die Tränen in die Augen trieb.

»Sobald er sich meldet, helfe ich dir, zu ihm zu kommen, und wenn es das Letzte ist, was ich mache, mein Schatz. Kannst dein Handy ruhig wieder anmachen, lies bloß nicht diese verlogenen Nachrichten, das macht einen nur krank!« Als Nimet ihr Handy wieder einschaltete, war da ein »verpasster Anruf«, eine unterdrückte Nummer hatte versucht, sie zu erreichen.

»Mist, jetzt hab ich einen Anruf verpasst!«

»Sei doch zufrieden, das war bestimmt Saed, und er meldet sich garantiert gleich wieder.«

»Ja, kann sein, dass er es war, er ruft immer mit unterdrückter Nummer an.«

Aber in der Nacht rief niemand mehr an, keiner schickte eine SMS, und auch sonst gab es kein Lebenszeichen. Nour hatte ordentlich aufgetischt, aber Nimet hatte nichts essen können, sie blieb wach bis zum frühen Morgen, immer wieder starrte sie auf ihr Handy. Nichts. Gerade als sie auf dem Küchensofa endlich wegdämmerte, klingelte ihr Handy.

»Saed!«

Am anderen Ende der Leitung meldete sich eine fremde Männerstimme, zunächst auf Arabisch, dann auf Englisch: »You are Nimet?«

»Yes.«

»Saed is in injured, sister, he is in the hospital. You have to come right now, he needs you. Here. I give you a number for more information. Wait.«

Nimet hörte, wie der Mann mit jemandem auf Arabisch etwas besprach, dann wandte sich die Stimme wieder ihr zu.

»Sister Nimet?«

»Yes.«

»You speak German?«

Nimets Herz klopfte heftig, ihre Hände zitterten, und am liebsten hätte sie ihren Tränen jetzt freien Lauf gelassen, doch dann hätte sie vermutlich nichts mehr von dem verstanden, was der Mann sagte. Wieder verging eine Minute, ohne dass jemand mit ihr sprach, wieder hörte sie, wie im Hintergrund arabische Männerstimmen durcheinander sprachen. Dann plötzlich eine andere Stimme: »Schwester Nimet?«

»Ja!«

»Dein Mann ist verwundet, er wird versorgt, aber er will, dass du kommst.«

»Wie geht es ihm? Kann ich mit ihm sprechen?«

Jetzt weinte sie doch. Aber es war egal, jetzt musste sie sich nicht mehr angestrengt konzentrieren, um in notdürftigem Englisch zu antworten. Nour war inzwischen von Nimets aufgeregter Stimme geweckt worden und hatte im Nachthemd neben ihr Platz genommen, den Arm um Nimets Schulter.

»Kannst du dir eine Nummer merken?«, fragte die Stimme jetzt.

»Ich gebe das Telefon meiner Schwester, sie kann sich die Nummer merken«, wimmerte Nimet und drückte Nour ihr Handy in die Hand, die sofort in fließendem Arabisch hineinsprach. Das Gespräch war kurz, Nour nahm ihr Handy, tippte eine Nummer ein, während sie sich von dem Mann am anderen Ende der Leitung verabschiedete.

»Was ist? Was hat er gesagt?«, wollte Nimet wissen.

»Alles gut, mein Schatz, nichts Schlimmes. Saed lebt, es geht ihm gut, er ist im Krankenhaus und kann nur nicht sprechen.«

»Warum kann er nicht sprechen, wenn es ihm gutgeht?«

»Ich weiß es doch auch nicht! Aber immerhin hat er den Leuten deine Nummer gegeben und darum gebeten, dass du kommst – es kann ihm also nicht so schlecht gehen. Willst du gehen?«

Nimet sah Nour hilflos an, schnäuzte sich die Nase und fragte mit zittriger Stimme: »Wohin denn?«

»Er meinte, du sollst in die Türkei fliegen, dort holt dich ein Mann ab und fährt dich mit dem Auto zu Saed. Er ist in Syrien.«

»Und wann soll ich kommen?«

»Na, ich denke, lieber gestern als heute, also sofort! Oder hast du noch was zu erledigen? Du hast doch alles, was du brauchst, bei dir.«

Nimet zitterte am ganzen Körper, Nour musste sie noch fester an sich drücken, bis sie sich endlich beruhigt hatte.

»Soll ich gehen? Was meinst du?«

»Ich möchte das nicht für dich entscheiden. Hör auf dein Herz, Allah wird dir das Richtige schon zeigen.«

»Ich gehe! Aber wie? Ich hab gar kein Geld.«

»Das soll nicht das Problem sein, Geld ist dazu da, um es im richtigen Moment auszugeben. Ich gebe dir was, und wenn ich alles richtig verstanden habe, dann hat Saed sowieso schon alles für dich bezahlt, also, er hat das Geld bereitgestellt für dein Ticket. Du musst nur Ja sagen, um alles Weitere kümmern sich Saeds Brüder.«

»Du musst mir helfen, ich kann das nicht alleine. Du musst mitkommen!«

»Das würde ich nur zu gern. Aber ich hab da keinen Mann, der auf mich wartet. Ich verspreche dir, ich werde nachkommen, ganz bestimmt.«

»Kannst du bitte für mich anrufen und sagen, dass ich kommen werde. Ich kann das alles nicht, ich bin zu aufgeregt.«

»Aber gewiss, mein Herz, ich kümmer mich um alles, mach dir keine Sorgen, schon bald ist alles wieder gut. Du wirst bei ihm sein, und dann schickst du mir Fotos von deiner Hochzeit, inschallah, mein Engel. Komm, ruh dich jetzt ein bisschen aus, und dann packen wir. Und ins Center müssen wir auch noch, du brauchst bestimmt noch ein paar Sachen von dm.«

Nour blieb beharrlich bei ihrer optimistischen Stimmung und schaffte es, Nimet auf andere Gedanken zu bringen.

Nach einer kurzen Ruhepause zogen die beiden los. Die aufgeregte Stimmung war verflogen, sie schlenderten durch ein paar Geschäfte, probierten Kleider an und testeten Parfüms, fast so, als würde es sich um ganz gewöhnliche Urlaubsvorbereitungen handeln. Für Nimet fühlte sich das an wie früher, als sie manchmal mit Cayenne die Schule geschwänzt und einfach im Einkaufscenter abgehangen hatte.

Ihr fiel auf, dass sich das Center in den letzten Monaten verändert hatte. Seit Anfang des Sommers war sie nicht mehr da gewesen. Jetzt gab es hier noch mehr Arabisch sprechende Menschen als bei ihrem letzten Besuch. Männer mit Kinnbärten und Gebetskappen standen in Gruppen zusammen, schwarz verschleierte Frauen schoben Kinderwagen durch die Gänge, und auch die Kopftücher hatten zugenommen. Sie fiel hier gar nicht mehr auf und empfand das als angenehm. Sie war ein Teil dieser anders daherkommenden Menschen geworden, sie hatte in den letzten Monaten viel gelernt und wusste, wie eine gute Muslimin sich zu verhalten hatte. Sie würde in Syrien keine Probleme haben, davon war sie überzeugt, Hauptsache, Saed würde bald gesund werden, zu Hause würde sie dann seine Frau sein, mit offenen Haaren, schön und begehrenswert – eine aufregende Vorstellung.

»Bist du auf alles vorbereitet?«, fragte Nour.

»Wie meinst du das?«

»Na ja, ich meine, du wirst doch schließlich heiraten.«

»Er ist doch im Krankenhaus.«

»Du musst weiter denken, Schätzchen, am Ende sitzt du in deinem Gartenhaus, dein Mann will dir das Tuch vom Kopf nehmen, und du hast nicht mal eine Haarkur dabei. Ich glaube nicht, dass man in Rakka an jeder Ecke einen dm-Laden findet.«

»Du hast doch gesagt, so wenig wie möglich mitnehmen.«

»Ja, ja, aber ein paar Sachen sind für Frauen eben lebensnotwendig.« Sie hielt Nimet ein rosa Spitzen-Tanga-Höschen vor die Nase und grinste dabei.

»Das brauche ich nicht.«

»Na gut, aber einen Still-BH und ein paar Babyflaschen solltest du schon mitnehmen!«

»Waaaaas???«

»Ich habe doch mit Rania gechattet, sie hat mir aufgezählt, was wichtig ist und was man dort im Moment nicht gut kaufen kann. Aber keine Angst, du gehst nicht in eine arme Stadt – die haben dort bis auf ein paar Dinge alles.«

»Ich hatte nicht vor, gleich für immer zu bleiben!«

»Musst du ja auch nicht. Aber sicher ist sicher, und was du nicht brauchst, kannst du an andere Frauen verteilen, es gibt immer jemanden, der sich darüber freut. Wenn du mit deinen Eltern in die Türkei fliegst, nehmt ihr doch auch Gastgeschenke mit, oder?«

»Und wie machen wir das jetzt mit dem Ticket und so?«

»Ich hab schon alles geklärt, noch heute Nacht geht dein Flieger – toll nicht? So schnell geht das!«

Nimet fühlte sich überrumpelt: Warum hatte Nour ihr nichts gesagt? Klar war sie bereit zu gehen, aber dass ihr alles aus der Hand genommen wurde, behagte ihr nicht. Allerdings hatte sie selbst Nour gebeten, sich um alles zu kümmern, dann konnte sie jetzt auch keinen Rückzieher machen. Beruhig dich, dachte sie sich, beruhig dich, Nimet, vielleicht ist es nur gut, dass jetzt alles so schnell geht, vielleicht wäre längeres Warten unerträglich – ganz gewiss wäre es das.

»Ich muss dir noch was sagen«, sagte Nour und sah Nimet an, als wollte sie zu einer feierlichen Ansprache ansetzen: »Ich weiß, es wird dir nicht leichtfallen, aber du musst für die Reise dein Kopftuch ablegen, die Leute am Flughafen, hier und drüben, sollten am besten nicht mitkriegen, dass du Muslimin bist – ist nur eine Vorsichtsmaßnahme, die glauben doch, wir sind alle Terroristen!«

Nimet nickte. Tatsächlich störte sie der Gedanke, das Kopftuch abzunehmen, war sie doch in den letzten Tagen immer stolzer auf dieses Stück Stoff geworden, mit dem sie ein ganz anderer Mensch wurde. Das Tuch gab ihr Würde, mit offenen Haaren würde sie sich wie nackt fühlen – es war seltsam, aber sie hatte sich so daran gewöhnt, dass sie gar nicht mehr wusste, wie es war, ohne zu sein. Auch diesmal sah Nour ihr die Verunsicherung an und schob zur Beruhigung nach: »Saed würde es gut und richtig finden, es geht um deine Sicherheit.«

Nachdem Denis, Nours Bruder, sie in seinem verbeulten Fiat-Panda zum Flughafen gebracht und Nimet noch einen etwas wehmütigen Blick auf Berlin geworfen hatte, ging die Verabschiedung von Nour schnell. Sie drückte Nimet die Reisetasche in die Hand, hing ihr einen Brustbeutel mit 2000 Euro um den Hals, drückte ihr einen Kuss auf die Stirn und sagte: »Lass es uns schnell machen, wir wollen jetzt nicht weinen. Wir sehen uns eher wieder, als du denkst – wirst sehen, ist einfach nur ein großes Abenteuer. Möge Allah dich beschützen, ich bete für euch, für dich und Saed. Und nun geh, und vergiss nichts von dem, was ich dir gesagt habe. Du weißt noch, wie der Mann heißt, der dich abholt? Du hast dir sein Bild eingeprägt? Er wartet auf dich vor dem THY-Schalter. Er trägt eine rote Wollmütze, du wirst ihn nicht übersehen.«

Nimet antwortete mit einem Nicken.

»Hast du auch die Nummer für Notfälle im Kopf?«, insistierte Nour.

»Ja.«

»Sicher, dass du den Zettel vernichtet hast?«

»Ja.«

»Hast du deinen Laptop bei dir?«

»Scheiße, den hab ich vergessen!« Nimet erschrak. Nour wurde panisch: »Wo hast du ihn vergessen?«

»Zu Hause. Ich dachte, ich hätte ihn eingepackt, aber ich hab ihn tatsächlich auf meinem Schreibtisch stehen gelassen! Wie konnte ich so blöd sein!«

»Mist, das ist großer Mist, Nimet! Hast du immer alle Chats mit Saed gelöscht? Und die Mails? Er hatte dich doch immer wieder daran erinnert, Nimet, denk nach!«

»Ich glaube, ja.«

Nours Handy klingelte. Sie schaute kurz aufs Display und drückte den Anruf dann weg.

Nimet sah sie fragend an. »Irgendwas mit Saed?«

»Nein, das war nur Yvonne. Ich muss mich ein bisschen um sie kümmern. Sie ist verliebt.«

Dann wandte sie sich Nimet zu und sagte in entspanntem Ton: »Nun gut, alles ist, wie es ist – Allah wird uns beistehen.«

Sie nahm Nimet das Handy ab und drückte ihr ein neues in die Hand. »Jetzt geh, und wenn das hier klingelt, dann geh bitte ran.«

»Es tut mir so leid ...«

»Alles gut, ich hoffe nur, dass deine Familie dich nicht schon gleich hier wieder abfängt. Pass gut auf dich auf! Möge Allah deinen Weg ebnen, Amin.«

Sie drückte Nimet noch einmal kurz und heftig und ging dann mit schnellen Schritten davon. Nimet sah ihr noch eine Weile nach, doch Nour drehte sich nicht mehr um.

Reise ins Ungewisse

In der großen Glasfront sah Nimet jetzt ihr Spiegelbild: Enge Jeans, darüber ein langer dicker Anorak, die Haare offen über einem üppigem Schal, dazu ihre blauen Sneaker, das war sie, die alte Nimet. Eigentlich gar nicht so übel, fand sie, aber irgendwie auch kindisch, wie ein Schulmädchen. Eine erwartungsvolle Freude hatte ihre Angst um Saed verdrängt, und als sie ohne Probleme mit der gefälschten Vollmacht ihrer Eltern und einem Lächeln auf den Lippen durch die Passkontrolle ging, da fühlte sich ihre Flucht an wie die Reise in ein großes Abenteuer mit Happy End. So ist es also, frei zu sein, dachte sie und beobachtete die anderen Passagiere, Familien mit Kleinkindern, Paare, Junge und Alte, Berliner Türken, entgegen ihrer Erwartung fühlte sie sich kein bisschen einsam.

Nour hatte ihr, »zur Tarnung«, wie sie sagte, in letzter Minute noch ein Buch in die Hand gedrückt, »Aliyahs Flucht«, die Geschichte eines Mädchens, das vor einer drohenden Zwangsehe ihre Familie verlässt und flieht. Das Buch trug einen Schulstempel, es war, neben dem Koran, das einzige Buch in Nours Wohnung gewesen. Die Geschichte war so spannend, dass Nimet ihre eigene Reise während der Lektüre vergaß und ganz in das Leben einer jungen Frau eintauchte, die wie sie für ihr Recht auf ein selbstbestimmtes Leben kämpfte. Auch wenn ihre eigene Geschichte eine ganz andere war, fand sie doch viele Parallelen. Sind es am Ende unsere Eltern, die schuld daran sind, dass wir uns so schlecht fühlen? Wollen sie uns einfach nicht verstehen? Denken sie, wir müssten so sein wie sie? Diese drei Fragen schrieb sie mit Bleistift auf die letzte Seite des Buches, klappte es zu und schlief ein. Sie träumte von Saed, von Rania und von dem Haus mit Garten. Als sie aufwachte, befand sich das Flugzeug bereits im Landeanflug. Der Himmel über Istanbul war sternenklar, unten konnte Nimet die Lichter dieser großen Stadt erkennen.

Was hatte Nour noch gesagt? Von Istanbul aus mit dem Bus bis nach Adana, dort würde ein Mann sie abholen. Wie war noch mal dessen Nummer? Sie hatte alles noch im Kopf und war jetzt in der Türkei, weit weg von ihren Eltern, und auch die deutsche Polizei würde sie hier nicht so leicht finden. Wahrscheinlich gab es auch noch gar keine Vermisstenanzeige, ihre Mutter dachte doch, sie sei bei Nour. Alles war gut. Und so schrieb sie zur Sicherheit Nummern und Namen in ihr Buch.

Nach einer schnellen Passkontrolle stand sie da, einen Koffer hatte sie nicht, nur Handgepäck. Und da war er, der Mann mit der roten Mütze. Ihre Blicke kreuzten sich, er nickte und machte ihr ein Zeichen, zu ihm zu kommen. Der Mann war um die fünfzig, nannte sich Ahmet und sprach nur wenig. Er nahm Nimet die Tasche ab, wies ihr mit der Hand den Weg und sprach kein einziges Wort mehr, bis er sie zum Busbahnhof gebracht hatte und ihr knapp auf Türkisch noch einmal erklärte, wo sie aussteigen und auf wen sie da warten sollte. Dann ging er.

Die nächsten Stunden im Bus erschienen Nimet endlos. Neben ihr hatte ein dicker Mann Platz genommen, der nach

Zwiebeln roch und mit offenem Mund schnarchte. Der Morgen brach bereits an, und an ihr zogen türkische Landschaften und Städte vorbei, die sie noch nie zuvor gesehen hatte. Zwischenstopp an einem Rastplatz. Ein heißer schwarzer Tee und ein Börek. Der Wind fuhr ihr ins Haar, und eine Straßenkatze strich um ihre Beine. Sie würde sich auch eine Katze halten, das würde Sibel freuen, vielleicht würde sie sie Little Bailey nennen; sie würde Blumen pflanzen und Tomaten züchten und jeden Abend mit ihrer Familie skypen, und alle würden sehen, dass sie ein gutes Leben hatte. Es würde sich bis in ihre Schule herumsprechen, man würde sie beneiden, um ihre Freiheit und ihren Mut.

Und sobald Saed wieder gesund wäre, würden sie zusammen nach Berlin reisen, vielleicht würde es dann sogar noch eine große Hochzeit geben, ganz bestimmt würde es das sogar, ihr Vater würde das Gerede der Leute nicht beachten, es wäre ihm egal, was die anderen dachten. Es würde eine schöne Hochzeit werden, ganz anders als bei anderen, vielleicht auf einem Ausflugsdampfer, so wie die türkische Schulsozialarbeiterin geheiratet hatte, wie hieß sie gleich noch, ach ja, Meltem. Sie hatte ihren Schülern damals Fotos gezeigt, ein schönes Brautkleid hatte sie angehabt, mit entblößten Schultern und ohne viel Schnickschnack. So eins wollte Nimet auch tragen, mit einem Bolero darüber und einem weißen Tuch mit Perlen und Steinchen.

»Adana!«, rief die Stimme des Busfahrers, und der Mann, der eben noch laut geschnarcht hatte, wachte auf, zerrte panisch seine pralle Tasche unter dem Sitz hervor und presste sich durch die Sitzreihen nach vorn.

Ibrahim wartete schon auf Nimet. Er war jung und groß gewachsen und gesprächiger als Ahmet. Seine Blicke waren aufdringlich, und Nimet hatte Mühe, sich ihre Anspannung nicht anmerken zu lassen. Sie musste ihm vertrauen, schließlich war er ihr Helfer. Er sprach sie zuerst auf Arabisch an, dann in einem so schlechten Englisch, dass sie kein einziges Wort verstand und ihn auf Türkisch fragte, ob er nicht Türkisch sprechen könnte. Aber auch das klang bei ihm wie das eines kurdischen Dorfjungen, der es gerade erst gelernt hatte. Er lief dicht neben ihr und roch aufdringlich nach Schweiß.

Als seine Hand fast unmerklich, aber bestimmt nicht zufällig ihre berührte und sie ihren Arm schnell wegzog, wurde ihr bewusst, dass sie sich ausgeliefert hatte, dass es jetzt niemanden gab, der ihr helfen könnte, wenn Ibrahim sie nicht, wie verabredet, zu Saed fuhr. Wie hatte sie nur so naiv sein können? Sie kramte ihr Handy aus der Tasche in der Hoffnung, einen erlösenden Anruf von Saed oder wenigstens eine Nachricht von Nour vorzufinden, aber da war nichts.

Das Auto, das auf sie wartete, war ein Lastwagen mit einer großen Plane. Ibrahim wies Nimet an, hinten einzusteigen und unter die Plane zu kriechen. In dem dunklen Frachtraum kauerten bereits drei andere Frauen und ein kleines Mädchen stumm in einer Ecke hinter einem Stapel Säcke, deren Geruch Nimet erahnen ließ, dass sie mit Getreide gefüllt waren. Dann fuhren sie los.

Nimet sprach die Frauen auf Türkisch an, doch niemand verstand sie, bis eine der Frauen schließlich leise fragte: »You are from Turkey?«

»No, from Germany. And you?«

»We are from England«, und dabei zeigte sie auf die junge Frau, die neben ihr saß und ihre kleine Tochter im Arm hielt.

»And she is from France«, fuhr sie fort, auf die dritte Frau weisend, die gerade dabei war, sich einen Schleier über den Kopf zu ziehen.

»You don't have a scarf?«

Die anderen beiden Frauen sagten keinen Ton, nur die Älteste sprach. Nimet hatte nicht sofort auf ihre Frage reagiert, deswegen fragte sie zum zweiten Mal, diesmal mit Nachdruck: »Do you need a scarf??«

Nimet schüttelte eifrig den Kopf, kramte ihr rotes Tuch aus der Tasche und band es sich um. Der LKW rumpelte eine holprige Straße entlang, und Nimet suchte in dem Dunkel nach einem Funken Licht. Das Gespräch mit den Frauen erstarb, sie schienen auch nicht sonderlich an Kommunikation interessiert zu sein. Die Französin kramte in einer Tüte, zog eine Flasche Wasser heraus und reichte sie herum. Sie bot sie auch Nimet an, doch die lehnte dankend ab. Mit Wasser hatte sie sich eingedeckt, aber ein großer Hunger hatte sie inzwischen überfallen, und schließlich bat sie die Frauen um etwas zu essen. Die Französin reichte ihr ein Stück Brot.

Der Wagen hielt an. Die drei Frauen drückten sich noch dichter in die Ecke, die von der Laderampe des LKW nicht einzusehen war. Als Nimet nicht sofort folgte, zischte die Britin sie an. Nimet verstand zwar kein Wort, wusste aber, was gemeint war: Auch sie sollte sich hinter den Säcken verbergen. Nour hatte sie gewarnt – die Reise würde ihre Tücken haben und eine echte Herausforderung sein, das hätten Abenteuer nun einmal an sich. Nimet kroch also dichter an die drei anderen heran und presste ihren Körper, so gut es ging, hinter einen der Getreidesäcke. Nur nicht so laut atmen, dachte sie sich, nur nicht husten oder sich bewegen.

An der Rampe waren jetzt die Stimmen von zwei Männern zu hören, der eine musste Ibrahim sein, die andere Stimme war neu. Sie sprachen Arabisch, bis auf »Allah« verstand Nimet kein Wort. Dann hob jemand die Plane an und sagte in gebrochenem Englisch: »I leave you now, my friend will bring you. Inschallah.« Ibrahims Stimme. Aber noch bevor die Frauen ihn sehen konnten, hatte er die Plane schon wieder zugeschnürt und verschwand.

Nimet musste dringend auf die Toilette, aber schon war der LKW wieder in Bewegung und rumpelte weiter, diesmal in erheblich schnellerem Tempo als zuvor. Nimet bekam Angst, sogar unbeschreibliche Angst, einfach so aus heiterem Himmel, die Reise war auf einmal alles andere als eine Fahrt in die Freiheit. Sie hatte Hunger, konnte nicht auf die Toilette und wusste nicht einmal, wer da wie ein Henker am Steuer saß. Ibrahim hatte sie wie Vieh in den Wagen geladen und nicht gesagt, wie sie sich verhalten sollten.

Nimets Handy vibrierte, hektisch kramte sie es unter den neugierigen Blicken der anderen aus ihrer Tasche. Nein, nicht Saed, Nour war am anderen Ende. Fröhlich und redselig wie immer, fast so, als wäre Nimet nicht auf der dunklen Laderampe eines LKW auf dem Weg ins Nirgendwo, sondern irgendwo im Sommerurlaub.

»Und, Schätzchen, wo bist du, wie geht es dir?«, hörte sie Nours Stimme.

»Ich weiß nicht, wo ich bin.«

»Wie? Haben sie dich etwa erwischt?«

»Nein.«

»Puh, ein Glück! Ich fürchtete das schon, aber dann hättest du ja kein Handy mehr. Wo bist du denn?«

»Auf einem LKW, mit einigen anderen Frauen.«

»Na, dann ist doch alles prima, ihr seid also unterwegs.«

»Nein«, schluchzte Nimet, sie wusste aber auch nicht, wie sie Nour jetzt die ganze Situation auf die Schnelle erklären sollte.

»Hey, ist alles okay bei dir? Oder willst du lieber wieder nach Hause?«

Nimet hatte sich wieder gefasst: »Ich muss aufs Klo, und der Typ, der das Auto fährt, wird uns vermutlich gleich um den nächsten Baum wickeln! Ich kann nur hoffen, dass wir irgendwo wirklich ankommen. Kannst du jemanden anrufen, hast du Kontakt zu irgendwem?«

»Nein, ich hab nur die Nummern, die du auch hast. Aber sei jetzt geduldig, versuch durchzuhalten, wirst sehen, wenn du bei Saed bist, ist alles vergessen, glaub mir, inschallah! Es wird alles gut, bete, dann wird alles gut. Ich muss jetzt Schluss machen, Yvonne wartet, melde mich aber noch mal heute Abend. Deine Mutter hat noch nicht angerufen, alles gut hier – Hadi, tschüss!« Und damit legte sie auf, ohne Nimet noch einmal zu Wort kommen zu lassen.

Wenn sie nicht in zehn Minuten anhielten, dachte Nimet, würde sie sich in die Hosen machen. Sie hatte einen langen Anorak an, wenn sie sich dann noch einen Pulli um die Hüfte band, könnte sie es so kaschieren, dass niemand den Fleck in der Hose sah. Oder sollte sie sich einfach rasch die Hose runterziehen, auch auf die Gefahr hin, dass der Wagen in der nächsten Sekunde anhielt und ein Mann sie bei dieser Aktion erwischte? Wie peinlich und unangenehm jetzt alles wurde!

Doch Nimet hatte Glück, wenig später hielt das Fahrzeug endlich. Der Fahrer klopfte und rief auf English: »Little break – come out!«

Sanliurfa. Danach würden es nur noch drei Stunden sein, dann wären sie endlich am Ziel. Keine Grenzkontrollen, keine unangenehmen Überraschungen mehr.

Eine Frau bat Nimet und ihre Begleiterinnen auf Englisch auszusteigen. »Welcome to Rakka, may Allah bless you«, sagte sie und nahm das kleine Mädchen auf den Arm. »Please, come sisters!«

Sie liefen ihr nach bis zu einem baufälligen Haus, dessen Putz schon an so vielen Stellen abgebröckelt war, dass überall das Mauerwerk freilag. Kabel und Drähte hingen von der Decke im Treppenhaus, und ein Geruch von Kanalisation machte sich breit, der nicht mehr aus der Nase zu kriegen war.

Hier sollte es sein, hier war Saed? Nimet weigerte sich, das zu glauben. Am liebsten wäre sie wieder umgekehrt, in den LKW gestiegen und losgefahren. Es musste doch noch ein schöneres Rakka geben als diese staubige Straße, die jetzt vor ihr lag. Wo konnte sie Rania finden mit ihrem Haus, der Katze, den Bergen und dem Wasser? Als sie die Frau im schwarzen Schleier ansprechen wollte, zog die einen Schlüssel aus der Tasche und sagte nur: »Later. We will talk later!« Dann schloss sie eine schwere Eisentür auf, und vor ihren Augen lag ein heller, mit dicken Teppichen ausgelegter Raum. »Welcome home«, sagte die Frau, zog die Tür zu, schloss ab und zog sich den Schleier vom Gesicht. Sie war jung, die ist noch keine zwanzig, dachte Nimet, sie schien aber ganz nett zu sein, jedenfalls strahlte sie die Neuankömmlinge an und drückte jeder einen Kuss auf die Wange.

»Where is Saed? I want to see him«, sagte Nimet.

»You are from Germany?«

Nimet nickte.

»Sister Ayse will talk to you.«

Sie wies den Frauen ihre Zimmer zu. Es war, wie sich zeigte, keine große Wohnung, drei kleine Zimmer, ein winziges Bad und eine schmale Küche. Dann telefonierte sie kurz, und Nimet verstand, dass sie dabei Deutschland erwähnte.

»Sister Ayse will be here in thirty minutes. Wait!«

Nimets Begleiterinnen hatten offensichtlich weniger Probleme mit ihrem neuen Zuhause, die Britinnen fingen gleich an, ihre Sachen auszupacken und in der Küche Tee zu kochen, die Französin zog sich in ihr Zimmer zurück. Nimet legte ihre Tasche aufs Bett und verspürte einen großen Widerwillen, irgendetwas auszupacken, sie wollte sich nicht mit dem Gedanken abfinden, hier angekommen zu sein, sie musste doch zu Saed! Sie könnte doch auch im Krankenhaus schlafen, im Sitzen, auf einem Stuhl, völlig egal, nur nicht hier.

Als sie ans Fenster trat und den Vorhang zur Seite zog, um hinauszusehen, sah sie, dass die Außenjalousien heruntergelassen waren. Dicht neben dem Fensterrahmen befand sich eine Vorrichtung, die mit einem Schloss versehen war. Es musste der elektrische Schließmechanismus für die Rollläden sein, Nimet kannte das von dem kleinen Zeitungsladen in ihrer Straße, der damit den Dieben den Einbruch schwerer machen wollte. Aber wozu hier? Im dritten Stock eines Hauses, in dem es bestimmt nichts Wertvolles zu stehlen gab? Sie suchte ihr Zimmer nach einem Schlüssel ab, doch außer einem Koran, einigen Handtüchern und einem Gebetsteppich fand sie nichts.

Sie öffnete das Fenster und presste ihr Ohr an die schwarzen Rollläden: Man konnte den Lärm der Stadt hören, er drang aus der Ferne zu ihr, sie war also nicht im Zentrum. Schon als sie aus dem LKW aussteigen mussten, war ihr die Stille aufgefallen. Wie spät mochte es sein? Sie kramte in ihrer Reisetasche nach dem Handy: Der Akku war leer! Sie zog das Ladekabel aus ihrer Jackentasche und suchte nach einer Steckdose, als es am Türrahmen klopfte.

»Willkommen bei uns, Schwester Nimet.« Das musste Ayse sein.

»Woher kennst du meinen Namen? Wo bin ich, wo ist Saed?«

»Mach dir um Saed keine Sorgen, er ist in guten Händen.«

»Gut, dann will ich ihn sehen.«

»Das geht nicht.«

»Warum nicht?«

»Bruder Saed hat uns vorletzte Nacht verlassen. Unsere Religion gebietet es, dass er innerhalb von 24 Stunden beerdigt wird.«

Nimet stockte der Atem. Für einen Moment dachte sie, sie müsste ersticken an dem Schrei, der in ihrer Kehle festsaß. Sie wurde leichenblass und begann, am ganzen Körper zu zittern. Dann stieß sie plötzlich einen so ohrenbetäubenden Schrei aus, dass die anderen Frauen aufgeschreckt aus ihren Zimmern gelaufen kamen und sich auf sie stürzten, als müssten sie ein wildes Tier bändigen. Und tatsächlich schlug Nimet wild um sich und stemmte sich mit Händen und Füßen gegen die Frauen, die versuchten, sie auf dem Bett ruhigzustellen.

Währenddessen betete Ayse ununterbrochen und schlug ihr gleichzeitig mit der Hand ins Gesicht. Vier gegen eine, das war am Ende ein aussichtsloser Kampf. Nimet sank auf ihr Bett, ihr Kinn voller Tränen und Rotze. Sie öffnete die Augen, konnte sich aber unter der Last des Gewichts der Engländerin nicht bewegen, sie sah nur das kleine Mädchen, das mit ihr im LKW gereist war, stumm auf dem Teppich sitzen und reglos zu ihr hinüberschauen. Es war ein Albtraum, aber Nimet wusste, dass es daraus kein Erwachen gab.

Ayse holte ein Glas Wasser und bat »Djamila« – Arabisch für »die Schöne«, was in großem Kontrast zu ihrer Erscheinung stand –, von Nimet abzulassen. Ayse schien Erfahrung im Umgang mit Märtyrerwitwen zu haben, sie nahm Nimets Hand, strich ihr zärtlich übers Haar und sagte: »Bruder Saeds letzter Wille war, dass du ins Heilige Land kommst, Schwester. Du darfst nicht weinen, sonst erzürnst du den Allerhabenen. Wie kann man weinen, wenn man weiß, dass der geliebte Mensch jetzt im Paradies ist?!«

Nimet wimmerte: »Ich will nach Hause.«

Ayse strich ihr übers Haar und lächelte still. Als Nimet die Augen schloss und ihre regelmäßige, ruhige Atmung den Eindruck erzeugte, sie sei eingeschlafen, nahm Ayse das Handy samt Kabel vom Tisch, löschte das Licht und schloss die Tür.

Noch nie hatte Nimet sich so verlassen gefühlt.

Was denkst du, wo du bist, Schwester?

Vor Sonnenaufgang wurde Nimet wach. Sie riss die Vorhänge auf und tastete den Fensterrahmen ab – irgendwie musste es doch eine Möglichkeit geben, diese Rollläden aufzukriegen! Auf sie einzudreschen wäre zu laut, eine der Frauen würde sofort Alarm schlagen. Sie hatte hier keine Verbündeten, das hatte sie gestern gelernt. Und selbst wenn sie es schaffen würde, ein Loch in die Rollläden zu schlagen und nach draußen zu klettern, bevor jemand kam, was dann? Sie befand sich im dritten Stock! Oder war es der zweite? Nicht einmal das wusste sie noch genau.

Wie konntest du nur so dumm sein, Nimet, murmelte sie vor sich hin, während sie ihren Hinterkopf immer wieder leicht, aber doch schmerzhaft gegen die Wand schlug. Vielleicht war Saed gar nicht tot – warum sollte sie diesen fremden Menschen hier irgendetwas glauben? Vielleicht war sie nur in die Hände der falschen Leute geraten, vielleicht hatte Saed es inzwischen bemerkt, er hatte doch Nours Nummer, für alle Fälle. Bestimmt hatten die beiden bereits miteinander gesprochen, bestimmt würde er schon nach ihr suchen! Saed konnte nicht einfach tot sein, er hätte sie doch niemals nach Syrien kommen lassen, wenn es wirklich so schlecht um ihn gestanden hätte. Dafür war sie ihm doch viel zu kostbar, sie, Nimet, seine Prinzessin, sein Augenstern, sein Morgenlicht. Sie griff nach dem silbernen Kettenanhänger, den

Nour ihr von Saed überbracht hatte, ihren Glücksbringer. Er tat seine Wirkung, sie beruhigte sich wieder ein wenig.

Dann ging sie leise zur Tür und fing an, den Türknauf im Dunkel zu inspizieren, als sie ein Stimmengemurmel dahinter vernahm, jemand schloss die Tür auf, öffnete sie aber nur einen Spalt breit.

»Zeit zur Dua, Schwester!« Ayse rief sie zum morgendlichen Bittgebet.

»Wo ist mein Handy?«, wollte Nimet stattdessen wissen.

»Das brauchst du hier nicht mehr. Ist zu gefährlich, unsere Feinde können Handys orten.«

»Ich glaube dir nicht, ich glaube dir kein Wort! Ich glaube dir auch nicht, dass Saed tot ist!«

Ayse blieb ruhig, sah Nimet durch den Spalt auch weiterhin freundlich an und schien sich von den Anschuldigungen überhaupt nicht angesprochen zu fühlen. Stattdessen wiederholte sie, dass es Zeit zu beten sei, alles andere könne man später besprechen.

»Deine Trauer macht dich blind. Das ist normal, Schwester, aber es steht geschrieben, alles wird gut. Du wirst es noch sehen. Wir freuen uns jedenfalls sehr, dass du zu uns gefunden hast.«

»Ich möchte mit meiner Familie sprechen!«, verlangte Nimet.

»Das wirst du, hier verbietet dir niemand, mit deiner Familie Kontakt aufzunehmen. Aber nicht heute und nicht morgen. Übermorgen kannst du mit deiner Familie sprechen. Und jetzt komm, bitte!«

Die nächsten zwei Tage verbrachte Nimet in ihrem Zimmer und starrte Löcher in die Luft. Immer wieder wurde sie von hysterischen Heulattacken überfallen, doch sie wollte jetzt nicht schwach sein, und sie wollte auch nichts mit den anderen Frauen zu tun haben. Sie hatte sie nicht einmal nach ihren Namen gefragt, so fremd waren sie ihr. In Gedanken war sie schon zurück in Berlin, jetzt ging es darum, diesen Wunsch in Wirklichkeit umzusetzen.

Die Stunden in der Wohnung ohne Blick nach draußen flossen zäh dahin, einige Male kam Ayse und lüftete, indem sie die Fenster in Kippstellung brachte. Durch den Spalt konnte Nimet einen Teil der Häuserfronten auf der gegenüberliegenden Straßenseite sehen, auf einem Balkon flatterte bunte Kinderkleidung an einer Wäscheleine. Sie musste an Alis Sohn, den kleinen Can, denken, den sie jetzt vielleicht für lange Zeit oder sogar nie wiedersehen würde. Fast hätte sie wieder angefangen zu weinen, aber vor Ayse durfte sie nicht todunglücklich erscheinen. Wenn es irgendeine Chance auf einen Ausbruch gab, dann musste sie anfangen mitzuspielen. Sie wollte Ayses Vertrauen gewinnen, nur so würde sie diesem Gefängnis entkommen können.

»Du solltest ruhig mal duschen, Schwester Nimet, Allah will, dass wir rein sind. Und gib mir bitte das Geld, das du in Berlin bekommen hast, hier wirst du es nicht brauchen.«

Woher wusste Ayse von dem Geld? Wenn sie danach fragte, hieß es, dass Nour ihr davon Mitteilung gemacht haben musste – dabei hatte Nimet gedacht, dass es Nours persönliche großzügige Unterstützung für diese Reise gewesen war. War das in Wirklichkeit alles ein abgekartetes Spiel, bei dem Nour von Anfang an gewusst hatte, was Nimet hier erwartete? Oder war sie genauso wie Nimet mit falschen Informationen versorgt worden und ebenfalls in die Falle getappt? Und wenn sie das Geld abgeben musste, hatte sie gleich das nächste Problem am Hals: Wie sollte sie ohne Geld nach Berlin zurückkommen? Allerdings hatte sie immer noch ihre 350 Euro, von denen hatte sie selbst Nour nichts erzählt. Sie befanden sich, fein säuberlich zusammengefaltet, seit drei Tagen in ihren Socken.

»Ich geb es dir nach dem Duschen!«, sagte sie. Denn Ayse hatte recht, es sprach nichts dagegen, mal wieder zu duschen. Und dann würde sie endlich auch einmal aus diesem dunklen Verlies rauskommen! Es war sicher nicht verkehrt, einen genaueren Eindruck von der Wohnung zu bekommen, denn vielleicht würde Saed bald auftauchen, und sie müssten fliehen. Am besten hielt sie sich bereit, für den Fall der Fälle.

Ayse hatte das Zimmer wieder verlassen, das Fenster war noch immer in Kippstellung. Nimet riss ein Stück von der Pappe ab, die unter dem Kelim am Boden ausgebreitet lag, vermutlich um die Wärme in den schlecht beheizten Räumen zu halten, und stopfte es hastig in den Fensterrahmen. Es war eine spontane Eingebung, und sie war sich nicht sicher, ob es nützen und das völlige Schließen des Fensters verhindern würde, aber einen Versuch war es wert.

Dann trat sie einen Schritt zurück und sah durch den Spalt nach draußen. Eine schwarz verschleierte Frau trat auf den Balkon, nicht einmal ihre Augen waren zu sehen. Auf dem Arm trug sie ein kleines Mädchen in einem knallpinken Schneeanzug, ihr dunkles Haar wurde von bunten Spangen gehalten. Es war ein seltsames Bild, ein schwarzes Gespenst, das ein Kind entführt hat, dachte Nimet für einen Moment.

Dieses Schwarz, das war ihr schon an Ayse aufgefallen, hatte hier etwas noch Bedrohlicheres als in Berlin, und schon dort war es ihr immer unheimlich gewesen, wenn komplett verschleierte Frauen plötzlich neben ihr standen. Aber hier war es noch mal anders, hier hatte sie das Gefühl, als Mensch, als Frau unter dem schwarzen Zelt verschwinden zu müssen. Dabei war es ihr in der ganzen Zeit, auch in den vielen Gesprächen mit Saed, nie in den Sinn gekommen, zu einem solchen Gespenst zu mutieren. Selbst wenn sie sich in Gedanken ausgemalt hatte, vielleicht einen Gesichtsschleier zu tragen, dann hatte sie dabei eher an diese üppig verzierten Tücher gedacht, diese filigranen Silberarbeiten, die dann, wie bei den anmutigen Frauen der Ritterzeit, den Bereich zwischen Augen und Kinn verdeckten, aber eben nicht die Augen. Sie hatte Saed vor einer Woche erst ein Foto von sich geschickt in einer solchen Verkleidung, denn nichts anderes als eine Verkleidung war es für sie. Saed hatte ihr damals einen Smiley zurückgesendet und »meine Prinzessin aus 1001 Nacht« geschrieben. Er würde bestimmt nicht wollen, dass sie wie ein schwarzes Gespenst herumlief. Wenn er doch nur endlich käme!

Ayse kam wieder ins Zimmer und stellte sich so vor Nimet, dass der Blick nach draußen versperrt war.

»Genug geguckt, nicht dass die Leute noch denken, du seist verfügbar!«

»Was?« Nimet verstand gar nichts mehr, was sollte das denn heißen – verfügbar?

»Als Frau steht man nicht am Fenster und guckt raus! Schon gar nicht mit offenem Gesicht! Was denkst du, wo du bist, Schwester? In Hollywood? Dein Saed würde das auch nicht gut finden. Ach ja, ich hab gehört, ihr wart noch gar nicht verheiratet!«

Nimet horchte auf, sie sprach von Saed wie von einem Lebenden! Nun hat sie sich verplappert, dachte Nimet triumphierend, Saed war nicht tot, sie hatte das ja immer gewusst!

»Wir wollen noch heiraten.«

Ayse kam auf sie zu, nahm sie in den Arm, sagte aber nichts. Dann schloss sie das Fenster, bot Nimet an, mit ihr zu kommen, sie würde ihr die Dusche zeigen. Danach sollten sie beide in der Küche das Essen vorbereiten. Die Tür ließ sie diesmal auf.

Am Abend des zweiten Tages wurden die anderen drei Frauen und das kleine Mädchen abgeholt. Ayse erzählte ihr später, dass Djamila, Leila und Naila, so hießen die Frauen, die mit Nimet im LKW gereist waren, jetzt bei ihren Männern wären. Heute Nacht sollte aber noch eine weitere Frau zu ihnen stoßen, »eine aus Deutschland«, meinte sie, »mit der du dich bestimmt besser verstehen wirst«.

Nimets Zimmertür blieb jetzt immer offen, sie konnte sich in der ganzen Wohnung frei bewegen, die meiste Zeit war sie allein. Die Wohnungstür jedoch blieb immer verschlossen und hatte mit den verschweißten Metallplatten etwas von einem Hochsicherheitstrakt. »Zu unserer Sicherheit«, hatte Ayse einmal gesagt, als sie Nimets skeptischen Blick auf die dicke Haustür bemerkte. Und tatsächlich, an diesem Tag hagelte es Bomben. Der Krieg, der bisher nur in Nimets Kopf und im Internet stattgefunden hatte, war nun direkt vor ihrer Haustür angekommen. Sie war allein, als der erste Knall zu hören war, zunächst war er noch weit weg, dann kamen die Salven immer näher, so nah, dass die Fensterscheiben klirrten. Sie verkroch sich unter ihre Bettdecke und heulte, laut und verzweifelt rief sie nach Saed, nach ihrer Mutter, nach ihrem Vater und schließlich schrie sie Allah an. »Wenn es dich gibt, dann hilf mir jetzt, oder ich glaube nicht mehr an dich!«

»Nimet«, hörte sie Ayses Stimme, doch sie rührte sich nicht und gab keinen Ton von sich. Inzwischen war es draußen wieder ruhig geworden. Unheimlich ruhig, fast so, als wäre die ganze Stadt ausgestorben. Vermutlich lagen jetzt überall Menschen auf den Straßen, blutüberströmt, Frauen, Kinder, die vielen Kriegsbilder, die Nour ihr gezeigt hatte, schwirrten ihr durch den Kopf, und sie hatte das Gefühl, sich jeden Moment übergeben zu müssen.

»Niiiieeeeemet! Wo bist du?« Ayse kam ins Zimmer und fand Nimet zusammengerollt unter der Bettdecke. Sie setzte sich zu ihr, zog ihr die Decke vom Kopf und strich ihr übers Haar. »Hab keine Angst. Du bist hier sicher. Die Angriffe waren im Stadtzentrum. Hier wird dir nichts passieren.«

»Wie lange muss ich noch hierbleiben? Wann kann ich gehen?«

Ayse zog einen Laptop unter dem Schleier hervor und ein blutverschmiertes Hemd: »Das ist von Saed, er wollte, dass du es bekommst. Ich lasse dich jetzt einige Stunden allein, dann essen wir zusammen etwas. Heute kommt Asma, sie ist aus Frankfurt und genauso alt wie du. Sie hat Schlimmes erlebt, ihr Mann ist vor ihren Augen getötet worden, sie wird es dir bestimmt erzählen. Du wirst nicht mehr lange hierbleiben. Ich hab dir frisches Obst mitgebracht und ein paar Süßigkeiten. Morgen gehen wir zusammen ins Internetcafé, dann kannst du deiner Familie schreiben, vielleicht könnt ihr auch skypen.« Und dann verschwand sie so leise, wie sie gekommen war.

Nimet brauchte eine Weile, um ihren Blick von dem blutverschmierten Hemd zu lösen. Ihre Hand fuhr langsam über die Decke, mit den Fingerspitzen griff sie das Hemd und zog es zu sich heran. Es war ein geflecktes Militärhemd mit deutschem Etikett am Kragen, in der einen Hemdtasche befand sich ein deutscher Pass, Nimet zog ihn heraus und blätterte. Ein Foto von einem bartlosen Mann mit hellen Augen und dunklen Augenbrauen, sein Name Saed Mohamed Ibrahim, Geburtsdatum 27.06.1990, Größe 187 cm, Augenfarbe grün, Haarfarbe braun. Immer wieder starrte sie auf das Bild. Der Mann darauf war eigentlich noch ein Junge, keine zwanzig auf dem Bild.

Er war also doch tot. Aber ich will nicht sterben, dachte sie. Ich will hier nicht sterben, warum auch, ich habe nichts getan. Sie weinte nicht, denn sie hatte keine Tränen mehr zu vergießen. Das Foto von diesem Jungen war ihr so fremd, dass sie sich von dem Tod dieses Menschen kaum berührt fühlte, der Mann, mit dem sie telefoniert und gechattet hatte, war ein ganz anderer, das hier war nicht ihr Saed. Ihr Saed war eine Traumvorstellung, eine Fata Morgana gewesen, sie hatte sich in ein Phantom verliebt, und jetzt saß sie in der Scheiße, so tief, dass es fast aussichtslos war. Das alles nur, weil sie auf niemanden hatte hören wollen, und weil Nour alles getan hatte, um sie ihrer Mutter, ihrer Schwester, ihrem Vater und ihrer besten Freundin Cayenne zu entfremden. Wo war sie jetzt wohl, diese Nour, diese Schwester, die ihr in allen Notlagen half! Was hatte sie noch gleich gesagt: Ich komme bestimmt bald nach!

Warum hatte sie das gesagt? Es gab doch keinen Mann, der hier auf sie wartete, aber sie, Nimet, war zu naiv, zu verblendet gewesen, um genauer nachzufragen. Eine Frau reist nicht allein durch die Welt, das hatte Nour ihr beigebracht, es sei denn, sie befände sich auf Allahs Mission, dann sei es nicht vermeidbar. Dieser Widerspruch hätte ihr eigentlich auffallen müssen!

Sie klappte den Laptop auf, und was sie da sah, übertraf ihre schlimmsten Befürchtungen – man hatte sie in eine Falle gelockt, und sie war ihnen auf den Leim gegangen. In der Fotogalerie von Saed befanden sich, neben unzähligen Bildern von Kämpfern und abgeschlagenen Köpfen, Aufnahmen von Bergen, Wiesen und Tälern und immer wieder Koransuren in arabischer Schrift, weiß auf schwarzem Grund. Und dazwischen diverse Fotos von Nimet, Nimet ohne Kopftuch mit Jeans und Tanktop in Nours Küche, Nimet ganz nah, mit Sonnenbrille, Nimet, wie sie lacht und ein Peace-Zeichen in die Kamera macht. Sie kannte die Fotos, Nour hatte sie mit ihrer Handykamera geschossen. Nour hatte also Kontakt gehabt zu Saed und zwar schon lange.

Dann gab es noch Fotos von anderen jungen Mädchen, die Nimet nicht kannte, einige züchtig verschleiert, andere lasziv mit tiefem Ausschnitt und aufreizendem Blick. Er hatte offensichtlich mit mehreren Mädchen kommuniziert. Als letztes stieß Nimet auf ein fröhliches Gesicht, das sie schon einmal gesehen hatte, ein blutjunges Mädchen – das war Yvonne. Nimet fiel in sich zusammen: Das also war Nour – eine Anwerberin für Dschihadisten! Sie musste sich richtig zwingen, die Fotos weiter durchzuschauen.

Ein Foto von Saed mit seinen Kumpanen, einer von ihnen hält einen abgetrennten Kopf in die Kamera. Saed lacht auf dem Foto. Er ist groß, hat einen dichten Vollbart und hält ein Maschinengewehr in der Hand. Ein anderes Foto von ihm, wie er an einem Bach kniet und Wasser schöpft, er grinst in die Kamera, kein schöner Mann, dachte Nimet, Saed war hässlich, warum nur war sie so dumm gewesen! Hätte sie ihn je vorher gesehen, dann wäre kein Funken übergesprungen, und sie hätte sich diesen ganzen Mist hier erspart.

Irgendwie hatte sie das Gefühl, dass das jetzt die Strafe für so viel Dummheit war, eine Art Prüfung, vielleicht hatte sie ja noch eine Chance, um das hier alles hinter sich zu lassen. Nur keine Fehler mehr machen, jetzt ging es darum, klug und taktisch zu reagieren, die Pappe im Fensterrahmen hatte ihren Zweck verfehlt, das Fenster blieb dicht. Sie musste einen anderen Weg finden, aber wie? Zumal Ayse ihr inzwischen die 2000 Euro abgenommen hatte. Vielleicht war Asma ein Lichtblick, vielleicht war auch sie in eine Falle getappt, ihr Mann war tot, sie hatte jetzt niemanden mehr, vielleicht könnten sie sich verbünden. Bei diesem Gedanken keimte Hoffnung in Nimet auf. Sie nahm das Obst, ging in die Küche und bereitete etwas zu essen vor.

Dann schritt sie noch einmal die menschenleere Wohnung ab. Leere Schränke, aufgeräumte Betten, in einer Ecke waren Matratzen gestapelt, alles wirkte wie in einem Hostel, wie ein Ort der Durchreise, keine persönlichen Dinge, nichts, was daran erinnerte, wer hier mal gelebt oder geschlafen hatte. In der ganzen Wohnung waren die Rollläden heruntergelassen. Nimet schaute noch einmal nach, vielleicht hatte sie in der Eile letztens etwas übersehen, vielleicht gab es irgendwo eine Möglichkeit, doch einen Blick nach draußen zu werfen. Und tatsächlich, im Zimmer gleich neben der Küche, dort wo die Französin geschlafen hatte, gab es ein Loch in den Rollläden, jemand musste es da reingekratzt haben, als das Fenster offen stand. Es hatte hier offenbar noch andere Frauen gegeben, die gegen ihren Willen festgehalten worden waren.

Vielleicht ließe sich Asma als Verbündete gewinnen, vielleicht aber auch nicht, und wenn sie keine Verbündete sein wollte, dann würde Nimet eben abwarten. Verhungern würde sie hier nicht, nur Geduld, dachte sie sich, früher oder später würde sie aus dieser Wohnung rauskommen, und dann würde man weitersehen, da draußen musste es doch irgendeinen Menschen geben, der helfen konnte.

Als Jungfrau bekommst du einen Krieger

Am Abend kam Asma, sie beteten gemeinsam mit Ayse, aßen etwas, und dann waren Asma und Nimet endlich allein. Nimet registrierte sofort, dass diese zierliche Person, deren Körperhaltung der eines Fragezeichens glich, den Rücken krumm, leicht nach vorne gebeugt, den Blick immer auf den Boden gesenkt, kein Mensch war, der rebellieren würde. Sie war noch keine 18, dabei wirkte ihr Gesicht schon so verbittert und traurig wie das einer alten Frau, die nie einen guten Tag erlebt hatte.

»Warum bist du hier?«, fragte Asma.

»Inzwischen weiß ich das eigentlich auch nicht mehr.«

»Ich hab gehört, du bist Jungfrau, oder?«, fragte Asma.

»Wer erzählt denn so etwas?«

»Ayse hat es mir gesagt.«

»Warum redet sie darüber? Und vor allem: Woher will sie das wissen?«

»Bist du keine?«

»Ganz ehrlich, das geht dich wirklich nichts an, das geht niemanden etwas an!«

»Das denkst du!«

»Was soll der Scheiß?« Nimet wurde allmählich wütend – was war das denn für eine?

»Du bist besonders wertvoll, bestimmt bekommst du einen richtigen Krieger, einen, der eine Schlacht überlebt hat, vielleicht nur noch ein Bein hat oder einen Arm, vielleicht blind ist, oder aber du kommst noch weiter nach oben.«

»Was redest du da?«

»Kann sogar sein, dass dich einer der Chefs haben will, dann hast du ein gutes Leben. Oder auch nicht. Jumana ist die Zweitfrau von diesem Abdallah geworden, und der prügelt sie sogar, wenn der Tee ihm zu heiß ist. Möge Allah ihr beistehen, sie hat eine harte Prüfung.«

»Ich habe nicht vor, hier einen Mann zu suchen. Dazu gehören ja wohl zwei.«

Asma lachte jetzt so schamlos, dass Nimet auffiel, wie sehr sie sich von der äußeren Erscheinung dieser Frau hatte täuschen lassen. Asma sah zwar aus wie ein Opfer, aber im Grunde genommen war das nur Fassade. In Wahrheit ist sie gehässig und gemein, dachte Nimet.

»Entschuldige bitte, Nimet, ich will dir keine Angst machen. Aber es ist besser, du weißt, was auf dich zukommt. Inschallah wird alles so, wie du es dir vorstellst. Hat man dir denn gar nichts erzählt?«

»Was soll man mir denn erzählt haben? Ich sitze hier, weil ich mich in einen Mann verliebt habe, den es gar nicht gibt, der jetzt tot ist und den es so auch nie gegeben hat, weil irgendjemand mir ins Gehirn geschissen hat und ich deswegen Berlin verlassen habe!«

»Rede nicht so! Hast du denn kein Iman? Lass das bloß nicht Schwester Ayse hören, sie kann auch ganz anders, das sage ich dir. Pass auf, was du sagst, unsere Männer geben ihr Leben für Allah. Du gibst nur deine Gebärmutter. Sei froh, dass du wie eine Prinzessin behandelt wirst und nicht wie eine Sklavin.«

Nimet konnte nicht fassen, was sie da erfuhr. Man wollte

sie verschachern? Ohne sie zu fragen? Weiterreichen an irgendeinen Mann? Wie diese Osteuropäerinnen, die in Berlin von Menschenhändlern auf den Strich geschickt wurden? Aber sie drängte solche Gedanken gleich wieder beiseite, sie musste Asma jetzt ausquetschen, um von ihr so viel wie möglich zu erfahren.

»Und du?«, fragte Nimet. »Was wird jetzt aus dir? Wirst du auch an einen anderen Mann weitergereicht?«

»Ich vertraue auf Allah, er allein weiß, was gut ist, er wird das Richtige für mich bestimmen, so steht es geschrieben. Amin.«

»Und was, wenn der Typ voll eklig ist?«

»Dann ist es eine Prüfung Allahs, so oder so, ich werde dafür belohnt. Vergiss das nicht, auch du wirst reichlich belohnt werden. Aber du solltest deine Zunge zügeln und daran denken, was deine Aufgabe ist!«

»Ich weiß nicht, ob du mich verraten wirst oder nicht, aber ich bin ganz ehrlich, ich habe nicht vor, hier zu bleiben und abzuwarten, was mit mir geschieht. Wenn du willst, kannst du dich mir anschließen, zusammen könnten wir es schaffen.«

Asmas eben noch eher teilnahmsloses Gesicht hellte sich auf. Sie streckte ihren krummen Rücken und setzte sich aufrecht hin. »Ist das dein Ernst?«

»Ich kann mir, ehrlich gesagt, nicht vorstellen, dass du deinen verstorbenen Mann einfach gegen einen Wildfremden eintauschen willst, beim besten Willen nicht. Du siehst nicht aus wie jemand, dem das nichts ausmacht. Woher kommst du eigentlich?«, wollte Nimet wissen.

»Aus Köln.«

»Und deine Familie? Habt ihr Kontakt?«

»Ja, ich chatte regelmäßig mit meiner Schwester, die wollte auch kommen, aber mein Vater lässt sie jetzt nicht mehr aus den Augen. Vielleicht ist das auch besser so. Als Hamad noch lebte, wollte ich sie zu uns holen, jetzt muss ich erst mal sehen, wo ich lande. Möge Allah alles rechtleiten. Amin.«

Nimet konnte sich nicht erklären, woher sie es nahm, aber bei allem, was Asma erzählte, meinte sie, einen Anflug von Verzweiflung herauszuhören. Als Asma ihren Schleier ablegte, kam darunter eine moderne Kurzhaarfrisur zum Vorschein. Ihre Augenbrauen waren zu dünnen Strichen gezupft, und in ihrer Nase konnte man noch das Loch von einem Piercing erkennen. Nimet war sich sicher: Asma musste irgendwann einmal ein völlig anderes Leben geführt haben.

»Vermisst du deine Familie nicht?«

»Klar, meine Schwester.«

»Was ist mit deiner Mutter, hast du zu ihr keinen Kontakt?«

»Meine Familie hasst mich!«

»Woher willst du das wissen?«

»Sie haben mich immer schon gehasst, ich weiß nicht, warum sie mich auf die Welt gebracht haben, aber, subhanallah, ich habe meinen Platz gefunden, auch ohne ihre Hilfe.«

»Ich glaube nicht, dass Eltern ihre Kinder hassen. Ich glaube, dass sie manchmal nur nicht wissen, wie sie einem ihre Liebe zeigen sollen.«

»Mein Vater hat mir seine Liebe mit dem Gürtel gezeigt, und meine Mutter hat dazu Beifall geklatscht.«

»Er hat dich verprügelt?«

»Bei Allah, an manchen Tagen hat er mir fast die Seele aus dem Leib geprügelt! Wenn ich eine Minute zu spät nach Hause kam, ging es schon los. Und dann sollte ich immer auf den Koran schwören, dass ich anständig bleibe, dass ich keine Fehler mehr mache, er selbst hielt sich ja für den Supermuslim! Allah allein weiß, dass er kein Iman hat, unser Glaube verbietet einen solchen Umgang mit Frauen!«

»Und was ist mit dieser Jumana, von der du erzählt hast? Ist ihr Mann kein Muslim?«

»Du verstehst aber auch gar nichts! Jumana muss lernen, sich zu fügen, er schlägt sie ja nur, wenn sie immer wieder denselben Fehler macht.«

»Mann, Asma, ich kenne dich ja gerade erst seit einigen Stunden, aber ich muss dir sagen, du redest ganz schön viel Mist!«

Jetzt lachte Asma wieder, und diesmal klang es sympathisch, wie ein Eingeständnis.

»Na ja«, meinte sie, »Männer brauchen eben Regeln, manche wissen auch zu wenig über unseren Propheten, möge Allahs Segen auf ihm ruhen. Wir Frauen müssen sie leiten, wir müssen geduldig sein, das Paradies liegt zu unseren Füßen. Allah allein wird es uns lohnen. Amin.« Und dabei legte sie ihre Füße, die in durchlöcherten Wollsocken steckten, auf das Bett und rührte sich fünf Stück Zucker in ein kleines Glas, das mit dampfendem schwarzen Tee gefüllt war.

»Wir hatten sogar einen Fernseher, Hamad und ich. Wir hatten ein gutes Leben. Unsere Wohnung gehört jetzt einem anderen Paar, ich habe alles zurückgelassen, außer meinem Tagebuch.«

»Wow, du hast ein Tagebuch! Darf ich es lesen?«

»Immer mit der Ruhe, ich kenne dich ja kaum, Schwester.

Du musst mir erst einmal verraten, woher du kommst und warum du unbedingt wieder weg willst. Aus Berlin?«

»Lange Geschichte.« Und dann begann Nimet doch, Asma ihre Geschichte zu erzählen, von Anfang bis Ende, von der ersten SMS mit Saed bis zu ihrer Ankunft hier.

»Und warum bist du hier, in diesem Land?«, wollte sie dann von Asma wissen.

»Ich bin meinem Mann gefolgt. Du doch auch, oder?«

»Nicht wirklich. Ich hatte nie einen Mann.«

»Das wird sich bald ändern.« Das klang fast schadenfroh. »Hamad und ich kannten uns seit der Oberschule, er war nicht irgendeine Internet-Flamme. Bei manchen reicht ja ein bisschen Chat-Gesäusel aus, und schon machen sie sich auf den Weg nach Syrien, wie leichtsinnig!« Nimet fühlte sich von Asmas Worten ertappt. »Wie soll man sich da ein Bild von der Familie des Mannes machen, man sagt doch immer: Schau dir seine Mutter an, und du weißt, was dich erwartet.«

»Ich dachte, das sagt man nur über Frauen, schau dir die Mutter an, und du weißt, was dich erwartet.«

»Ja, richtig, aber umgekehrt gilt das auch. Wenn du eine liebe Schwiegermutter hast, dann hast du schon mal gewonnen. Denn seine Eltern sind ja auch deine Eltern, die meisten vergessen das und sehen sich nur den Mann an. Dabei ist seine Familie viel wichtiger.«

»Und wo ist seine, also deine Familie jetzt? Wollen die auch, dass du wieder heiratest?«

Asma wurde ganz still, sie blickte an die Decke und sagte für einen Moment nichts. Tränen stiegen ihr in die Augen. Nimet sah, wie sie schluckte, tief Luft holte, um dann mit gedämpfter Stimme weiter zu sprechen: »Allah weiß, meine Schwiegermutter ist ein guter Mensch, sie lebt in Köln, ist Witwe. Ich habe erst vor zwei Tagen mit ihr telefoniert, sie sagt, es sei das Beste, wenn ich hierbliebe. Weil ich keine Kinder habe, sei es besser so. Was soll ich auch als junge Witwe wieder zu Hause? Sie meint, ich könnte hier nützlicher sein für die Sache Allahs.«

»Klingt aber nicht gerade so, als hinge sie besonders an dir!«

»Du verstehst das nicht. Die Mädchen aus Deutschland denken immer, alles ist so einfach! Aber das ist es nicht. Wenn man eine Frau ist, muss man mehr Opfer bringen, das ist unsere Aufgabe, Allah hat es so bestimmt.«

»Du bist doch selbst aus Deutschland!«

»Weißt du, Nimet, ich habe diesen Weg eingeschlagen, es ist meine Bestimmung, ich nehme mein Schicksal an, weil es von Allah so bestimmt ist. Niemand kann sich seiner Bestimmung entziehen. Wir sollen unserem Glauben dienen, Kinder bekommen und diese nach bestem Wissen und Gewissen und mit Iman erziehen.«

»Allah hat uns aber außer unserer Vagina auch zwei Augen, zwei Ohren, einen Mund und ein Gehirn gegeben und noch eine ganze Menge anderer Körperteile! Warum sollte er etwas dagegen haben, wenn wir all das klug nutzen? Wer sagt denn, dass du eine schlechte Muslimin bist, nur weil du nicht irgendeinen Typen heiraten willst? Wo steht das geschrieben, etwa in unserem Heiligen Buch?«

»Es gibt verschiedene Überlieferungen unseres Propheten, möge Allahs Segen auf ihm ruhen, in denen er uns das Recht einräumt, unseren Ehemann frei zu wählen, aber das gilt nur für Zeiten des Friedens. Wir sind aber nicht im Frieden, Nimet, es geht jetzt ums Überleben!«

»Ja, richtig, Asma, es geht ums Überleben! Wie kann man da Kinder in die Welt setzen, wenn man das weiß? Willst du, dass deine Kinder im Bombenhagel sterben?«

»Wenn Allah es so bestimmt hat, wird es so sein.«

»Ich sag dir jetzt mal, was Allah bestimmt hat: Er hat bestimmt, dass du mich hier triffst und wir zusammen fliehen.«

Asma unterbrach Nimet jetzt barsch: »Rede nicht so einen Unsinn, wenn jemand dich hört, bist du erledigt!«

»Ich vertraue mich dir hiermit an. Ich weiß nicht, ob es richtig ist, aber ich vertraue mich dir hiermit an. Ich habe das Gefühl, dass du ein guter Mensch bist, auch wenn du dich über mich lustig machst. Ich habe etwas Geld, nicht viel, aber ein paar Euros. Sonst habe ich nichts, keinen Plan, und ich kenne auch keinen Menschen, der uns helfen könnte, zumindest nicht hier, in diesem Land. Denk darüber nach Asma, du bist ein freier Mensch, nur du und Allah allein wissen, was für dich richtig ist. Rede mit ihm, frag ihn, was du machen sollst, hör auf dein Herz. Morgen dürfen wir ins Internetcafé, vielleicht ist das eine Chance.«

»Du bist naiv. Ich werde dir nicht schaden, aber wenn du gehst und ich nichts dagegen unternehme, dann schadest du mir. Du hättest es mir nicht sagen sollen, Nimet! Und nun? Was soll ich jetzt machen?«

»Mitkommen!«

Asma musste jetzt erneut lachen, goss sich ein weiteres Glas Tee ein, nahm eine Handvoll Zuckerstücke und lehnte sich zurück.

»Du musst noch viel lernen!«

»Ich kann das nicht mehr hören!«

»Gut, dann eben nicht. Aber das letzte Mädchen, das nach Deutschland zurückwollte, wurde von ihrem Mann mit einem Hammer erschlagen.«

»Woher weißt du das?«

»Mein Mann und ich haben ihren kleinen Sohn gepflegt, bis der Vater eine neue Frau hatte. So schnell geht das – wenn man Pech hat, bekommt man einen schlechten Mann. Ist doch immer so im Leben, nicht nur bei uns.«

»Weißt du was? Am besten vergisst du einfach wieder, was ich dir gesagt habe. Solange du nichts weißt, wird dir auch nichts passieren.«

»Ich weiß von nix. Willst du auch noch einen Tee? Ich mach jetzt das Gas aus, sonst verbrauchen wir zu viel. Wer weiß, wann wir eine neue Gasflasche bekommen, letzte Woche hatte ich ganze drei Tage kein Gas. Ich hasse kalte Küche.«

Am nächsten Morgen erschien Ayse nicht. Und auch am übernächsten gab es kein Lebenszeichen von ihr. Nimet hatte sich inzwischen an die Kälte in der Wohnung gewöhnt, selbst das schmutzige Wasser, das in einem dünnen Strahl aus der Leitung rann – wenn es überhaupt Wasser gab –, machte ihr nichts mehr aus. Sie kochte es ab, wenn sie sich waschen wollte, oder rieb ihren Körper mit Limonen-Cologne ab, das in einem großen Plastikkanister im Badezimmer stand. Das brannte zwar, war aber die einzige Möglichkeit, sich sauber zu fühlen. Doch allmählich wurde auch das Trinkwasser knapp, und die Gasflasche brannte nur noch auf Sparflamme.

»Drei Liter Wasser noch«, zählte Asma die Flaschen durch, »ein Liter Milch und noch zwei kleine Flaschen Limonade. Ich glaube, wir kochen die Kartoffeln, ohne sie vorher zu waschen, ich schäle sie und putze sie mit einem Lappen.«

»Vielleicht ist Ayse tot, und man hat uns vergessen«, gab Nimet hoffnungsvoll zu bedenken.

»Oder wir machen uns Nudeln.« Asma ignorierte Nimets Bemerkung. »Ich hab noch eine Packung Brühwürfel gefunden von Maggi. Ist zwar das Datum abgelaufen, aber ich glaube, das macht nichts. Die wurden jetzt ja verboten, weil sie nicht *halal* sind.«

»Die haben uns bestimmt vergessen.«

»So ein Quatsch, Nimet! Warum sollte man uns vergessen? Denkst du, Ayse ist die Einzige, unter deren Kontrolle wir stehen? Hast du immer noch nicht begriffen, wie es hier läuft? Also, was nun: Kartoffeln oder Nudeln? Ich bin für Nudeln.«

»Und wenn in den nächsten Tagen doch niemand mehr kommt, bist du dann endlich bereit, mit mir die Rollläden einzuschlagen?«

»Abwarten. Solange wir nicht verdursten, müssen wir abwarten. Was soll's auch bringen, hier abzuhauen? Danach müssten wir erst einmal zur Polizei, und glaub mir, das wünschst du dir nicht. Man weiß nie, an wen man da gerät! Ich habe Geschichten von Mädchen gehört, die zur Polizei gegangen und nie wieder aufgetaucht sind.«

»Ein schönes Land ist das, in dem du leben willst.«

Die Tür ging auf – Ayse kam gehetzt, aber lächelnd in die Küche.

»Tut mir leid, Schwestern, aber ich hatte viel zu tun«, sagte sie, noch etwas atemlos. »Viele neue Frauen in der Stadt, hamdulillah, und so viele neue Geburten! Möge Allahs Segen auf ihnen sein. Ich habe euch Brot und Wasser mitgebracht, und wir können heute ins Internetcafé gehen. Nächste Woche schon könnt ihr dann in eure eigene Wohnung.«

Nimets Augen strahlten. Das Internet würde ihre Rettung sein. Bestimmt war ihr Mailpostfach bereits überfüllt, sie war sich sicher, dass ihre Familie schon lange nach ihr suchte. Sie würde doch alles in Bewegung setzen, um sie hier rauszuholen! Aber Ayses Ankündigung einer neuen Wohnung irritierte sie.

»Wir bekommen eine neue Wohnung? Warum?«

Ayse legte wortlos zwei Fotos auf den Tisch. Es waren Porträtaufnahmen von zwei bärtigen Männern, einer hatte hellbraunes Haar und helle Augen. Asye zog sich ihre schwarzen Handschuhe aus, die ihr unter dem schwarzen Schleier bis zu den Ellbogen reichten, und tippte mit dem Zeigefinger auf den helleren Typen.

»Du hast Glück, Nimet. Halb Franzose, halb Ägypter, ein Bild von einem Mann. Er ist ein Kriegsheld, er hat auch schon eine Frau und drei Kinder. Sie leben in einem Haus, nicht weit von hier. Du wirst es gut haben, es wird dir an nichts fehlen.«

»Und ich? Ich bekomme einen schlechten Mann, oder was?«

Ayse warf Asma einen giftigen Blick zu. »Ganz ehrlich, Asma, bete zu Allah, dass du gesund bist. Wir haben uns schon gefragt, warum Bruder Hamad und du kein Kind bekommen habt. An ihm wird es wohl nicht gelegen haben, oder willst du etwas anderes behaupten?«

Asma schwieg, sammelte die Gläser vom Tisch und verdrückte sich ins Badezimmer.

»Frauen, die nur schlau reden und nicht in der Lage sind, Kinder zu bekommen, brauchen wir hier nicht«, sagte Ayse, kaum dass sich die Tür hinter Asma geschlossen hatte. »Wenn sie Glück hat, kann sie bei ihrem neuen Mann eine andere Lücke füllen.«

Dabei stieß sie Nimet leicht an die Schulter und grinste sie an. Nimet grinste zurück, es war das Beste, Einverständnis mit Ayse zu heucheln. Auch wenn ich ihr am liebsten die Fresse einschlagen würde, dachte sie. Wutkontrolle nannte sie das, Wutkontrolle so lange wie nötig, es war eine Form der Diplomatie, alles andere würde ihr nur schaden.

Ayse zog einen schwarzen Schleier aus ihrer Einkaufstüte und warf ihn Nimet in den Schoß. »Hätte ich fast vergessen. Oder hast du selbst einen? Dann nehme ich ihn wieder mit, wir haben nicht mehr so viele davon. Der hier ist besonders schön, Baumwolle, blickdichter Stoff.«

Als Asma aus dem Bad zurückkehrte, konnte man ihr ansehen, dass sie lautlos geweint hatte, ihre Augen waren ganz rot. Das Gesicht hatte sie mit dem Limonen-Cologne abgerieben, die Wangen sahen krebsrot, wie wundgeschrubbt, aus.

»Lasst uns gehen«, forderte Ayse Nimet und Asma auf. »Sonst wird es im Internetcafé zu voll, und ihr kriegt keinen Platz ab. Und, Asma, vergiss nicht, deine Schwiegermutter um etwas Geld zu bitten, wenigstens für die Bestattungskosten ihres Sohnes. Die Leute sind immer an der falschen Stelle geizig, wir opfern hier alles, und andere sind nicht mal bereit, ein paar Euros zu schicken, subhanallah, keine Liebe für Allah, keine Liebe für Allah!«

Damit erhob sie sich vom Stuhl, strich ihren schwarzen

Umhang glatt und wies die Mädchen an, ihr zu folgen. »Es ist nicht weit, wir laufen!«

Draußen vor der Tür warteten bereits drei andere Frauen, alle schwarz verschleiert, selbst die Augen waren hinter den schmalen Schlitzen ihrer Gesichtsschleier kaum zu erkennen. Die eine trug ein Maschinengewehr über der Schulter. Stumm liefen sie durch eine staubige Gasse, deren Häuser wie ausgestorben wirkten. Als Nimet sich an Asmas Seite begab, weil sie sie etwas fragen wollte, trat Ayse schnell dazwischen und herrschte sie an: »Auf der Straße wird nicht gesprochen! Habt ihr verstanden?«

An einem Obststand stand ein buckliger alter Mann hinter einem kläglichen Haufen schrumpeliger Kartoffeln, neben ihm ein junger Mann in Militärkleidung mit einem kleinen Mädchen auf dem Arm. Das Mädchen, es mochte drei oder vier sein, hatte die Haare zu einem dicken Zopf geflochten und trug einen roten Mantel und blaue Kinderstiefel. Nimet empfand dieses Bild plötzlich als bedrohlich, sie stellte sich vor, mit welchen Augen diese Typen hier ein kleines Mädchen wie dieses betrachten würden – wie lange durfte sie noch ohne Schleier sein? War es nicht ihr Prophet gewesen, der eine Sechsjährige zur Frau genommen hatte? Und hatte Asma ihr nicht von den kleinen Mädchen erzählt, manche gerade erst neun Jahre alt, die an Kämpfer verheiratet wurden?

Das Mädchen lächelte sie an, und Nimet stiegen Tränen in die Augen, alles kam ihr so aussichtslos vor, als wäre sie in der Höhle eines Ungeheuers gefangen, aus der es keinen Weg nach draußen gab. Sie würde vielleicht fliehen können, wenn sie Glück hatte – dieses Mädchen konnte das nicht. So mussten sich die Juden gefühlt haben, dachte sie, damals unter Hitler, im Nachhinein schämte sie sich für die bescheuerten Kommentare, die sie von Nour zu den Juden gehört hatte, manche davon hatte sie selbst ja sogar auf ihre Facebook-Seite gestellt.

Die Flucht

Das Internetcafé war ein Kellerverschlag mit mehreren alten Rechnern und einer Warteliste. Im Vorraum gab es Gratis-Tee, auf dem kalten Boden luden einige Kissen zum Sitzen ein. Der Tee schmeckte dünn und bitter. Nimet stellte sich dicht neben Asma und sah den herumstehenden und sitzenden Frauen in die Augen, in der Hoffnung, irgendwo ein ermutigendes Blitzen zu erkennen, doch außer Unsicherheit und Desinteresse war da nichts.

»Versuch, deine Familie zu kontaktieren«, raunte sie Asma zu. »Hör auf mich, Asma!«

Asma blieb stumm und rührte sich nicht. Sie schien in Gedanken ganz woanders zu sein. Nimet stieß sie in die Seite, so dass Asma kurz aufschreckte, und wiederholte dann nachdrücklich: »Du musst deinen Vater erreichen, egal, was du von ihm hältst! Du musst es machen, hast du mich verstanden?!«

Asma nickte ergeben, aber sie wirkte, als könnte sie jeden Moment zusammenklappen, immer noch starrte sie teilnahmslos ein Loch in die Wand und schien so seltsam abwesend, dass es Nimet Angst machte. Sie legte den Arm um Asmas Schulter und strich ihr mit der Hand sanft über die Wange. Ayse beobachtete alles, sagte aber nichts. Hier, umgeben von all den Frauen, die miteinander sprachen, schien es in Ordnung zu sein.

Man konnte hören, wie die Mädchen im Computerraum wild durcheinanderredeten, in den verschiedensten Sprachen mit Freunden und Familien zu Hause skypten, eine sprach sogar Deutsch, doch in dem Stimmengewirr war es schwer, ganze Sätze zu verstehen. Nimet konnte immer nur einzelne Wörter aufschnappen, und als sie den Kopf reckte, um die Person zu sehen, erkannte sie eine blonde Deutsche, die wild gestikulierend ihre Mutter am anderen Ende der Leitung zu beruhigen versuchte: »Es geht mir gut, Mama ... hör auf damit ... nein, ich habe nicht vor zurückzukommen.«

Nimet dachte an die Frauen in der Gemeinde, an Nour und an die anderen deutschen Konvertitinnen. Sie hatten doch – anders als Asma und sie selbst – alle Freiheiten dieser Welt gehabt! Was hatte sie bloß dazu getrieben, in diesen Dschihad zu ziehen? Vermutlich waren sie nur auf der Suche nach einem Abenteuer – auch wenn sie zugeben musste, dass ein bisschen davon auch sie angetrieben hatte! Sie erinnerte sich an die aufmunternden Worte von Nour: »Wirst sehen, ist doch alles nur ein großes Abenteuer!« So hatte die falsche Freundin gesagt.

Während Nimet noch so vor sich hin sinnierte und Asma dabei nicht losließ, wies eine Frau ihnen einen freien Computerplatz zu. Nimet blickte um sich, von Ayse war nichts zu sehen, vermutlich würde sie jeden Moment wieder auftauchen, aber bis dahin waren Asma und sie unbeobachtet. Trotzdem zitterten ihr die Hände, als sie sich jetzt vor die Tastatur setzte – die Vorstellung, gleich eine Nachricht von ihrer Familie zu sehen, erfüllte sie mit großer Aufregung.

Zuerst checkte sie ihren Mailaccount, Asma saß dabei stumm neben ihr. Es dauerte eine Weile, bis sich das Postfach schließlich öffnete. Und tatsächlich, es war überfüllt.

Zehn Mails von Cayenne, etliche von anderen Schulfreunden, zwanzig von Dilara und drei von Sibel, eine von Ali und eine von ihrer Deutschlehrerin. Jetzt bloß nicht losheulen, Nimet, sagte sie sich immer wieder, bloß nicht losheulen.

Erst Dilaras Mail: »Wo bist du, wir machen uns Sorgen, niemand ist dir böse, bitte melde dich!« O Mann, dachte Nimet, das muss schneller gehen, wenn ich mich von unten nach oben durcharbeite, ist die Zeit womöglich bereits abgelaufen, bevor ich zu den aktuellsten Nachrichten komme. Und selber etwas zu schreiben, kann ich mir dann ganz abschminken.

Also besser umgekehrt. Und siehe da, die letzte Nachricht von Dilara: »Die Polizei war heute bei uns, haben dein ganzes Zimmer durchsucht, einen Zettel gefunden mit einem arabischen Namen und einer Telefonnummer. Ein Verbrecher ist das, sagen sie. Das ist doch der, der unsere Nikah gemacht hat, oder? Nour wurde verhaftet, ist aber wieder frei, Papa hat sie zur Rede gestellt, aber sie hat ihn bei der Polizei angezeigt. Am liebsten würde ich diese Schlampe erschlagen, sie hat dich in eine Falle gelockt, so hat es der Polizeibeamte uns erklärt. Wenn du diese Nachricht liest, dann melde dich, niemand ist dir böse, mein Schatz!!!«

Nimet drückte die Antworttaste und tippte, so schnell sie konnte, in Stichworten alles runter, was sie in den letzten Tagen erlebt hatte – die Ankunft in Syrien, Saeds Tod, die Gefangenschaft in dem heruntergekommenen Haus, von dem sie nicht genau wusste, wo es stand; von Asma und von der drohenden Aussicht, dass man sie mit einem Mann verheiratete, der bereits eine Frau hatte. »Ich weiß, Dilara, ich habe Mist gebaut. Bitte macht euch keine Sorgen um mich!« Und gerade, als sie ihre Nachricht abgeschickt hatte, ploppte plötzlich ein MSN-Chat auf: Cayenne! Sie hatte gesehen, dass Nimet online war.

Nimet, bist du das?

Nimet kopierte den Text, den sie soeben ihrer Schwester geschickt hatte, fügte ihn in das Nachrichtenfenster ein und sendete ihn an Cayenne. Kurze Funkstille. Nimet blickte sich verstohlen um, von Ayse war immer noch nichts zu sehen. Asma las jedes Wort mit, rührte sich aber nicht und machte auch keine Anstalten, selbst zu mailen. Ganz apathisch saß sie da. Nimet beachtete sie jetzt nicht weiter und war froh, dass sie den Computer für sich hatte. In diesem Zustand würde Asma sowieso kein vernünftiges Wort herausbringen.

Nach wenigen Sekunden schrieb Cayenne zurück, sie konnte noch gar nicht alles gelesen haben.

Nimet, du musst jetzt sehr, sehr vorsichtig sein. Die Polizei hat mir gesagt, was ich machen soll, wenn du dich meldest. Hast du ein Handy?

Nein, das haben sie mir gleich am Anfang abgenommen.

Kannst du noch mal ins Internetcafé, vielleicht morgen?

Ich weiß nicht, ich kann es versuchen.

Bist du allein? Jetzt gerade?

Ja. Also nein, Asma sitzt neben mir.

Kannst du ihr vertrauen? Es geht jetzt um dein Leben, Nimet.

Ich weiß. Ja.

Also gut, ich gebe dir morgen eine Nummer und eine E-Mail-Adresse. Versuch, dich mit dieser Frau in Verbindung zu setzen. Wenn jemand dich erwischt, dann sag, es ist deine Mutter, ok? Sag, sie heißt Sibel, und erzähl alles, was sie von deiner Mutter wissen wollen und vor allem, dass sie sich große Sorgen macht. Kannst du dir das merken?

Ja.

Du musst dir auch die Nummer merken, lern sie auswendig, und sobald du die Möglichkeit zu telefonieren hast, ruf sie an! Lösch bitte alle E-Mails und alle Gespräche, das hat mir der Polizist gesagt, keine Spuren hinterlassen, niemand darf Verdacht schöpfen!

Ok. Ich vermisse Euch.

Alles wird gut, Nimet!

Es tut mir leid.

Hör auf damit. Bleib jetzt stark. Ich rufe gleich deine Mutter an.

Sag ihr, dass ich sie liebe.

Asye war, von Nimet unbemerkt, hinter sie getreten: »Was tut dir leid?«

»Dass ich meiner Freundin nicht Lebewohl gesagt habe. Gehen wir jetzt endlich? Ich möchte mich waschen, ich fühle mich so dreckig.«

Nimet versuchte, so entspannt wie möglich zu klingen. Sie hatte es nicht mehr geschafft, die Mails und den Nachrichtenverlauf zu löschen, nur den Messenger hatte sie noch schnell schließen können, damit Cayenne ihr nicht mehr antwortete. Ihre Blitzreaktion aber hatte Ayse, die wohl schon eine Weile hinter ihr gestanden hatte, misstrauisch werden lassen. Zu Nimets Erleichterung hatte Ayse jetzt aber anderes zu tun, als ihren Nachrichtenverlauf zu überprüfen, sie warf einen missbilligenden Blick auf Asma, die jetzt wieder zu sich zu kommen schien, und holte dann die anderen Frauen von den Rechnern, die mit ihnen hierhergekommen waren.

Bevor sie wieder losgingen, verspürte Nimet einen Schmerz im Unterleib. Seit Tagen hatte sich ihre Regel immer wieder mit leichten Stichen angekündigt, eine Blutung war aber bisher ausgeblieben, und sie war froh darüber gewesen. Sie hatte tatsächlich vergessen, sich Binden einzupacken, irgendwo im entlegensten Winkel ihrer kleinen Handtasche musste noch ein Tampon sein, den Cayenne bei einem ihrer nächtlichen Ausflüge bei ihr deponiert und vergessen hatte. Es hatte doch sein Gutes, dass sie so unordentlich war, in ihrer Tasche fanden sich manchmal abgerissene Kinokarten, die sie an gemeinsame Ausflüge vor Jahren erinnerten.

Auf dem Weg nach Hause versuchte sie, sich so viel wie

nur möglich einzuprägen. Da war die Autowerkstatt, daneben hielt der Bus, an der Ecke war der kleine Kartoffelstand, schräg gegenüber davon eine zerschossene Hausruine und dahinter, man konnte es durch eine zerstörte Hofmauer deutlich erkennen, Brachland, das ins Nirgendwo zu führen schien.

Nimet fiel auf, dass keine Frau allein herumlief, es waren entweder Männer dabei oder ganze Gruppen von Frauen. Immer wieder Frauen mit Maschinengewehren, bewaffnete Männer auf Pick-ups und ansonsten einfach nur viele Jungen und Männer. Die Männer ausschließlich mit Bärten und Kaftanhosen, oft mit einem Turban auf dem Kopf. Es waren Bilder, die Nimet aus den Nachrichten kannte, wenn über die Taliban in Afghanistan berichtet wurde, und sie konnte sich noch gut daran erinnern, wie sie sich mit Dilara lustig über diese Menschen gemacht hatte. Neandertaler hatten sie sie genannt, und jetzt war sie inmitten dieser Neandertaler, vielleicht war es die Strafe Allahs für sie. Vielleicht sollte sie ihn um Verzeihung bitten, nie wieder würde sie sich über andere Menschen lustig machen. Sie blickte zum Himmel und hoffte, dass es ihn irgendwo da oben, da draußen gab, dass er sie sehen und erkennen würde, dass sie ein reines Herz hatte und dass er dafür sorgen würde, dass sie heil hier rauskam.

In diesem Moment raste ein Geländewagen mit einer Truppe schwarz uniformierter Männer dicht an ihnen vorbei, machte eine Vollbremsung und hielt unmittelbar vor Ayse an, die, ihre Hand an ihrem Gewehr, erschrocken zusammenzuckte. Ein junger bärtiger Mann trat auf Ayse zu, blaffte sie auf Arabisch an, schritt dann an den Frauen entlang und musterte jede einzelne eindringlich von Kopf bis Fuß. Bis auf Nimet blickten die Frauen verschämt und ängstlich zu Boden. Als der Mann vor Nimet stand, wandte er sich an Ayse und schrie sie an. Dann drehte er sich um, stieg wieder in den Geländewagen und fuhr mit quietschenden Reifen davon. Der Staub, den er dabei mit den Reifen aufwirbelte, legte sich wie ein brauner Schleier über die Frauen.

»Du musst schnell zu einem Mann kommen, sonst stürzt du mich noch ins Unglück!«, sagte Ayse zu Nimet. Dann ging sie zu Asma, flüsterte ihr etwas ins Ohr und marschierte weiter, diesmal dicht an Nimets Seite, der sie befahl, ihre Blicke während des Laufens gefälligst auf den Boden zu richten.

Am nächsten Morgen kam Ayse früher als sonst, sie ging zunächst in Asmas Zimmer und schloss die Tür hinter sich. Nimet schlich an die Tür und lauschte. Leider sprachen die beiden auf Arabisch miteinander, aber man konnte heraushören, dass Ayse Asma eine Moralpredigt hielt. Immer wieder fielen die Worte Allah und *haram*, viel mehr verstand Nimet nicht – es musste wohl um Asmas Zukunft gehen. Erst als Ayse wie eine Furie in Nimets Zimmer gestürmt kam, wurde ihr klar, dass es um *sie* ging – Asma musste sie verraten haben.

Ayse schubste Nimet aufs Bett, kramte ihre Habseligkeiten zusammen und schrie ihr ins Gesicht: »Du willst mich wohl umbringen, was?! Du denkst, du kannst mich hintergehen, nach allem, was ich für dich getan habe, du Hure? Ich werde dir zeigen, was es heißt, mich zu hintergehen, Allah wird es dir zeigen!«

Nimet hatte Todesangst, alles Betteln und Beteuern half

jetzt nichts. Zum ersten Mal in ihrem Leben war sie kurz davor, vor Angst in die Hosen zu machen. Ayse packte Nimets Handtasche und leerte sie aufs Bett. Als sie den Tampon erblickte, packte sie Nimet am Kragen und zischte sie an: »Du bist also tatsächlich eine Hure! Und ich hätte dich fast zu einem guten Mann gebracht. Für Huren haben wir hier wenig übrig. Sei froh, wenn du leben darfst!«

Nimet war wie versteinert. Ich muss hier weg, dachte sie, schnell weg, egal wohin, nur weg!

»Ich komm gleich wieder«, schnauzte Ayse sie an, »rühr dich ja nicht vom Fleck, sonst werde ich dir zeigen, wie wir Kreaturen wie dich behandeln.«

Dann ging sie zur Tür. Und ohne auch nur eine Sekunde nachzudenken, sprang Nimet ihr mit aller Kraft in den Rücken. Ayse prallte mit voller Wucht gegen das Treppengeländer, Nimet riss ihr den schwarzen Schleier vom Körper, unter dem eine knallenge Jeans und ein hautenges Shirt zum Vorschein kamen, und schubste sie dann, noch bevor Ayse reagieren konnte, so heftig die Treppen hinunter, dass Ayse unten aufschlug und reglos liegen blieb.

Dann rannte sie zurück in ihr Zimmer, streifte sich hastig den Schleier über, riss ihre Tasche an sich und stürmte zur Haustür. Asma stand mit weit aufgerissenen Augen im Türrahmen. Nimet sah sie kurz an, sagte aber nichts und verschwand. In Ayses Schleier fand sie in der Tasche den Schlüssel, um die schwere Eisentür zu öffnen.

Es war noch früh am Morgen, so dass kaum jemand auf der Straße war, und dennoch zog Nimet die Blicke von einigen älteren Männern, von Frauen und Kindern, denen sie begegnete, auf sich. Eine Frau allein, das kann nicht gutgehen, dachte sie, ich muss mich verstecken, bis ich einen klaren Kopf habe. Ich muss mich schnell verstecken, bevor ich noch weiter auffalle. Hinter sich hörte sie ein Motorengeräusch – suchten sie sie schon? Sie sprang hinter einen Mauervorsprung. Ein Konvoi uniformierter bewaffneter Männer fuhr grölend vorüber, eins der Autos schleifte den toten Körper eines Menschen hinter sich her, von dem nur noch der Rumpf deutlich zu erkennen war, Kopf und Beine waren völlig zerfetzt. So also waren sie, die Brüder und Schwestern im Glauben, die angeblich für die gute Sache kämpften! Sie vergingen sich an den Toten, sie waren Leichenschänder. In Nimets Angst mischte sich unbändige Wut. Plötzlich spürte sie, wie ihr das Blut an den Beinen hinunterfloss. Sie hatte keine Wahl, sie musste hier wegkommen, irgendwie.

Als der Konvoi nicht mehr zu sehen und die Straße wieder ruhig war, lief Nimet unbeirrt weiter, nur nicht gucken, dachte sie, wenn ich nicht gucke, gucken die anderen auch nicht. Sie schaffte es bis zu der Ruine, kletterte unbemerkt in einen der hintersten Winkel und versteckte sich zwischen Geröll und Steinplatten. Nur einen Tag, dachte sie, du bleibst hier einen Tag, bis dir etwas einfällt, denk nach, Nimet, denk nach.

Nach stundenlangem Abwägen der Gefahr entschloss sie sich, das Internetcafé aufzusuchen. Es war der einzige Ort mit Kontakt zur rettenden Außenwelt. Bloß, wie sollte sie das anstellen? Bis zum Café müsste sie noch fast 200 Meter offenes Gelände überqueren! Wenn sie erst einmal drin war, würde sie nicht weiter auffallen, es war ein Gewusel von Frauen in Schwarz, sie würde sich einfach unter sie mischen. Sie dachte an Ayse, vielleicht würde sie ihr dort begegnen, vielleicht aber war sie auch tot. Hoffentlich war sie tot! So einfach konnte es sein, einen Menschen zu töten. Nimet empfand nichts als Genugtuung bei dem Gedanken, dass Ayse den Sturz im Treppenhaus vielleicht nicht überlebt hatte.

Bitte, Allah, hilf mir hier raus. Ich werde alles wiedergutmachen, ich werde dich nicht enttäuschen. Ich weiß, dass du mich liebst, ich liebe dich auch, bitte, hilf mir aus dieser Hölle heraus, sprach sie lautlos zu sich selbst. Sie hielt inne, als sie Kinderstimmen hörte. Durch einen Spalt konnte sie mehrere kleine Jungen beobachten, die in den Trümmern des Hauses nach Brauchbarem suchten. Sie waren schmutzig, fast alle barfuß, einer kramte gerade ein Stück verrosteten Zaun aus dem Schutthaufen und band es sich mit einem Seil auf den Rücken. Es würde nicht lange dauern, bis die Kinder sie entdeckten. Sie musste jetzt schnell sein.

Sie raffte sich auf, nahm ein T-Shirt aus ihrer Tasche, wischte sich das Blut an den Beinen ab und stopfte sich das Shirt in die Unterhose. Sie hörte, wie die Kinder sich entfernten – noch mal davongekommen, dachte sie, ein kleines bisschen Glück gehabt, wenigstens das! Langsam schob sie ihren Oberkörper aus der schmalen Lücke, stemmte sich auf ihre Hände und wollte sich gerade aufrichten, als vor ihren Augen ein Paar nackter Füße auftauchte. Langsam drehte sie ihr Gesicht nach oben und sah einen kleinen Jungen vor sich, keine elf Jahre alt, vermutete sie. Seine Beine waren mit blauen Flecken übersät, sein Körper von einer Staubschicht bedeckt, die seine Haare grau wirken ließ. Wie er so dastand und sie stumm ansah, wirkte er wie ein alter Mann, seine Augen waren groß, und als er seinen Kopf schräg legte, um Nimet genauer zu betrachten, dachte sie für einen Moment, ein wildes Tier vor sich zu haben.

Er sagte etwas auf Arabisch zu ihr, Nimet schüttelte den Kopf, zuckte mit den Schultern. Da legte er einen Finger auf den Mund, blickte um sich, als wolle er sichergehen, dass niemand sie beobachtete und machte mit den Fingern ein Zeichen, dem Nimet entnahm, dass er Geld von ihr wollte. Sie zog einen Fünfzig-Euro-Schein aus ihrer Socke und hielt ihn hoch. Als er danach schnappen wollte, sagte sie: »Please, help me, I give you more money, a lot of money.« Und sie zeichnete mit den Händen einen Berg in die Luft. Der Junge verstand.

Er machte Nimet klar, dass sie wieder in ihr Versteck kriechen sollte und erklärte ihr mit Händen und Füßen und ein paar Brocken Englisch, dass sie hier warten sollte, bis er sie hole. Dann schob er noch einen großen Stein vor den Eingang und verschwand, wie eine Bergziege über die Gesteinsbrocken springend, auf seinem Rücken wippte das verrostete Stück Zaun, das er sich umgeschnallt hatte. Nimet setzte sich auf den Boden und war froh, dass er ihr das Geld nicht abgeknöpft hatte, jetzt war sie fast sicher, dass er wiederkommen würde.

Es dämmerte schon, als der Junge Nimet mit einem leisen Zungenschnalzen aus ihrem leichten Schlaf weckte. Ihr Mund war staubtrocken, sie konnte sich nicht mehr erinnern, wann sie das letzte Mal etwas getrunken hatte, zwischen ihren Beinen klebte das blutige T-Shirt und ihr Schädel brummte, als hätte jemand mit dem Hammer draufgehauen. Als könne er Gedanken lesen, reichte der Junge ihr eine Plastikflasche mit Wasser. Nimet stand auf, stieg aus ihrem Versteck und setzte sich neben den Jungen auf einen Stein. Er sah sie an, diesmal lachten seine Augen, dann klopfte er sich mit der Handfläche auf die Brust und sagte: »Mazlum«. Nimet machte es ihm nach – »Nimet«. Mazlum griff in seine Hosentasche und zog ein Stück Weißbrot mit Käse heraus, riss es in der Mitte durch und gab Nimet die Hälfte. Einen Moment lang saßen sie schweigend nebeneinander und starrten in den roten Abendhimmel.

»England?«, fragte Mazlum.

Nimet schüttelte den Kopf: »Germany!«

»I bring you Turkiye, you bring me Germany, yes!« Er hob den Daumen in die Luft und grinste Nimet an.

»Yes.«

Nimet schaute auf seine Füße, um die er sich Lumpen gewickelt hatte. Eine große Trauer überkam sie, am liebsten hätte sie jetzt laut losgeheult, zum einen, weil ihr Leben von einem armen kleinen Jungen abhing, zum anderen, weil sie an etwas geglaubt hatte, was dafür verantwortlich war, dass dieses Kind kein Kind sein durfte. Und selbst wenn sie es bis nach Deutschland schaffen würde – wie sollte sie Mazlum helfen? Es schmerzte sie, ihn anzulügen, aber sie hatte keine Wahl, diese Sünde musste sie auf sich nehmen.

»Come, go.« Mazlum stand auf.

Gemeinsam schlichen sie durch die Gesteinstrümmer über den verwitterten Hof ins Freie. Vor ihnen erstreckte sich eine Wüstenlandschaft, einzelne verdorrte Bäume bogen ihre dünnen Äste im Wind, und dahinter nichts als endloser Horizont.

Als sie genug Abstand zur Stadt hatten, lief Mazlum entspannter, und auch Nimet fühlte sich sicherer, weit und breit kein Mensch zu sehen, kein Motorengeräusch, nur das Heulen des Windes. Sie griff in ihre Tasche, zog einen Pullover heraus und reichte ihn Mazlum. Mit einem dankbaren Blick nahm er ihn und zog ihn an. Dann fasste er nach ihrer

Hand, und so liefen sie einige Stunden, ohne eine Pause einzulegen. Die Landschaft veränderte sich, wurde hügeliger, in der Ferne konnte man die Umrisse eines Dorfes erkennen oder das, was davon noch übrig war. Die meisten Häuser waren zerstört.

Mazlum wies mit ausgestrecktem Arm dorthin. »You wait!«, sagte er und simulierte mit den Händen eine Autofahrt. Nimet blieb stehen. Mazlum zog sie ein Stück mit sich, zeigte erneut mit dem Finger auf das Dorf, das vor ihnen lag, und wiederholte, diesmal langsam: »Y o u w a i t!«

Nimet verstand jetzt, dass sie dort, inmitten der zerstörten Häuser des Dorfes, warten sollte. Mit letzter Kraft schleppten sie sich in eins der Häuser, dessen Wohnzimmer noch fast intakt war, wäre nicht das große Loch im Dach gewesen, durch das jetzt kalter Nieselregen fiel. Es war ein einfaches Zimmer, dessen Eingang durch den Garten zugänglich war. An einer Wand waren verstaubte Matratzen gestapelt, und gegenüber hing ein Familienfoto, Vater, Mutter, zwei Kinder und eine alte Frau. Vermutlich die Großmutter, dachte Nimet, abgelichtet in einem Fotostudio vor einer Tapete mit Dschungelpflanzen.

Mazlum verschwand kurz und kam mit einer Tüte Brot und Nüssen wieder. Er musste hier ein Versteck haben, vielleicht hatte er hier einmal gewohnt, vielleicht war es sogar seine Familie, die da vom Foto auf sie herablächelte. Aber wenn es so war, wo war sie dann? Trotz des Hungers und der Kälte hatte Nimet so viele Fragen im Kopf, zu gern hätte sie gewusst, woher dieser kleine schlaue Kerl kam und was für ein Leben er führte. Fragen aber mochte sie nicht, sie würde ihn nur unnötig anstrengen und vielleicht an Dinge erinnern, an die er sich nicht erinnern wollte.

»I go, you wait,« sagte er nach einer kurzen Ruhepause und erhob sich. Nimet nickte artig. Mazlum stellte ihr noch eine Flasche Wasser vor die Füße, brachte ihr eine saubere Wolldecke und ging. Als Nimet ihm aus dem Fenster nachschauen wollte, war er schon zwischen den Ruinen der Häuser verschwunden. Sie aß etwas von dem Brot und den Nüssen, die Mazlum ihr dagelassen hatte, trank die Flasche Wasser leer, ging kurz nach draußen, um sich hinter einer Mauer ungestört zu erleichtern und ihr blutverschmiertes T-Shirt zwischen den Beinen gegen ein sauberes auszuwechseln und schlief danach auf einer Matratze, den Blick noch lange auf das Familienfoto gerichtet, endlich ein.

Sie schreckte erst hoch, als sie die Stimme eines Mannes hörte. Gerade als sie sich, vom Schlaf noch ganz benommen, schnell verstecken wollte, hörte sie Mazlum sagen: »Nimet, Nimet, all okay. You go.« Und dabei zeigte er auf den dicken Mann mit Bart und Pluderhose, der jetzt hinter ihm auftauchte. Der Mann wirkte auf Nimet wenig vertrauenswürdig, seine Blicke wanderten unruhig durch das Zimmer, als suchte er etwas. Er kratzte sich zwischen den Beinen, zog die Nase hoch und schien Mazlum etwas zu fragen. Am Tonfall erahnte Nimet, dass es um Geld ging. Mazlum beruhigte den Mann, trat dann an Nimet heran, drückte ihr einen Zettel mit seinem Namen und einer Telefonnummer in die Hand und sagte: »Give money man« und zeigte auf den Dicken, der gar kein Englisch zu sprechen schien.

»Now?«, fragte Nimet ungläubig. Mazlum nickte. Nimet verschwand hinter einem Felsen, zog zweihundert Euro aus ihrer Socke und stopfte den verbleibenden Rest unter die Einlage ihrer Schuhe.

Die Augen des Mannes blitzten auf, als sie ihm die Scheine reichte. Er nahm das Geld, ohne Nimet anzusehen, sagte noch etwas auf Arabisch zu Mazlum und ging zu seinem Auto, das draußen vor der Ruine stand. Mazlum gab Nimet zum Abschied die Hand. Da erst realisierte sie, dass er nicht mitkommen würde. Ein Gefühl des Unbehagens überkam sie. Sie nahm Mazlums Hand, zog ihn zu sich heran, drückte ihn und gab ihm einen Kuss auf seine ungewaschenen Haare. Er könnte ihr kleiner Bruder sein, dieser fremde Junge, der ihr vielleicht das Leben gerettet hatte. Sobald sie wieder in Deutschland war, würde sie alles versuchen, ihn hier herauszuholen.

Dann stieg sie in den Pick-up des Mannes, schaute aber noch lange aus dem Heckfenster zurück, bis die Konturen des Zehnjährigen, der unablässig winkte, in den sandgelben Tönen einer kargen Landschaft verschwunden waren.

Nimet wusste nicht, wie der Mann hieß, der jetzt wie ein Henker über unbefestigte Straßen bretterte. Mit Handzeichen hatte er sie angewiesen, ihren schwarzen Schleier möglichst dicht geschlossen zu halten, und Nimet hatte sofort kapiert und sich das Ding bis über die Augen gewickelt, so dass sie nur noch durch einen schmalen schwarzen Schlitz erkennen konnte, wie sie sich bald darauf einem Grenzposten näherten. Auf dem Dach seines Häuschens flatterte eine schwarze Fahne im Wind.

Der Wagen hielt. Nimet blieb, mit gesenktem Kopf, wie versteinert sitzen und betete lautlos: Lieber Gott, bitte, lass mich jetzt nicht im Stich, bitte, mach, dass alles gut wird. Ich werde dich nie wieder enttäuschen, ich werde alles machen, um dir zu gefallen. Bitte, bitte, bitte, lieber Gott!

Ein schwarz uniformierter Mann trat an ihre Wagentür.

Als sie den Kopf unmerklich in seine Richtung drehte, konnte sie aus den Augenwinkeln erkennen, dass es genauso ein IS-Kämpfer war, wie sie Dutzende in Rakka gesehen hatte. Er sprach sie auf Arabisch an, er schien etwas zu fragen. Jetzt saß sie in der Falle, wenn sie reden würde, wäre alles aus, wenn sie nichts sagte, würde er auch misstrauisch werden. Später konnte sie sich nicht mehr erklären, warum sie es tat, aber sie nickte. Männer wie er erwarteten von Frauen keine Antworten, sie erwarteten von einer Frau nichts anderes als ein Nicken oder Kopfschütteln. Und dabei sollte sie den Mann nicht ansehen, sondern am besten den Kopf gesenkt halten, so viel hatte Nimet in den Tagen mit ihren islamistischen WG-Genossinnen gelernt: Als Frau bist du so viel wert wie ein Hund, und so verhielt sie sich wie ein devoter Hund. Der Mann sagte nichts weiter, wechselte zur Tür des Fahrers über, von dem er sich Geld geben ließ, und wies dann seine Männer an, den Weg für die Weiterfahrt frei zu machen.

Erst als der Grenzposten nur noch als winziger Punkt im Rückspiegel zu erkennen war, konnte Nimet wieder richtig atmen. Sie hatte es geschafft! Sie blickte in den blauen Himmel, der sich jetzt wolkenlos über ihnen erstreckte, und war überzeugt, dass Gott sie erhört hatte.

Nicht lange danach stoppte der Pick-up an einem kargen Olivenhain. Der Mann bedeutete Nimet auszusteigen. Gerade als er eben wieder eingestiegen war und losfahren wollte, hielt Nimet ihn durch das Seitenfenster am Arm fest und sah ihn fragend an. Er zeigte auf einen Hügel hinter den Olivenhainen und sagte: »Turkiye!«

Nimet hielt ihm jetzt ihren letzten Hundert-Euro-Schein hin: »Handy?« Er verstand sofort, zog sein Handy aus der

Tasche, nahm das Geld und ließ Nimet eine Nachricht absetzen.

> **Nimet**
> Mama, wenn alles gutgeht, werde ich gleich in der Türkei sein, irgendwo an der syrischen Grenze, ich weiß nicht genau, wo. Vielleicht werden sie mich verhaften. Bitte hilf mir, ich habe kein Handy. Ich kann nur diese eine Nachricht schicken. Ich liebe Dich.

Dann drückte sie auf Senden, gab dem Mann das Handy zurück, riss ihren schwarzen Schleier herunter und lief los, ohne sich noch einmal umzublicken.

Dank

Mein besonderer Dank gilt Ingke Brodersen, durch ihre Unterstützung und Inspiration ist das Schreiben trotz aller Krisen am Ende doch immer eine große Freude. Und ich möchte Nina Sillem für ihr großes Vertrauen in meine Arbeit und für ihre Warmherzigkeit danken.

Ohne die positive Energie meiner Familie – ganz besonders Gülistan, Dada, Cenk und meine Mama – wäre das einsame Arbeiten zuweilen kaum zu ertragen. Von ganzem Herzen möchte ich auch Nihat danken, der mir trotz aller Widrigkeiten immer wieder seine Zeit geschenkt und mir den Rücken freigehalten hat. Mein Dank gilt auch Jens, dem Katzenmann, und Vale – und natürlich Lotte, Lu, Meister Lampe und Fräulein Rosenberg, auch für jede kurze Nacht. Und alle, die ich hier nenne, sollen wissen: Sizi seviyorum.